古典詩歌研究彙刊

第九輯

龔鵬程 主編

第 13 冊

柳永慢詞研究

王 俐 菁 著

國家圖書館出版品預行編目資料

柳永慢詞研究／王俐菁 著 — 初版 — 新北市：花木蘭文化出
版社，2011〔民 100〕
目 2+186 面；17×24 公分
（古典詩歌研究彙刊 第九輯；第 13 冊）
ISBN 978-986-254-531-7（精裝）
1.（宋）柳永 2. 傳記 3. 宋詞 4. 詞論
820.91 100001469

ISBN-978-986-254-531-7

9 789862 545317

古典詩歌研究彙刊
第九輯 第十三冊 ISBN：978-986-254-531-7

柳永慢詞研究

作 者 王俐菁
主 編 龔鵬程
總 編 輯 杜潔祥
出 版 花木蘭文化出版社
發 行 所 花木蘭文化出版社
發 行 人 高小娟
聯絡地址 新北市永和區中正路五九五號七樓之三
電話：02-2923-1455／傳眞：02-2923-1452
網 址 http://www.huamulan.tw 信箱 sut81518@ms59.hinet.net
印 刷 普羅文化出版廣告事業
初 版 2011 年 3 月
定 價 第九輯 20 冊（精裝）新台幣 28,000 元

柳永慢詞研究

王俐菁 著

作者簡介

王俐菁，國立彰化師範大學國語文教學碩士班、私立輔仁大學中國文學系畢業，現任教高中國文教師。喜歡閱讀，但讀不快；喜歡貓語，享受慢活；相信詩意棲居的可能，相信閱讀能與偉大心靈對話，告別駑鈍。兢兢業業在教育領域中常有現實與理想的拉扯，在青春揮霍的學生身上，希望永保年輕的心，生命的熱情。

提　　要

　　詞興起於唐代，原是配合音樂歌唱的曲子詞。唐、五代詞經過南唐馮延巳、李煜二家，有個人情志的表現後，詞的氣象更為開闊了，但就體製而言，《花間》詞人和馮、李二家，仍集中於短篇令詞的寫作，而此種現象一直延續到北宋初年，晏殊、歐陽修其詞創作雖有敘寫個人興感傷懷，但仍多娛賓遣興之作。詞的內容形式得以擴展發揮，進入更深的情志，有賴長調的創作，柳永，是推動慢詞、擴大詞的體製的大功臣。

　　第一章界定何謂慢詞，並找出《樂章集》中一百二十二闋慢詞做為研究範疇。「慢詞」是「慢曲子」的簡稱，與「急曲子」相對，特性是調長拍緩，令引近慢本為樂曲分類，表明詞調來源，然詞樂已難以考證，字數分類為大家接受，目前學界以「八十字以上為長調」作標準，故本論文將柳詞凡為八十字以上者皆為慢詞。

　　第二章討論柳永生平及其慢詞創作背景。柳永出身在傳統士大夫家庭，積極仕途為其一生努力目標，然宦海浮沈，成為其人生困境。而柳永慢詞的創作背景，與朝廷提倡的文化環境、市民娛樂的社會環境、詞體演變的文學環境息息相關。

　　第三章著重柳永慢詞題材內容的探索。柳永慢詞題材可分為歌妓題材、身世題材、山水風光與節令活動題材。從歌妓詞看柳永慢詞中的市民情調；從羈旅行役詞看柳詞中「不減唐人高處」；而柳永浪跡天涯，遊走大江南北，慢詞中創作山水風光作品；最後從節令詞中看到當時的承平氣象、太平盛世展現。

　　第四章著力於柳永慢詞的形式技巧與風格呈現。柳永慢詞所使用的宮調與聲情密切結合，同時具備審音協律，音節響亮的特色。而白描法的充份運用、形容曲盡的線型結構手法，最後呈現的雅俗共賞的風格是本章論敘重點。

　　第五章詳敘柳永慢詞在詞學上的成就與對蘇軾、秦觀及周邦彥的影響，同時開啟金、元曲子的先聲，從而對柳永慢詞在詞史上承上啟下的關鍵地位有一完整及全面的了解。

目

次

第一章 緒 論

第一節 研究動機與目的

　　中國文學的定義，可遠紹於《尚書》：「詩言志，歌永言，聲依永，律和聲，八音克諧，無相奪倫，神人以和。」〔註1〕而樂律家劉濂對此做了一番解釋：

　　　　夫人性本靜也，喜怒哀樂之心感，而呻吟謳嘆之事興，凡詩篇歌曲，莫不陳其情而敷其事，故曰詩言志也。歌生於言，永生於歌，引長其音，而使之悠颺回翔，纍然而成節奏，故曰歌永言也。樂聲效歌非人歌效樂，當歌之詩，必和之以鍾磬琴瑟之聲，故曰聲依永也。樂聲以清濁順序，不相凌犯為美，必定之以律管而後協焉，故曰律和聲也。律呂既定，由是度之金石絃管諸音，如作黃鍾調，則眾音以次皆從黃鍾，太簇調，則眾音以次皆從太簇，人聲樂聲，莫不安順和好，故曰八音克諧，無相奪倫也。……夫始於詩言志，終於八音克諧，古樂之全，大略可見矣。〔註2〕

這段話說明詩源自於人的情感、節奏、語言，具有表情和敘事的功能，

〔註1〕 〔唐〕孔穎達疏：《尚書・虞書・舜典》（台北：文化圖書公司，1970年5月，《影印阮刻十三經注疏》本），頁131。

〔註2〕 〔明〕劉濂：《樂經元義》（台南：莊嚴文化事業公司，1997年2月，《四庫全書存目叢書》本），頁215。

在一定程度上，詩歌、聲律是一體的，同時表達中國文學與音樂之間的密切關聯。

詞興起於唐代，原是配合音樂歌唱的曲子詞。唐、五代詞經過南唐馮延巳、李煜二家，脫離枕間席上、繡閣園庭、錦麗遣詞，而有個人情志的充份表現後，詞的氣象更爲開闊了，但就體製而言，《花間》詞人和馮、李二家，仍集中於短篇令詞的寫作，而此種現象一直延續到北宋初年，晏殊、歐陽修其詞創作雖有敘寫個人興感傷懷，但仍多娛賓遣興之作。所以詞的內容形式得以擴展發揮，進入更深的情志、更多元的題材內容，有賴長調的創作，柳永，無疑是推動慢詞、擴大詞的體製的大功臣。

柳永，字耆卿，原名三變，景祐元年（1034）進士，官至屯田員外郎，世號柳屯田。他是活躍於北宋仁宗時期的著名詞人之一，這位精通音律的詞人因仕途遭遇坎坷不平，流連坊曲，在樂工和歌妓的鼓舞之下，創作大量適合歌調的慢詞，受到廣大市民的歡迎，所謂「凡有井水飲處，即能歌柳詞」。〔註3〕雖然他不是長調的創始者，卻是第一位在北宋詞壇上大力創制長調、發展慢詞的專業詞人。

歷來對柳永詞多有兩種不同評價：其一在抒寫羈旅行役，柳永落拓江湖、登山臨水、望遠興懷的流浪情懷，以及個人的不遇之悲，其高曠淒清的詞境鮮少人能企及；〔註4〕另一以沉迷於美女與愛情中，著力敘寫娼樓之事，指其「詞多媟黷」、「以俗爲病」，〔註5〕詞格不高的艷詞，引來非議。即便如此，柳永創作長調、慢詞的質與量無疑奠

〔註3〕〔宋〕葉夢得：《避暑錄話》（北京：中華書局，1985年），卷下，頁49。

〔註4〕〔宋〕陳振孫《直齋書錄解題》：「柳永詞格固不高，而音律諧婉，語意妥帖，承平氣象，形容曲盡，尤工於羈旅行役，若其人則不足道也。」（北京：中華書局，1985年），卷5，頁583。

〔註5〕〔清〕馮煦《蒿庵論詞》：「耆卿詞，曲處能直，密處能疏，奡處能平，狀難狀之景，達難達之情，而出之以自然，自是北宋巨手。然好爲俳體，詞多媟黷，有不僅如《提要》所云，以俗爲病者。」唐圭璋編：《詞話叢編》（台北：新文豐出版公司，1988年2月），第4冊，頁3585～3586。

定他在詞史上的地位。

　　本論文欲從柳永《樂章集》著手，定義、分類找出柳永的慢詞作品，探討其慢詞表現特色與意涵呈現，審視柳永慢詞在詞史上的開創之功及對後世的影響。

第二節　前人研究概況

　　近數十年來，研究柳永及《樂章集》的相關著作不勝枚舉，這一股研究柳永的熱潮，施議對在〈建國以來詞學研究綜述〉〔註6〕一文指出研究柳永文章集中在二個問題上：第一是柳永詞的思想內容和社會意義（重點是對於大量有關羈旅行役的詞作及大量詠妓詞的評價問題）；第二是柳永在北宋詞壇的地位及對於詞體發展的貢獻。曾大興在〈建國以來柳永研究綜述〉〔註7〕一文中，將一九八七年以前對柳永的研究狀況做一簡要而全面的說明。崔海正〈近年柳永詞研究述略〉〔註8〕則接續整理一九八七年至一九九五年間研究柳永概況，對柳永歌妓詞、都市描寫，及其市民特徵的探索，歸納出新的研究方向。事實上，研究柳永的面向極廣，單篇論文、專書、學位論文論述愈發詳整。此處試圖將手邊搜集到的研究資料整理出一條理脈絡，希望能歸納、了解前人研究柳永成果，在此基礎上為研究柳永慢詞找到途徑與啟發。

一、柳永生平研究

　　柳永在《宋史》中無傳，必須從古代筆記、史書、方志、文集中探究柳永生平梗概，研究其詞，必先了解其人，關於柳永家世與生平行跡考證，成為柳永研究的前提。

〔註6〕施議對：〈建國以來詞學研究綜述〉，《宋詞正體──施議對詞學論集第一卷》（澳門：澳門大學出版中心，1996年），頁3～27。

〔註7〕曾大興：〈建國以來柳永研究綜述〉，《語文導報》10期，（1987年），頁10～14。

〔註8〕崔海正：〈近年柳永詞研究述略〉，《中國文學研究》第1期，（1996年），頁45～49。

考訂柳永生平的重要單篇論文有：唐圭璋〈小畜集中關於柳永家世的記載〉〔註9〕、〈柳永事迹新證〉，〔註10〕劉天文〈柳永年譜稿（上、下）〉，〔註11〕鍾陵〈柳永早年事迹考辨〉，〔註12〕薛瑞生〈柳永生卒年與交游宦踪新考〉〔註13〕、〈柳永卒年新說〉〔註14〕、〈柳永雜考〉，〔註15〕曾大興〈柳永宦迹游踪考述〉，〔註16〕王輝斌〈柳永生平訂正〉〔註17〕等等，詳細勾畫了柳永家世背景，與仕宦遊歷行走蹤跡。〔註18〕

柳永生平考證中最引人注意的是生卒年問題，對於柳永卒年，學界一般採唐圭璋所言仁宗皇祐五年（1053），〔註19〕而柳永生年，唐圭璋推測柳永約生於宋太宗雍熙四年（987），後更正約爲宋太宗雍熙二年（985）；〔註20〕李國庭認爲柳永約生於太平興國五年（980）左

〔註9〕 唐圭璋：〈小畜集中關於柳永家世的記載〉，《詞學論叢》（台北：宏業書局，1988 年 9 月），頁 595～597。

〔註10〕 唐圭璋：〈柳永事迹新證〉，《詞學論叢》（台北：宏業書局，1988 年 9 月），頁 598～613。

〔註11〕 劉天文：〈柳永年譜稿（上、下）〉，《成都大學學報》1、2 期，（1992 年），頁 57～67、頁 26～32。

〔註12〕 鍾陵：〈柳永早年事迹考辨〉，《南京師大學報（社會科學版）》第 1 期，（1994 年），頁 107～112。

〔註13〕 薛瑞生：〈柳永生卒年與交游宦踪新考〉，《中國韻文學刊》第 2 期，（1994 年），頁 44～50。

〔註14〕 薛瑞生：〈柳永卒年新說〉，《西北大學學報（哲學社會科學版）》第 24 卷第 3 期，（1994 年），頁 17～20。

〔註15〕 薛瑞生：〈柳永雜考〉，《西北大學學報（哲學社會科學版）》第 26 卷第 4 期，（1996 年），頁 8～9。

〔註16〕 曾大興：〈柳永宦迹游踪考述〉，《廣州大學學報（社會科學版）》第 2 卷第 6 期，（2003 年），頁 21～26。

〔註17〕 王輝斌：〈柳永生平訂正〉，《南昌大學學報（人社版）》第 35 卷第 5 期，（2004 年），頁 79～83。

〔註18〕 關於柳永家世背景與仕宦之路，將在第二章第一節詳細說明。

〔註19〕 劉靖淵、崔海正《北宋詞研究史稿》：「對柳永的卒年，詞學界基本取唐圭璋先生的仁宗皇祐五年（1053）左右的說法。」（濟南：齊魯書社，2006 年 8 月），頁 316。

〔註20〕 1957 年，唐圭璋在〈柳永事迹新證〉一文，推測柳永約生於宋太宗

右；〔註21〕曾大興採用太平興國八年（983）說法。〔註22〕即使說法不一，崔海正提出考證柳永生卒年有三點重要意義：

> 近年學界一致認定，柳永生年稍早於晏、歐，乃至張先（生於 990），或者說他們基本是同時代人……這一共識至少具有如下意義：第一，北宋初期詞壇上，慢詞與小令的興盛是差不多同時的事情，並非存在誰衍生誰的邏輯遞進關係；第二，由於柳永主要接受唐代以來民間俗曲、敦煌曲子詞之影響，晏、張等人主要接續花間、南唐文人令詞之傳統，這就爲研究宋初詞風及貫穿全部詞史的雅俗分合問題提供了重要的參照；第三，一個作家生卒年的考辨會改寫一段文學史實，柳永是一個典型。〔註23〕

對柳永生平的研究，不僅關於對作家個人了解程度的深入，還關係到對北宋詞史發展脈絡的梳理。研究柳永從知人論世角度切入，在連接、解讀作者與作品之間關係時，能達到合理且完整的論敘。柳永生平研究，正爲其慢詞地位與開創，提供了重要的論述依據。

二、柳永詞作研究

歷來對柳永詞作研究，主要從思想內涵和藝術手法兩部分進行。以下分二點敘之。

（一）思想內涵研究

早期學者較肯定柳詞在長調慢詞及鋪敘手法運用的藝術成就；談到柳詞的思想內涵，則多看重羈旅行役題材，因爲這類詞寫出了普遍

雍熙四年（987），見註9，頁610。後來唐圭璋與金啓華合撰〈論柳永的詞〉一文時，更正柳永約生於宋太宗雍熙二年（985），見《詩詞論叢》（武漢：湖北人民出版社，1984 年 5 月），頁 172。關於柳永生年，學界多採此說，本論文從之。

〔註21〕李國庭：〈柳永生年及行踪考辨〉，《福建論壇》第 5 期，（1981 年）。

〔註22〕曾大興：《柳永和他的詞》（廣州：中山大學出版社，2001 年 9 月），頁 4。

〔註23〕崔海正：〈近年柳永詞研究述略〉，《中國文學研究》第 1 期，（1996 年），頁 46。

意義的遊子飄泊之感，和失意文人的憂傷情懷，那些大量描寫歌妓生活的詞篇，多成為柳永狂蕩生活和浪子作風的展現。一直到對柳永的歌妓詞進行再認識時，如此偏頗情況有了改變。

　　殷光喜在〈柳永詞中的悲慘世界和藝術天地——柳永歌妓詞再評價〉〔註24〕一文中，對柳詞中大量歌妓詞，提出四點看法：其一，表達了歌妓們的痛苦和不幸，嚮往和追求；其二，讚賞歌妓們的技藝，塑造了一些聰明、伶俐、才華出眾的女性形象；其三，把歌妓視為知己，抒發自己與歌妓們的真摯感情；其四，描寫女性的外在美。此篇相較早期說法，對於柳永題材內容提出新的見解。還有龍建國在〈論柳永詞的社會美學意義〉〔註25〕一文中，讚頌柳詞中的歌妓詞，認為柳永對這些歌妓們傾注了進步的人道主義精神，認為歌妓詞呈現柳永對於歌妓的同情與理解。對柳永歌妓詞的新看法提出後，有劉少雄〈論柳永的艷詞〉〔註26〕、連美惠《柳永情色書寫之研究》〔註27〕、施惠娟《柳永詞女性形象之研究》〔註28〕等以歌妓為論述主角，探討柳永對歌妓們情深意重的作品出現。

　　柳詞中，也有些論者對柳永描繪北宋前期盛平景象、表現都市繁華景象特別關注，如豐家驊〈柳永慢詞與宋代都市〉〔註29〕指出柳詞「詠歌太平」、「形容盛明」的作品，從城市景觀、時節風物之盛、朝野多歡的生活畫面，勾顯出盡醉太平社會心理色彩。林燕姈《柳永詞對都會描

〔註24〕殷光喜：〈柳永詞中的悲慘世界和藝術天地——柳永歌妓詞再評價〉，《雲南師範大學學報》3 期，（1988 年），頁 22～29。

〔註25〕龍建國：〈論柳永詞的社會美學意義〉，《信陽師範學院學報（哲社版）》，（1990 年），頁 148～153。

〔註26〕劉少雄：〈論柳永的艷詞〉，《中國文哲研究集刊》第 9 期，（1996 年9 月），頁 163～192。

〔註27〕連美惠：《柳永情色書寫之研究》（台北：淡江大學中文研究所碩士論文，1999 年）。

〔註28〕施惠娟：《柳永詞女性形象之研究》（台中：中興大學中文研究所碩士論文，2002 年）。

〔註29〕豐家驊：〈柳永慢詞與宋代都市〉，《江海學刊》4 期，（1991 年），頁163～165。

寫的開拓》〔註30〕、曾琴雅《物阜民豐的圖卷──柳永樂章集太平氣象研究》，〔註31〕皆以柳詞對城市描寫與顯現太平氣象爲研究內容。

　　柳永在歌妓詞與都會描寫的作品中，或多或少呈現其市民文學性質，但專以市民文學爲研究視角，彭棟華在〈市民作家柳永及其作品〉〔註32〕一文，題目開宗明義說柳永是位市民作家；而羅嘉慧〈柳永與市民文學〉〔註33〕所言：「柳永首先成功地用詞表現市民生活，表現市民的意識和心理特徵。」曾大興在《柳永和他的詞》〔註34〕一書中，獨立一章說明「柳永詞的市民文學特徵」，從「市民文學的形式美」角度切入說明柳詞內容；而高秀華《柳永與市民文學》〔註35〕一書完全針對柳永市民文學特色書寫。

　　柳永是都市詞人，在市民階層興起時，爲慢詞創作流行做了很大貢獻，柳永詞作呈現的市民文學特徵是其顯著特色，而歌妓詞的重新體會，亦對柳詞的思想內容拓展新的研究方向。

（二）藝術手法研究

　　文學創作，內容與形式本是相輔相成，柳詞除了上一小節所說的思想內容研究外，柳永語言俚俗、善用鋪敘手法、發展慢詞，對具體藝術技巧、效果，必定詳加研究，龍建國在〈論柳永詞的表現手法〉〔註36〕說：「運用自言式、外現式、和賦筆等手法，大膽表現

〔註30〕林燕妗：《柳永詞對都會描寫的開拓》（嘉義：南華大學文學研究所碩士論文，2002 年）。

〔註31〕曾琴雅：《物阜民豐的圖卷──柳永樂章集太平氣象研究》（彰化：國立彰化師範大學國文研究所碩士論文，2005 年 6 月）。

〔註32〕彭棟華：〈市民作家柳永及其作品〉，《雲南民族學院學報》1 期，（1986年），頁 74～79。

〔註33〕羅嘉慧：〈柳永與市民文學〉，《廣東社會科學》1 期，（1992 年），頁75～80。

〔註34〕曾大興：《柳永和他的詞》（廣州：中山大學出版社，2001 年）。

〔註35〕高秀華：《柳永與市民文學》（香港：香港國際學術文化出版公司，2003 年）。

〔註36〕龍建國：〈論柳永詞的表現手法〉，《信陽師範學院學報》1 期，（1991年），頁 48～52。

自我，同時又注重情感的深層性和細膩性，從而拓寬了倚聲填詞的新途徑。」葉嘉瑩〈論柳永詞〉〔註37〕一文，結合柳永的身世、性格，指出其相思離別詞、羈旅詞、帝都詞等較之前人，都有了新的特色；張白虹《柳永樂章集意象析論》〔註38〕、呂靜雯《樂章集修辭藝術之探究》，〔註39〕針對《樂章集》的意象呈現、修辭技巧做完整而深入探討。當然，真要研究柳永，只單一論其內容或形式是不足的，研究柳永從其生平到作品內容及其藝術手法呈現，深入討論以求全面，如葉慕蘭《柳永詞研究》〔註40〕、梁麗芳《柳永及其詞之研究》〔註41〕、姜昭影《柳永詞研究》〔註42〕、林柏堅《柳永其人與其詞之研究》〔註43〕等，皆是全面論述柳永之作。

　　回到慢詞。楊海明在《唐宋詞史》第六章論述〈柳永慢詞開啟了宋詞的新天地〉時，以《樂章集》的慢詞做為討論柳永創作的論述主體，他認為柳永發展慢詞的技巧和手法，有優點也有缺失：

> 柳永對於發展慢詞的技巧和手法，積累了三方面的經驗。第一：鋪敘形容，第二：開合起伏，第三：組織景語。然而也正是在柳永「鋪敘展衍」的同時，產生「韻終不勝」的缺點；在「備足」的同時，又滋生了「無餘」的毛病。〔註44〕

〔註37〕葉嘉瑩：〈論柳永詞〉，《唐宋詞名家論稿》（保定：河北教育出版社，1997年7月），頁73～99。

〔註38〕張白虹：《柳永樂章集意象析論》（高雄：高雄師範大學國文研究所碩士論文，1996年）。

〔註39〕呂靜雯：《樂章集修辭藝術之探究》（台北：淡江大學中文研究所碩士論文，2000年）。

〔註40〕葉慕蘭：《柳永詞研究》（台北：文史哲出版社，1983年1月）。

〔註41〕梁麗芳：《柳永及其詞之研究》（香港：三聯書店香港分店，1985年6月）。

〔註42〕姜昭影：《柳永詞研究》（台北：國立台灣大學中國文學研究所碩士論文，2004年）。

〔註43〕林柏堅：《柳永其人與其詞之研究》（中壢：國立中央大學中國文學所碩士論文，2007年）。

〔註44〕楊海明：《唐宋詞史》（高雄：麗文文化事業公司，1996年2月），頁320～325。

柳永慢詞的形成原因及其優缺點，是本論文接下來要探討的問題。不可否認，抽掉慢詞，《樂章集》一半以上詞作將會消失，慢詞使用的藝術手法，將代表柳詞藝術呈現，慢詞之於柳永，是極爲重要的代表作品、研究領域。

　　總結前人研究論述，研究柳永從其人其事著手，對柳永歌妓詞的再認識，歌詠太平之作，以俗爲美的市民特徵，無論柳永事迹、作品內容、藝術手法，都是研究柳永的重要項目。本論文欲在前人累積的基礎上，整理、解析柳永在宋代慢詞領域大力發揮之處，同時開展其承先啓後、繼往開來的意義與價值。

第三節　慢詞的定義與本論文研究範疇

一、慢詞的定義

　　慢詞的「慢」，是「慢曲子」的簡稱，與「急曲子」相對，特性是調長拍緩。《新唐書・禮樂志》論唐時樂曲：「慢者過節，急者流蕩。」〔註45〕張炎《詞源・音譜》說到：

> 慢曲不過百餘字，中間抑揚高下，丁、抗、掣、拽，有大頓、小頓、大住、小住、打、掯等字。眞所謂上如抗，下如墜，曲如折，止如槁木，倨中矩，句中鉤，纍纍乎端如貫珠之語，斯爲難矣。〔註46〕

慢曲雖然不過百餘字，在聲音表現上，「抑」與「揚」相對，「高」與「下」相對，如同「丁」與「拽」乃音之遲者，與「抗」與「掣」乃音之速者相對；而「頓」與「住」是聲之延長及頓挫處，因字之多寡不同，故有大頓小頓、大住小住之分；「掯」亦拍耳，猶虛拍也，與敲

〔註45〕〔宋〕歐陽修、宋祁：《新唐書》，楊家駱主編：《新校本新唐書附索引八》（台北：鼎文書局，1989 年 12 月），卷 22，頁 473。

〔註46〕〔宋〕張炎：《詞源》，唐圭璋編：《詞話叢編》（台北：新文豐出版公司，1988 年 2 月），第 1 冊，頁 256。

打為一類，「揹」與「打」皆言拍之動作。〔註47〕如此看來，慢曲子在曲調及音節上多變化，顯得錯落有致。〔清〕毛先舒《填詞名解》卷三云：「詞以慢名者，慢曲也。拖音裊娜，不欲輒盡。」〔註48〕看來，慢曲是按照曲子的音樂節奏分別的，其字句長，音韻多，節奏較為舒緩。

慢曲由於歌拍散緩，演唱一曲的時間要長得多，白居易〈早發赴洞庭舟中作〉：「出郭已行十五里，唯消一曲慢霓裳。」〔註49〕舟行十五里始唱罷一曲慢霓裳，可見其慢。再看〈南園試小樂〉：「高調管色吹銀字，慢拽歌詞唱渭城。」〔註50〕唐代著名的〈陽關曲〉也是慢唱的。盧綸〈宴席賦得姚美人拍箏歌〉：「有時輕弄和郎歌，慢處聲遲情更多。」〔註51〕都說明慢曲的聲情特色，聲音悠揚、節拍緩長。

一般人論慢詞與長調時，大底是不分的，其實令、慢是音樂之分類；長調是指篇幅較長的詞，按字數多寡畫分，是相對小令、中調而言。根據詞調的長短來分類，始於〔明〕顧從敬重刻《草堂詩餘》，他把詞分為小令、中調、長調三類，並以此給《草堂詩餘》分卷。〔註52〕〔清〕毛先舒《填詞名解》更進一步予以界說，認為：「凡填詞五十八字以內為小令，自五十九字始至九十字止為中調，九十一字以外者俱長調也。此古人定例也。」〔註53〕因此種說法過於拘泥，〔清〕萬樹《詞律・發凡》駁斥：「所謂定例，有何所據？

〔註47〕　〔清〕蔡禎：《詞源疏證》（台北：學海出版社，1988 年 1 月），卷下，頁 7。

〔註48〕　〔清〕毛先舒：《填詞名解》（台南：莊嚴文化事業公司，1997 年 6月，《四庫全書存目叢書》本），頁 182。

〔註49〕　清聖祖御定：《全唐詩》（北京：中華書局，1960 年 4 月），頁 5024。

〔註50〕　同前註，頁 5061。

〔註51〕　同前註，頁 3149。

〔註52〕　〈草堂詩餘提要〉：「詞家小令、中調、長調之分，自此書始。後來《詞譜》依其字數以為定式，未免稍拘，故為萬樹《詞律》所譏。然填詞家終不廢其名，則亦倚聲之格律也。」（台北：台灣商務印書館，1983 年 6 月，《景印文淵閣四庫全書》本），頁 531。

〔註53〕　〔清〕毛先舒：《填詞名解》（台南：莊嚴文化事業公司，1997 年 6月，《四庫全書存目叢書》本），頁 174。

若以少一字爲短，多一字爲長，必無是理；如〈七娘子〉有五十八
字者，有六十字者，將名之曰小令乎？抑中調乎？如〈雪獅兒〉有
八十九字者，有九十二字者，將名之曰中調乎？抑長調乎？」〔註
54〕對於只著重字數多寡，全然不管曲譜、段落、內容、風格特徵
的分類，其實並不妥當，林玫儀說：

> 按篇幅長短將詞作概分爲三（小令、中調、長調），蓋基於
> 使用上之方便（猶今日之分小說爲短篇、中篇、長篇），並
> 不涉及詞調之來源或類別，與令引近慢之爲音樂上之分
> 類，可謂南轅北轍，迥不相關。唯自詞樂放絕之後，令引
> 近慢之本義湮沒不彰……蓋因慢調節拍舒緩，曲度自當較
> 長，字數因之亦較多，是以慢詞泰半爲長調，唯長調卻非
> 必盡屬慢詞。……只要字數足多，無不可稱之爲慢，完全
> 抹殺詞爲音樂文學之本來面目。〔註55〕

令引近慢本爲樂曲分類，表明詞調來源，然詞樂已難以考證，字數分
類爲大家接受原因，「不曰令曰引曰近曰慢，而曰小令、中調、長調
者，取流俗易解，又能包括眾題也。」〔註56〕

　　施議對《詞與音樂關係研究》一書對慢詞定義所說：

> 令與慢的區分，嚴格地講應體現在詞調的樂曲構成上。張
> 炎論宋詞體制，謂「歌曲令曲四捿勻，破、近六均，慢八
> 均」。說明令與慢的區分主要在韻拍。短的爲令，稍長爲
> 破、近，再長爲慢。後人據《草堂詩餘》的分類，以五十
> 八字以下爲小令，五十九字至九十字爲中調，九十一字以
> 上爲長調。兩種分類法各有長短、利弊。爲了敘述方便，
> 此處所說令詞與長詞慢調，暫依字數多少區分。〔註57〕

〔註54〕〔清〕萬樹：《詞律》（台北：世界書局，1970年），頁9。
〔註55〕林玫儀：〈令引近慢考〉，《詞學考詮》（台北：聯經出版事業公司，
　　　　1987年5月），頁166～167。
〔註56〕〔清〕宋翔鳳：《樂府餘論》，唐圭璋編：《詞話叢編》（台北：新文
　　　　豐出版公司，1988年2月），第3冊，頁2501。
〔註57〕施議對：《詞與音樂關係研究》（北京：中國社會科學出版社，1985
　　　　年7月），頁79～80。

根據鄭騫先生〈再論詞調〉一文的劃分:「大概七、八十字以下即是小令,八、九十字以上即是長調。」〔註58〕日人村上哲見統計比較晏殊、歐陽修、張先、柳永所用的詞調時,同樣以「八十字以上爲長調」作標準。〔註59〕而梁麗芳在《柳永及其詞之研究》,也是以八十字以上之詞作爲慢詞畫分爲標準統計。〔註60〕

其實,詞中短調大多屬令詞,長詞多是慢調,雖偶有例外,目前學界以「八十字以上爲長調」作標準,故本論文將柳詞凡爲八十字以上者皆爲慢詞,做爲研究範疇。

二、本論文研究範疇

柳永《樂章集》流傳甚廣,據唐圭璋〈宋詞版本考〉所列版本,就有二十多種之多。〔註61〕根據黃文吉《北宋十大詞家研究》對柳永《樂章集》的研究:

> 柳永詞集名《樂章集》,今展轉傳錄之宋本有二,並依宮調分類。一爲毛斧季據含經堂宋本及周氏、孫氏兩鈔本校正《樂章集》三卷,由勞巽卿傳鈔。一爲皕宋樓舊藏宋本,由繆荃孫引入校記,附刻《山左人詞·樂章集》後,兩宋本篇次悉同,而字句頗有乖違。明毛晉刻《宋六十名家詞》本《樂章集》一卷,其中錯字甚多。朱祖謀刻《彊村叢書》本《樂章集》分上中下三卷,又有《續添曲子》一卷,詞共二百零六首,是據勞鈔毛斧季校本,朱祖謀又以他本參校誤正,是最爲精審的本子。《全宋詞》柳永詞即用《彊村叢書》本,又從《類編草堂詩餘》、羅燁《醉翁談錄》、《花草粹編》等書輯補六首,共二百十二首及殘句一則,最爲

〔註58〕鄭騫:〈再論詞調〉,《景午叢編》(台北:台灣中華書局,1972 年 1月),頁 96。

〔註59〕村上哲見:《宋詞研究——唐五代北宋篇》(東京:創文社,1976 年 3月),頁 199～204。

〔註60〕梁麗芳:《柳永及其詞之研究》(香港:三聯書店香港分店,1985 年 6月),頁 31。

〔註61〕唐圭璋:《詞學論叢》(台北:宏業書局,1988 年 9 月),頁 127～129。

完整。〔註62〕

　　關於柳永詞的校注本有：梁冰枏《樂章集箋校》（台北：國立臺灣師範大學國文研究所碩士論文，1966 年 6 月）、高健中校點《樂章集》（上海：上海古籍出版社，1988 年 12 月）、姚學賢、龍建國《柳永詞詳註及集評》（鄭州：中州古籍出版社，1991 年 2 月）、薛瑞生《樂章集校注》（北京：中華書局，1994 年 12 月）、賴橋本《柳永詞校注》（台北：黎明文化事業公司，1995 年 4 月）、顧之京、姚守梅、耿小博《柳永詞新釋輯評》（北京：中國書店，2005 年 1 月）。

　　本論文以賴橋本《柳永詞校注》〔註63〕為研究柳永慢詞文本，在於其以彊村叢書《樂章集》（毛斧季據含經堂宋本及周氏、孫氏兩鈔本校正）為底本，兼採其他各家版本，及《草堂詩餘》、《花草粹編》、《全宋詞》、《詞律》、《詞譜》、《詞綜》等書做成校記，再參考唐圭璋《詞話叢編》及《詞韻》等有關資料編成箋證，列次各詞之後，對明白詞之本事、掌故、批評、風格皆能一目了然，故擇其為本論文研究版本。

　　依賴橋本《柳永詞校注》所收柳永二百〇六闋詞，依照上節定義，將凡字數八十字（含）以上畫分為慢詞，共得一百二十二闋詞進行研究。以下將這一百二十二闋慢詞，按其宮調排列順序，列表如下：

宮調名稱	詞　牌　名　稱
正　宮	〈黃鶯兒〉（97 字）、〈玉女搖仙佩〉（139 字）、〈雪梅香〉（94 字）、〈尾犯〉（94 字）、〈早梅芳〉（105 字）、〈鬪百花〉（81 字）、〈鬪百花其二〉（81 字）、〈鬪百花其三〉（81 字）。
中呂宮	〈送征衣〉（121 字）、〈晝夜樂〉（98 字）、〈晝夜樂其二〉（98 字）、〈柳腰輕〉（82 字）。
仙呂宮	〈傾杯樂〉（106 字）、〈笛家弄〉（125 字）。

〔註62〕黃文吉：《北宋十大詞家研究》（台北：文史哲出版社，1996 年 3 月），頁 118。

〔註63〕賴橋本：《柳永詞校注》（台北：黎明文化事業公司，1995 年 4 月）。為避免煩瑣，本論文以下所引《柳永詞校注》之作品，將在引文末標出頁碼，不另再加註。

大石調	〈傾杯樂〉（116字）、〈迎新春〉（105字）、〈曲玉管〉（105字）、〈滿朝歡〉（101字）、〈鶴沖天〉（84字）、〈受恩深〉（86字）、〈柳初新〉（81字）、〈女冠子〉（112字）、〈傳花枝〉（101字）、〈傾杯〉（108字）。
雙　調	〈雨霖鈴〉（102字）、〈定風波〉（105字）、〈尉遲杯〉（105字）、〈慢卷紬〉（111字）、〈征部樂〉（105字）、〈迷仙引〉（83字）、〈歸朝歡〉（104字）、〈采蓮令〉（91字）、〈秋夜月〉（82字）、〈婆羅門令〉（86字）。
小石調	〈法曲獻仙音〉（91字）、〈西平樂〉（101字）、〈法曲第二〉（87字）、〈一寸金〉（108字）。
歇指調	〈永遇樂〉（103字）、〈永遇樂其二〉（104字）、〈卜算子〉（89字）、〈鵲橋仙〉（86字）、〈浪淘沙〉（135字）、〈夏雲峰〉（91字）、〈祭天神〉（86字）。
林鍾商	〈古傾杯〉（108字）、〈傾杯〉（110字）、〈破陣樂〉（133字）、〈雙聲子〉（103字）、〈陽臺路〉（97字）、〈內家嬌〉（105字）、〈二郎神〉（104字）、〈醉蓬萊〉（97字）、〈宣清〉（115字）、〈錦堂春〉（100字）、〈定風波〉（99字）、〈留客住〉（97字）、〈鳳歸雲〉（119字）、〈拋毬樂〉（188字）、〈集賢賓〉（117字）、〈應天長〉（93字）、〈合歡帶〉（105字）、〈長相思〉（103字）、〈尾犯〉（98字）、〈駐馬聽〉（93字）。
中呂調	〈戚氏〉（212字）、〈輪臺子〉（114字）、〈引駕行〉（100字）、〈望遠行〉（105字）、〈彩雲歸〉（100字）、〈洞仙歌〉（126字）、〈離別難〉（112字）、〈擊梧桐〉（108字）、〈夜半樂〉（144字）、〈祭天神〉（84字）、〈過澗歇近〉（80字）、〈安公子〉（80字）、〈過澗歇近〉（80字）、〈輪臺子〉（141字）、〈夜半樂〉（145字）、〈迷神引〉（97字）。 附註：此處〈輪臺子〉二首、〈夜半樂〉二首、〈過澗歇近〉二首，皆屬同一宮調，同一詞牌，但分句形式相異的詞作。
平　調	〈八六子〉（91字）、〈長壽樂〉（113字）。
仙呂調	〈望海潮〉（107字）、〈如魚水〉（93字）、〈如魚水其二〉（97字）、〈玉蝴蝶〉（99字）、〈玉蝴蝶其二〉（99字）、〈玉蝴蝶其三〉（99字）、〈玉蝴蝶其四〉（99字）、〈玉蝴蝶其五〉（99字）、〈滿江紅〉（93字）、〈滿江紅其二〉（93字）、〈滿江紅其三〉（96字）、〈滿江紅其四〉（91字）、〈洞仙歌〉（123字）、〈引駕行〉（125字）、〈望遠行〉（106字）、〈八聲甘州〉（97字）、〈臨江仙〉（93字）、〈竹馬子〉（103字）、〈迷神引〉（97字）、〈促拍滿路花〉（83字）、〈六幺令〉（94字）、〈鳳歸雲〉（102字）、〈女冠子〉（111字）、〈玉山枕〉（113字）。

	附註：此處〈如魚水〉二首，〈滿江紅〉四首，屬同一宮調，同一詞牌，但分句形式相異的詞作。
南呂調	〈透碧霄〉（112 字）、〈木蘭花慢〉（101 字）、〈木蘭花慢其二〉（101 字）、〈木蘭花慢其三〉（101 字）、〈瑞鷓鴣〉（88 字）、〈瑞鷓鴣其二〉（86 字）。 附註：此處〈瑞鷓鴣〉二首，屬同一宮調，同一詞牌，但分句形式相異的詞作。
般涉調	〈塞孤〉（95 字）、〈洞仙歌〉（121 字）、〈安公子〉（106 字）、〈安公子其二〉（105 字）、〈長壽樂〉（113 字）。
黃鍾羽	〈傾杯〉（108 字）。
散水調	〈傾杯〉（104 字）、〈傾杯樂〉（104 字）。
黃鍾宮	〈鶴沖天〉（86 字）。

　　本論文將以上表一百二十二闋詞為研究範疇，依序討論柳永生平及其慢詞創作背景，柳永慢詞在題材內容與形式技巧觀察，及柳永慢詞在詞學上的成就與對後代的影響，希冀對柳永慢詞有一完整及全面性的呈現。

第二章　柳永生平及其慢詞的創作背景

第一節　柳永生平

　　柳永，原名三變，字景莊，後因病改名永，字耆卿。崇安（福建崇安）人。在家族中排行第七，又稱「柳七」；皇祐中，官屯田員外郎，世稱「柳屯田」。生卒年史無明載，約生於宋太宗雍熙二年（985），〔註1〕約卒於仁宗皇祐五年（1053），〔註2〕年六十九。

一、家世背景

　　柳永的祖父，柳崇（918～980），字子高，十歲而孤，由母丁

〔註1〕　柳永生年採唐圭璋與金啓華合撰〈論柳永的詞〉所言，約生於宋太宗雍熙二年（985），見《詩詞論叢》（武漢：湖北人民出版社，1984年5月），頁172。黃文吉在〈發展詞體形式——柳永〉一文中，同意此說，見《北宋十大詞家研究》（台北：文史哲出版社，1996年3月），頁151。林柏堅結合史籍、方志及前人研究，亦指出其生年只能在985年，見《柳永其人與其詞之研究》（中壢：國立中央大學中國文學所碩士論文，2007年），頁15～23。
〔註2〕　柳永卒年據明萬曆《鎮江府志》卷三十六載，有一篇柳永侄子所撰〈宋故郎中柳公墓志〉：「歸櫬不復有日矣，叔父之卒，殆二十餘年。」而柳永是由王安禮守潤時爲其下葬，唐圭璋〈柳永事跡新證〉根據嘉定《鎮江志》卷十四載，王安禮於神宗熙寧八年（1075）守潤，由此上推二十餘年，斷定卒於仁宗皇祐五年（1053），見《詞學論叢》（台北：宏業書局，1988年9月），頁611。

氏養誨成人，當時以儒學著名，平日以行義著于州里，以兢嚴治于閨門，鄉人有小忿爭不詣官府，決其曲直，取公一言。有子宣、宜、寘、宏、宋、密、察七人，俱爲顯官，對諸子諸婦勤修禮法，雖從官千里，若公在旁。曾自誓終身御布衣、稱處士而已，義行可風。〔註3〕

柳永之父，柳宜（937～1000），南唐時曾爲監察御史，因其多所彈射，不避權貴，故秉政者尤忌之。繼出爲縣宰，所在有治聲。入宋後，歷任雷澤令、全州通判、國子博士、贊善大夫、工部侍郎等職，是耿直認眞的好官員。〔註4〕

柳永叔父皆篤學自立：柳宣，仕南唐爲大理評事，入宋後爲濟州團練推官，大理司直、天平軍節度判官；柳寘，宋大中祥符八年（1015）進士；柳宏，宋咸平元年（998）進士，歷知江州德化縣，累遷都官員外郎，終光祿寺卿；柳宋，官禮部侍郎；柳察，年十七舉賢良，仕至水部員外郎。〔註5〕

柳永有兄長二人，長兄三復，於天禧三年（1019）及進士第；次兄三接，與柳永同於景祐元年（1034）登張唐卿榜，兄弟三人皆工文藝，時號「柳氏三絕」。〔註6〕

由以上可知柳永生於書香門第、官宦之家，是重視儒學傳統的士大夫家庭，他才華洋溢，工於文藝，而這樣的家庭培育出來的讀書人，一生企求「由學而仕」，與一般讀書人應無差別。

〔註3〕 〔宋〕王禹偁：〈建谿處士贈大理評事柳府君墓碣銘並序〉，《小畜集》（台北：台灣商務印書館，1984年，《景印文淵閣四庫全書》本），卷30，頁300～301。〔清〕吳任臣：〈柳崇傳〉，《十國春秋》（台北：台灣商務印書館，1984年，《景印文淵閣四庫全書》本），卷97，頁225。

〔註4〕 〔宋〕王禹偁：〈送柳宜通判全州序〉，《小畜集》（台北：台灣商務印書館，1984年，《景印文淵閣四庫全書》本），卷20，頁201。

〔註5〕 〔清〕謝道承等編纂：《福建通志》（台北：台灣商務印書館，1984年，《景印文淵閣四庫全書》本），卷33、卷51。

〔註6〕 同前註，頁12、14、741。

二、少年及冶遊時期

　　柳永在家鄉崇安度過少年時代，鄉里耆老傳說永每夜必燃燭苦讀，柳永曾著〈勸學文〉曰：「養子必教，教則必嚴，嚴則必勤，勤則必成。學，則庶人之子爲公卿；不學，則公卿之子爲庶人。」可見柳永讀書勤奮與志向遠大，展現科舉仕途爲主的人生道路；也曾在武夷山中峰寺遊玩，常常攀蘿躡石，嘯詠其間。〔註7〕若談到堅持作官之終身之志與喜愛登臨遊覽、交遊不避僧俗的個性，應該是這段人格定型期養成的。〔註8〕

　　在柳永參加正式進士考試之前，即有冶遊的雅好，〔註9〕〈洞仙歌〉上片說著：

> 佳景留心慣。況少年彼此，風情非淺。有笙歌巷陌，綺羅庭院。傾城巧笑如花面。恣雅態、明眸回美盼。同心綰。
> 算國豔仙材，翻恨相逢晚。（頁344）

〈長壽樂〉下片亦言：

> 太平世。少年時，忍把韶光輕棄。況有紅妝，楚腰越豔，
> 一笑千金何啻。向尊前、舞袖飄雪，歌響行雲止。願長繩、
> 且把飛烏繫。任好從容痛飲，誰能惜醉。（頁530）

其實唐代起，隨著城市經濟發展和青樓妓館大量增加，冶遊成了當時時尚的風氣。士子在取得功名之前乃至及第之後的一段時間，欲聽歌狎妓、尋花問柳是相當自由，柳永此時除了時代風氣影響之外，本身浪漫性格的展現，在秦樓楚館接受了市民新聲的薰陶，開始試作此類歌詞。

〔註7〕　曾大興：《柳永和他的詞》（廣州：中山大學出版社，2001年9月），頁5。

〔註8〕　林柏堅：《柳永其人與其詞之研究》（中壢：國立中央大學中國文學所碩士論文，2007年1月），頁29。

〔註9〕　王曉驪〈逐弦管之音爲側豔之詞——試論冶遊之風對晚唐五代北宋詞的影響〉：「冶遊，原意指男女出外遊樂，也指狎妓。但不光指嫖妓宿妓，也包括聽歌觀舞、游樂歡宴、詩文贈答等一切與歌妓有關的娛樂和交往活動。」《文學遺產》第3期，（1997年），頁25。

〔註10〕這些通俗歌詞，讓歌妓在歌樓酒肆中演唱，如〈浪淘沙令〉：

> 有箇人人。飛燕精神。急鏘環佩上華裀。促拍盡隨紅袖舉，
> 風柳腰身。　　簌簌輕裙。妙盡尖新。曲終獨立斂香塵。
> 應是西施嬌困也，眉黛雙顰。（頁216）

這位歌妓身段優美，隨著音樂急促節拍翩翩起舞，佩環鏘鳴，輕裙舞動，如此美麗，而曲終結束時，她感眉含愁的面容，表達了深深的苦悶。

此時，在柳永眼前呈現的是「皇家熙盛，寶運當千」（〈透碧霄〉，頁491）的昇平景象，他常「狂朋怪侶，遇當歌、對酒競留連」（〈戚氏〉，頁327），盡情享受浪漫多采的歲月，葉夢得《避暑錄話》卷下說：「為舉子時，多游狹邪，善為歌辭，教坊樂工，每得新腔，必求永為辭，始行于世，于是聲傳一時。」〔註11〕看得出來此時在民間得意之狀，他的作品「一時動聽，散播四方」，〔註12〕深受一般市民歡迎，對往後側重描寫市民生活創作應有不小影響。〔宋〕羅燁在《醉翁談錄》丙集卷二說道：

> 耆卿居京華，暇日遍游妓館。所至，妓者愛其有詞名，能移
> 宮換羽，一經品題，聲價十倍。妓者多以金物資給之。〔註13〕

柳永為歌妓們寫歌詞，是她們色藝的權威性的品評者，經品題後歌妓便可增高聲價。如此，柳永得到歌妓們的經濟資助，與她們保持著相當特殊的關係，這就是後來歌社、書會、行院等民間通俗文藝作者——才人，所走的道路，柳永則是他們的先行者。〔註14〕

〔註10〕曾大興：《柳永和他的詞》（廣州：中山大學出版社，2001年9月），頁6。

〔註11〕〔宋〕葉夢得：《避暑錄話》（北京：中華書局，1985年），卷下，頁49。

〔註12〕〔清〕宋翔鳳：《樂府餘論》，唐圭璋編：《詞話叢編》（台北：新文豐出版公司，1988年2月），第3冊，頁2499。

〔註13〕〔宋〕羅燁：《醉翁談錄》（台北：世界書局，1958年），丙集卷二。

〔註14〕謝桃坊：《柳永詞選評》（上海：上海古籍出版社，2002年10月），頁24。

三、仕途坎坷

即便柳永在民間深受歡迎，生於仕宦之家的他，對功名的追求與嚮往是充滿自信的。〈長壽樂〉清楚表達其出仕思想：

> 便是仙禁春深，御鑪香裊，臨軒親試。對天顏咫尺，定然魁甲登高第。待恁時、等著回來賀喜。好生地，賸與我兒利市。（頁380）

以為自己「定然魁甲登高第」，等到皇帝「臨軒親試」，進士及第之後，回來對這一位歌妓酬謝。但〈鶴沖天〉標誌了柳永的金榜無名與出乎意料的失敗：

> 黃金榜上，偶失龍頭望。明代暫遺賢，如何向。未遂風雲便，爭不恣狂蕩。何須論得喪。才子詞人，自是白衣卿相。
> 　　煙花巷陌，依約丹青屏障。幸有意中人，堪尋訪。且恁偎紅翠，風流事、平生暢。青春都一餉。忍把浮名，換了淺斟低唱。（頁542）

柳永雖然對於出仕並未完全絕望，只是「偶」失龍頭望，只是「暫」遺賢，既然「未遂風雲使」，理想落空，「爭不恣狂蕩」，那只要做「才子詞人」、「白衣卿相」，走出功名場，潛入「煙花巷陌」，過起「偎紅翠」、「淺斟低唱」的浪漫生活也是出路。他自負不羈、狂傲自嘲，但秦樓楚館成為柳永逃避之所是不爭之事。〔宋〕胡仔《苕溪漁隱詞話》載：

> 柳三變，字景莊，一名永，字耆卿，喜作小詞，然薄於操行。當時有薦其才者，上曰：「得非填詞柳三變乎？」曰：「然。」上曰：「且去填詞。」由是不得志，日與獧子縱游娼館酒樓間，無復檢約，自稱云：「奉聖旨填詞柳三變。」
> 〔註15〕

這是柳永對皇帝「聖旨」的抗議，發洩心中的憤氣。何以才華洋溢、工於文藝，出身仕宦家庭的柳永，仕途會如此不如意呢？吳曾《能改齋詞話》卷一記載：

〔註15〕唐圭璋編：《詞話叢編》（台北：新文豐出版公司，1988年2月），第1冊，頁171～172。

> 仁宗留意儒雅，務本理道，深斥浮艷虛薄之文。初，進士
> 柳三變，好爲淫冶謳歌之曲，傳播四方，嘗有〈鶴沖天〉
> 詞云：「忍把浮名，換了淺斟低唱。」及臨軒放榜，特落之
> 曰：「且去淺斟低唱，何要浮名！」景祐元年方及第，後改
> 名永，方得磨勘轉官。〔註16〕

仁宗朝開始「留意儒雅，務本理道」，理學家的理性思維，儒家思想
的內在強化，使得思想開始朝著理性思維發展，「宋代衛道人士，崇
理性而抑藝文，把詞當作藝文天下者，一見到不順眼的字句，就給無
限上綱。」〔註17〕雖然仁宗亦好柳詞，但柳永大膽率眞的艷冶之詞，
其輕狂之氣，與朝廷的主流意識格格不入。柳永一直未放棄對仕宦的
追求，但屢戰屢敗，只得再次回到歌樓妓館尋求安慰，如此循環造成
柳永生活與思想的交錯複雜。

柳永坎坷的官路一直到五十歲，仁宗景祐元年（1034）才登進士
第，及第後的柳永歡喜異常，〈柳初新〉表達其得意之情：

> 東郊向曉星杓亞。報帝里、春來也。柳擡煙眼，花勻露臉、
> 漸覺綠嬌紅奼。妝點層台芳榭。運神功、丹青無價。　別
> 有堯階試罷。新郎君、成行如畫。杏園風細，桃花浪暖，
> 競喜羽遷鱗化。徧九陌，相將遊冶。驟香塵、寶鞍驕馬。
> （頁87）

在美麗的初春景致裏，喜得功名的新進士們，結伴在京城內策馬奔
馳，所到之處揚起了陣陣香塵，景美人美，掩不住內心喜悅，充分表
現柳永新進士的游冶飲宴之樂。

永之後初任睦州（浙江建德）推官，〔註18〕後任餘杭（浙江餘

〔註16〕唐圭璋編：《詞話叢編》（台北：新文豐出版公司，1988年2月），第
　　　　1冊，頁135。
〔註17〕施議對：〈宋詞的奠基人──柳永〉，《宋詞正體──施議對詞學論集
　　　　第一卷》（澳門：澳門大學出版中心，1996年），頁121。
〔註18〕〔宋〕葉夢得《避暑錄話》云：「柳永，……初舉進士登科，爲睦州
　　　　掾。」（北京：中華書局，1985年），卷下，頁49。又於《石林燕語》
　　　　云：「景祐中，柳三變爲睦州推官。」（北京：中華書局，1985年），
　　　　卷6，頁56。

杭）縣令，撫民清靜，安於無事，百姓愛之，建翫江樓於溪南，公餘
嘯詠。〔註19〕又任定海縣（浙江鎮海）曉峰鹽場鹽監、〔註20〕泗州（安
徽宿縣）判官、著作郎、西京靈臺令和太常博士。〔註21〕皇祐中，官
屯田員外郎。〔註22〕

　　官小位微的柳永此時仍未放棄利用各種機會爭取仁宗皇帝好
感，但〈醉蓬萊〉一詞觸怒仁宗，〔宋〕王闢之《澠水燕談錄》說道：

> 皇祐中，久困選調，入內都知史某愛其才而憐其潦倒，會
> 教坊進新曲〈醉蓬萊〉，時司天臺奏老人星見，史乘仁宗之
> 悅，以耆卿應制。耆卿方冀進用，欣然走筆，甚自得意，
> 詞名〈醉蓬萊慢〉。比進呈，上見首有「漸」字，色若不悅。
> 讀至「宸遊鳳輦何處」，乃與御製眞宗挽詞暗合，上慘然。
> 又讀至「太液波翻」，曰：「何不言波澄」，乃擲之於地，永
> 自此不復進用。〔註23〕

柳永萬萬沒想到〈醉蓬萊〉成爲一生仕途的致命傷，再拜宰相晏殊，
仍無力回天，〔宋〕張舜民《畫墁錄》載：

> 柳三變既以詞忤仁廟，吏部不放改官，三變不能堪，詣政
> 府。晏公曰：「賢俊作曲子麼？」三變曰：「祇如相公亦作
> 曲子。」公曰：「殊雖作曲子，不曾道『綵線慵拈伴伊坐』。」
> 柳遂退。〔註24〕

上述所言，晏殊黜退柳永在於指責柳永詞作淫俗，不論晏殊是否跟隨

〔註19〕〔清〕朱文藻纂、張吉安修：《嘉慶餘杭縣志》，《中國地方志集成
　　　　——浙江府縣志輯》（上海：上海書店，1993 年 6 月），卷 21，頁
　　　　853。
〔註20〕〔宋〕祝穆撰、祝洙增訂、施和金點校《方輿勝覽》云：「柳耆卿，
　　　　監定海曉峰鹽場，有題詠。」（北京：中華書局，2003 年），卷 7，
　　　　頁 123。
〔註21〕《萬曆鎮江府志》卷 36，見姚學賢、龍建國撰：《柳永詞詳註及集評》
　　　　（鄭州：中州古籍出版社，1991 年 2 月），附錄生平資料，頁 236。
〔註22〕〔清〕謝道承等編纂：《福建通志》（台北：台灣商務印書館，1984
　　　　年，《景印文淵閣四庫全書》本），卷 51，頁 741。
〔註23〕〔宋〕王闢之：《澠水燕談錄》（北京：中華書局，1985 年），頁 75。
〔註24〕〔宋〕張舜民：《畫墁錄》（北京：中華書局，1991 年），頁 20。

仁宗想法，不滿柳永蔑視功名言行，可以明白的是柳永一生浮沉宦海，仕途坎坷，其耿耿於仕宦一途成爲一生中矛盾、痛苦的根源所在。

第二節　柳永慢詞的創作背景

　　柳永既爲北宋大量創作慢詞的第一人，慢詞盛行必定在多方因素配合之下才能完成。劉勰《文心雕龍・時序》篇說道：「時運交移，質文代變。」〔註25〕說明治亂盛衰，文辭的質樸或華麗，代有變化；王國維《人間詞話》亦言：

> 四言敝而有楚辭，楚辭敝而有五言，五言敝而有七言，古詩敝而有律絕，律絕敝而有詞。蓋文體通行既久，染指遂多，自成習套。豪傑之士，亦難於其中自出新意，故遁而作他體，以自解脫。一切文體所以始盛終衰者，皆由於此。故謂文學後不如前，余未敢信。但就一體論，則此說固無以易也。〔註26〕

任何一種文學體裁，其體勢完成必有多方影響，與時代變遷、文體演變皆有極大關聯。

　　詞乃唐宋間承樂府遺風，受胡樂影響，變唐詩形貌而成的新聲樂辭，慢詞的產生與成熟與朝廷積極提倡、城市經濟繁榮、詞體本身演變有著密切關聯。以下就這三部分探討柳永慢詞的創作背景。

一、朝廷提倡的文化環境

　　經過唐代滅亡，五代十國動盪不安之後，宋朝結束晚唐五代紛亂，統一江南和中原，北宋初年，宋太祖有感於唐末五代藩鎮擅權的教訓，在中央集權制度下，強幹弱枝成了治國之策，削弱武臣兵權，對文官採取極優厚的待遇，「多積金、市田宅以遺子孫，歌兒舞女以

〔註25〕〔梁〕劉勰著、王更生注譯：《文心雕龍讀本》（台北：文史哲出版社，2004年10月），下篇，頁269。
〔註26〕王國維著、馬自毅注譯：《新譯人間詞話》（台北：三民書局，1994年），頁123。

終天年」，〔註27〕宋朝官僚士大夫們既領著豐厚的奉祿，又被默許聚
斂生財，大量置辦包括田宅莊園和家庭聲妓班子在內的私人財產，從
而形成了包括歌兒舞女之樂在內的整整一個朝代的享樂之風。〔註28〕
宋初這種風氣到仁宗朝時更爲大盛，而執政當局陸續把歌妓、樂工集
中到汴京，大力提倡燕樂新聲，以滿足社會文化娛樂生活的需求。《宋
史・樂志》云：

> 宋初循舊制，置教坊，凡四部。其後平荊南，得樂工三十
> 二人；平西川，得一百三十九人；平江南，得十六人；平
> 太原，得十九人；餘藩臣所貢者八十三人；又太宗藩邸有
> 七十一人。由是，四方執藝之精者皆在籍中。〔註29〕

看來宋初開始，執政者十分注意蒐集燕樂，從西蜀編入京城教坊的樂
工多達一百三十九人；《宋史・樂志》：「宋初置教坊，得江南樂，已
汰其坐部不用，自後因舊曲創新聲，轉加流麗」，〔註30〕南唐音樂同
樣對北宋教坊樂曲創制起了不小作用。

不只是繼承唐、五代燕樂舊曲，執政者更積極創制「新聲」，《宋
史・樂志》記載：

> 太宗洞曉音律，前後親制大小曲及因舊曲創新聲者，總三
> 百九十。凡制大曲十八，曲破二十九，琵琶獨彈曲破十五，
> 小曲二百七十，因舊曲造新聲者五十八。

> 太宗所製曲，乾興以來通用之，凡新奏十七調，總四十八
> 曲……，其急慢諸曲幾千數。

> 仁宗洞曉音律，每禁中度曲，以賜教坊，或命教坊使撰進，

〔註27〕〔元〕脫脫等撰：《宋史・石守信傳》，楊家駱主編：《新校本宋史
　　　　并附編三種十一》（台北：鼎文書局，1983 年 11 月），卷 250，頁
　　　　8810。
〔註28〕劉揚忠：《唐宋詞流派史》（北京：中國社會科學出版社，2007 年 1
　　　　月），頁 110～111。
〔註29〕〔元〕脫脫等撰：《宋史》，楊家駱主編：《新校本宋史并附編三種四》
　　　　（台北：鼎文書局，1983 年 11 月），卷 142，頁 3347～3348。
〔註30〕同前註，頁 3345。

　　　　凡五十四曲，朝廷多用之。〔註31〕

太宗、仁宗創制這麼多新曲，加上原有舊曲，看得出來燕樂創新發展的龐大規模。除了皇帝為首的詞曲創作外，教坊本身樂工也能自制新曲，《宋史‧樂志》言：

> 太平興國中，伶官蔚茂多侍大宴，聞雞唱，殿前都虞侯崔翰問之曰：「此可被管弦乎？」茂多即法其聲，製曲曰《雞叫子》。〔註32〕

可想見當時教坊創制新曲的繁盛。舊曲、新曲在朝廷流行盛況，王易《詞曲史‧衍流》說道：

> 有宋詞流之盛，多由於君上之提倡。北宋則太宗為詞曲第一作家；真、仁、神三宗俱曉聲律；徽宗之詞尤擅勝場，即所傳十餘篇，固已無愧作者。〔註33〕

可以清楚看到君主提倡之風，必有起而效尤、推波助瀾之功，文人學士的群起響應，讓歌舞娛樂的風氣大為興盛。

　　《詞苑叢談》卷六有一記載，澹庵老人胡銓《玉音問答》云：

> 隆興元年（1163）五月三日晚，侍上（孝宗）於後殿之內閣。……上御玉荷杯，某用金鴨杯。初醆，上令潘妃唱〈賀新郎〉令，……俄而遷坐，進八寶羹，洗醆再酌。上令潘妃執玉荷杯，唱〈萬年歡〉。此詞乃仁宗親製。上飲訖，親唱一曲名〈喜遷鶯〉以酌酒，且謂某曰：「朕昨苦嗽，聲音稍澀。朕每在宮，不妄作此，只是侍太上宴間，被上旨令唱。今夕與卿相會，朕意甚歡，故作此樂。……時漏已四下，猶侍上凭闌四望。〔註34〕

這裏所記，嬪妃親唱仁宗親製之詞，皇上龍心大悅也親唱助興，君臣相聚時以作詞、唱詞來娛樂，「遷坐」後「洗醆再酌」，且「時漏已四

〔註31〕〔元〕脫脫等撰：《宋史》，楊家駱主編：《新校本宋史并附編三種四》（台北：鼎文書局，1983年11月），卷142，頁3351～3356。

〔註32〕同前註，頁3356。

〔註33〕王易：《詞曲史》（台北：廣文書局，1997年9月），頁131。

〔註34〕〔清〕徐釚編著、王百里校箋：《詞苑叢談校箋》（北京：人民文學出版社，1998年），頁364～365。

下，猶侍上凭闌四望」可知宴會時間長，拉長宴會時間、賓客盡歡，應是慢曲子功效之一。而士大夫沉醉歌舞的情景，翰林學士聶冠卿在〈多麗李良定公席上賦〉下片曰：

> 有翩若輕鴻體態，暮爲行雨標格。逞朱唇、緩歌妖麗，似
> 聽流鶯亂花隔。慢舞縈回，嬌鬟低嚲，腰肢纖細困無力。
> 忍分散、彩雲歸後，何處更尋覓。休辭醉，明月花好，莫
> 謾輕擲。〔註35〕

看「慢舞縈回，嬌鬟低嚲」，聽「緩歌妖麗，似聽流鶯亂花隔」，喝酒、品茗的熱鬧視聽饗宴必不短促，充份讓參與人士不願散席，流露對此宴會的留戀不捨。

舊曲、新曲在朝廷流行，造成由上到下、從北宋到南宋整個朝代歌舞娛樂風氣，或者說歌舞娛樂促進宴會時間加長，應時而生的慢曲子恰好迎和整個宋朝的享樂之風。

二、市民娛樂的社會環境

北宋結束數十年五代十國分裂戰亂的局面，到太宗開寶八年（975）統一中國，此時，北方仍有遼國威脅著宋王朝，澶淵之盟後，宋、遼兩國形成長期并立形勢，這一段和平時期，爲中原經濟文化開啓創造交流的機會。在眞宗、仁宗朝時，社會經過將近六、七十年的休養生息，「自景德以來，四方無事，百姓康樂，戶口蕃庶，田野日闢」，〔註36〕生產的迅速恢復、發展，推動了經濟的繁榮，從而使得商品交換關係空前活躍，城市人口大大增加，許多大都市更加繁華，當這些手工業者、商販、租賃主、工匠、雇匠、苦力、自由職者、貧民等，構成坊郭戶中的大多數，組成了一個龐雜的市民階層，市民階層進一步壯大，在城市活動與社會生活中發揮了巨大作用，處於城市勞動的中心地位，成爲城市文化的創造者，

〔註35〕唐圭璋編纂：《全宋詞》（北京：中華書局，1999年1月），頁13。
〔註36〕〔元〕脫脫等撰：《宋史》，楊家駱主編：《新校本宋史并附編三種五》
　　　　（台北：鼎文書局，1983年11月），卷173，頁4163。

〔註37〕即使有遼、夏等外患，外交上以歲幣換取和平，但國政相對安定、社會繁榮，柳永正身處歌舞昇平的時代，社會繁庶促進都市經濟高度發展，〔宋〕張擇端的〈清明上河圖〉爲我們展現一幅城市經濟活躍的圖像，孟元老的《東京夢華錄》則提供了詳盡的說明：

> 僕從先人，宦遊南北，崇寧癸未（1103）到京師，卜居於州西金梁橋西夾道之南。漸次長立，正當輦轂之下，太平日久，人物繁阜，垂髫之童，但習鼓舞；班白之老，不識干戈。時節相次，各有觀賞。燈宵月夕，雪際花時，乞巧登高，教池游苑。舉目則青樓畫閣，繡户珠簾，雕車競駐於天街，寶馬爭馳於御路，金翠耀目，羅綺飄香。新聲巧笑於柳陌花衢，按管調弦於茶坊酒肆。八荒爭湊，萬國咸通。集四海之珍奇，皆歸市易；會寰區之異味，悉在庖廚。花光滿路，何限春遊；簫鼓喧空，幾家夜宴。伎巧則驚人耳目，侈奢則長人精神……。〔註38〕

雖然《東京夢華錄》所載乃北宋崇寧至宣和（1102～1125）年間的輦轂見聞，比柳永生活與創作的年代晚了半個世紀，但是，北宋經濟文化發展繁榮的歷史，自有一個歷時一百多年的運動過程，而柳永所處的眞宗、仁宗兩朝，無疑是它最爲輝煌的時期。〔註39〕

城市商業發展同時伴隨人口急速增加，汴京作爲當時最繁華的城市，東都外城方圓四十餘里，其間人口密集，交易熱絡，「相國寺每月五次開放，萬姓交易，大三門上皆是飛禽貓犬之類，珍禽奇獸，無所不有」（〈相國寺內萬姓交易〉），加上當時逐漸取消都市中「坊」和「市」的界限，不禁夜市：「冬月盤兔，旋炙豬皮肉、野鴨肉、滴酥水晶鱠、煎夾子、豬臟之類，直至龍津橋須腦子肉止，謂之雜嚼，直至三更」（〈州

〔註37〕謝桃坊：《柳永詞選評》（上海：上海古籍出版社，2002 年 10 月），頁 20。

〔註38〕〔宋〕孟元老撰、鄧之誠注：《東京夢華錄注》（台北：漢京文化事業公司，1984 年 3 月），頁 4。

〔註39〕曾大興：《柳永和他的詞》（廣州：中山大學出版社，2001 年 9 月），頁 24。

橋夜市〉）、「皇建院街，得勝橋鄭家油餅店，動二十餘爐，直南抵太廟街，高陽正店，夜市尤盛」（〈潘樓東街巷〉）、「夜市比州橋又盛百倍，車馬闐擁，不可駐足」（〈馬行街北諸醫鋪〉），〔註40〕爲商業和娛樂業提供更有利的環境。

　　當時，有兩個行業特別發達，一是酒樓，二是妓院，《東京夢華錄‧酒樓》條記載：

> 凡京師酒店門首，皆縛綵樓歡門。唯任店入其門，一直主廊約百餘步，南北天井兩廊皆小閣子，向晚燈燭熒煌，上下相照，濃粧妓女數百，聚於主廊檐面上，以待酒客呼喚，望之宛若神仙。……大抵諸酒肆瓦市，不以風雨寒暑、白晝通夜，駢闐如此。州東宋門外仁和店、姜店，州西宜城樓藥張四店、班樓，金梁橋下劉樓，曹門蠻王家、乳酪張家，州北八仙樓，戴樓門張八家園宅正店，鄭門河王家，李七家正店，景靈宮東牆長慶樓，在京正店七十二戶，此外不能遍數。其餘皆謂之「腳店」。〔註41〕

從這些記錄，可以知道城內規模宏大的正店有七十二家，其餘「腳店」則不可遍數，大酒樓是「向晚燈燭熒煌」，小酒店則｜有卜等妓女，不呼自來筵前歌唱」。酒樓遍佈的東京城內，妓院配合大眾享樂的需要也蓬勃發展起來：麴院街「向西去皆妓館舍」（〈宣德樓前省府宮宇〉）；「東去大街麥稭巷、狀元樓，餘皆妓館」、「西通新門瓦子，以南殺豬巷亦妓館」（〈朱雀門外街巷〉）；朱家橋下南斜街、北斜街，「兩街有妓館」，以東牛行街一帶，「亦有妓館，一直抵新城」（〈潘樓東街巷〉）；相國寺南即「錄事巷妓館」，寺北小甜水巷內「妓館亦多」（〈寺東門街巷〉）；景德寺前有桃花洞，「皆妓館」……（〈上清宮〉），可見汴京妓館數量之多。除了酒樓歌館外，瓦舍勾

〔註40〕〔宋〕孟元老撰、鄧之誠注：《東京夢華錄注》（台北：漢京文化事業公司，1984年3月），頁65、70、82、88。

〔註41〕〔宋〕孟元老撰、鄧之誠注：《東京夢華錄注》（台北：漢京文化事業公司，1984年3月），頁71～72。

欄也成為市民娛樂的主要場所：「東角樓，街南桑家瓦子，近北則中瓦、次裏瓦，其中大小勾欄五十餘座。內中瓦子蓮花棚、牡丹棚、裏瓦子夜叉棚、象棚最大，可容數千人。」（〈東角樓街巷〉）〔註42〕酒樓妓館的勃興，商品經濟的繁榮，為城市文化娛樂生活提供物質條件，而正是這一批年輕貌美、能歌善舞、侍奉酒宴娛樂，在酒店茶坊諸處出入演唱的「私妓」，成為柳永一派文人詞的主要傳播者，成為這派文人詞與市民文藝之間互相影響、互相滲透的主要媒介。〔註43〕

　　繁華都市，車水馬龍，商店鱗次櫛比，此時新興市民階層正日益龐大，他們有錢有閒，衍生了各種以娛樂為主的文藝形式——瓦舍勾欄文化蓬勃興起：〈京瓦伎藝〉條記載有「小唱、嘌唱、般雜劇、杖頭傀儡、懸絲傀儡、藥發傀儡、小掉刀、毬杖、踢弄、講史、小說、散樂、舞旋、小兒相撲雜劇、影戲、諸宮調、商謎、說諢話、說三分、五代史、叫果子，其餘不可勝數。不以風雨寒暑，諸棚看人，日日如是。」〔註44〕歌者執板清唱小詞，而流行於勾欄瓦舍的慢詞，《宋史·樂志》曾言：

> 真宗不喜鄭聲，而或為雜詞，未嘗宣布于外。……又民間
> 作新聲者甚眾，而教坊不用也。
>
> 若〈宇宙賀皇恩〉、〈降聖萬年春〉之類，……諸曲多祕。
> 〔註45〕

可見宋代的宮廷音樂和民間是隔絕的，民間音樂主要是歌妓和樂工進行的慢曲子的創作，當「民間作新聲者甚眾」、「慢諸曲幾千數」，則

〔註42〕 以上各條皆引自〔宋〕孟元老撰、鄧之誠注：《東京夢華錄注》（台北：漢京文化事業公司，1984年3月）。

〔註43〕 曾大興：《柳永和他的詞》（廣州：中山大學出版社，2001年9月），頁21。

〔註44〕 〔宋〕孟元老撰、鄧之誠注：《東京夢華錄注》（台北：漢京文化事業公司，1984年3月），頁132～133。

〔註45〕 〔元〕脫脫等撰：《宋史》，楊家駱主編：《新校本宋史并附編三種四》（台北：鼎文書局，1983年11月），卷142，頁3356。

是時慢詞漸起，而戲曲亦同時發達可斷言也。〔註46〕

　　慢詞源頭來自市民文學、都市繁榮、娛樂需求，「新聲」就是在這種爲了適應市民生活內容和審美要求的環境形成、流轉的。柳永長期沉淪下僚，理解中下階層百姓生活，精於音律，擅於變舊聲作新聲，將節奏緩慢、樂曲較長的慢曲子做了大規模的發展，慢詞有了市民娛樂發展的社會環境，柳永生當其時。

三、詞體演變的文學環境

　　王易在《詞曲史》說道：

> 詞體成立之順序，凡有三例：初整齊而後錯綜，一也；初獨韻而後轉韻，二也；初單片而後雙疊，三也。流衍至於五代，短章不足以盡興，於是伶工樂府，漸變新聲，增加節拍，而化短爲長，引近間作矣。〔註47〕

王易認爲詞之體例從句式來看，從整齊變爲長短句；從格律來說，從獨韻而後轉韻；三由單片而後雙疊拉長篇幅，而字句參差、長短錯落，與樂曲節拍要求密切相關，如此說來，詞體本身在其形式與音樂上發生改變。以下將溯源詞體發展，探討長短句的形式變化，詞樂與燕樂的密不可分，慢詞至柳永前的發展情況，了解柳永在詞體變化中創作慢詞的文學環境。

（一）長短句的形式變化

　　王力在《漢語詩律學》論詞之來源說道：

> 詞的來源，可以從兩方面來說。若從「被諸管絃」一方面說，詞是淵源於樂府的；若從格律一方面說，詞是淵源於近體詩的。〔註48〕

最初之時，詞（亦稱爲曲），除了配樂之外，其體製和詩完全相同，反過來說，絕句或律詩，如果配上音樂，即可變成詞。由此看來，詩

〔註46〕王易：《詞曲史》（台北：廣文書局，1997年9月），頁105。
〔註47〕王易：《詞曲史》（台北：廣文書局，1997年9月），頁63。
〔註48〕王力：《漢語詩律學》（上海：上海教育出版社，1988年1月），頁508。

和詞沒有分別。然而詞成為「一種律化的、長短句的、固定字數的詩」，
〔註49〕自然有其演變，才能有別於近體詩、雜言古風和古樂府。〔明〕
楊慎《詞品》序云：

> 詩詞同工而異曲，共源而分派。在六朝，若陶宏景之〈寒
> 夜怨〉，梁武帝之〈江南弄〉，陸瓊之〈飲酒樂〉，隋煬帝之
> 〈望江南〉，填詞之體已具矣。〔註50〕

詞興起於唐代，但六朝之時已有作品具詞之形式，梁武帝〈江南弄〉
有七曲，以其中三首為例：

> 眾花雜色滿上林，舒芳耀綠垂輕陰。連手躞蹀舞春心。舞
> 春心，臨歲腴，中人望，獨躑躅。〈江南弄〉
>
> 美人綿眇在雲堂，雕金鏤竹眠玉牀。婉愛寥亮繞虹梁。繞
> 虹梁，流月臺，駐狂風，鬱徘徊。〈龍笛曲〉
>
> 遊戲五湖採蓮歸，發花田葉芳襲衣。為君儂歌世所希。世
> 所希，有如玉，江南弄，採蓮曲。〈採蓮曲〉〔註51〕

〈江南弄〉三首前三句為七言，後四句為三言之整齊句式，梁啓超在
〈詞之起源〉這麼說：

> 凡屬於〈江南弄〉之調，皆以七字三句、三字四句組織成
> 篇。七字三句，句句押韵，三字四句，隔句押韵，第四句
> 「舞春心」即覆疊第三句之末三字。……似此嚴格的一字
> 一句，按譜製調，實與唐末之「倚聲」新詞無異。……此
> 外如沈約之〈六憶詩〉，隋煬帝全依其譜為〈夜飲朝眠曲〉，
> 僧法雲之〈三洲歌〉，徐勉之〈送客歌〉，皆有一定字句。
> 此種曲調及作法，其為後來填詞鼻祖無疑。故朱弁《曲洧
> 舊聞》謂：「詞起於唐人，而六代已濫觴也。」〔註52〕

〔註49〕王力：《漢語詩律學》（上海：上海教育出版社，1988年1月），頁509。
〔註50〕〔明〕楊慎：〈詞品序〉，唐圭璋編：《詞話叢編》（台北：新文豐出
版公司，1988年2月），第1冊，頁408。
〔註51〕〔宋〕郭茂倩編撰：《樂府詩集》（台北：里仁書局，1999年1月），
頁726。
〔註52〕梁啓超：《中國之美文及其歷史》（台北：台灣中華書局，1988年），
頁178～179。

六朝已具詞之開端，齊梁之後，古樂的音節已亡佚，當時君臣別翻新調，加上四聲之譜興起，將五、七言絕句配合曲調歌唱，如王昌齡七絕〈從軍行〉：「秦時明月漢時關，萬里征人尚未還。但願龍庭神將在，不教胡馬渡陰山。」在《樂府詩集》中屬〈蓋羅縫曲子〉；〔註53〕而「戎渾曲」，其歌辭本於王維五律〈觀獵〉，截取前四句而成；〔註54〕商調曲〈陸州歌〉為五絕；〔註55〕張祜的〈雨霖鈴〉，劉禹錫、白居易的〈楊柳枝〉、〈浪淘沙〉等，皆是七絕。〔註56〕隋唐樂府辭之存者，多屬五、七言絕句，體不異於詩，看來某種曲其配合之歌辭，不論曲之長短，皆係以絕句充當而歌唱也。〔註57〕

此外也有五言、六言入樂府者，如崔液〈踏歌詞〉二首：

采女迎金屋，仙姬出畫堂。鴛鴦裁錦袖，翡翠貼花黃。歌響舞分行，艷色動流光。

庭際花微落，樓前漢已橫。金臺催夜盡，羅袖拂塞輕。樂笑暢歡情，未半著天明。〔註58〕（五言六句）

韋應物〈三臺〉其一：

一年一年老去，明日後日花開。未報長安平定，萬國豈得銜杯。冰泮寒塘始綠，雨餘百草皆生。朝來門閤無事，晚下高齋有情。〔註59〕（六言八句）

凡此皆貌近於詩，而音節固屬樂府，實介乎詩詞之間，皆晚唐、北宋

〔註53〕〔宋〕郭茂倩編撰：《樂府詩集》（台北：里仁書局，1999年1月），頁1123。

〔註54〕〔唐〕王維〈觀獵〉：「風勁角弓鳴，將軍獵渭城。草枯鷹眼疾，雪盡馬蹄輕。」同前註，頁1126。

〔註55〕〔宋〕郭茂倩編撰：《樂府詩集》（台北：里仁書局，1999年1月），頁1121～1122。

〔註56〕同前註，頁1138、1142～1143、1150～1151。

〔註57〕陳弘治《詞學今論》云：「（雖說如此），然而唐代、五七言詩雖往往『合之管絃』，但非所有五七言詩皆可歌。」（台北：文津出版社，1991年7月），頁25。

〔註58〕〔宋〕郭茂倩編撰：《樂府詩集》（台北：里仁書局，1999年1月），頁1158。

〔註59〕同前註，頁1057。

令、引諸詞之所從出也。〔註60〕王灼《碧雞漫志》也說：

> 唐時古意亦未全喪，〈竹枝〉、〈浪淘沙〉、〈拋毬樂〉、〈楊柳
> 枝〉，乃詩中絕句，而定為歌曲。故李太白〈清平調〉詞三
> 章皆絕句，元、白諸詩，亦為知音者協律作歌。〔註61〕

從以上看來，初期詞體或就五言、六言、七言來增添字句，以為長短句，而這些句子到唐代時，形式上流衍為詞，「古歌變為古樂府，古樂府變為今曲子，其本一也。」〔註62〕今存最早的《花間集》、《尊前集》所見詞之形式，皆有此源頭可尋。

（二）燕樂與曲調密不可分

《舊唐書‧音樂志》說：「自開元以來，歌者雜用胡夷里巷之曲。」〔註63〕張惠言《詞選》序云：「詞者，蓋出于唐之詩人，採樂府之音以制新律，因繫其辭，故曰詞。」〔註64〕至歌詩為詞，其所配合的音樂，與一個源於北朝而成於隋唐的新興樂曲有著極為密切的關係。

北朝時，鮮卑等少數民族入主北方中國，帶來琵琶、羯鼓等西域樂器，這些胡樂與中原地區的民間音樂交流、影響，逐漸形成與南朝正統清樂迥異的北樂系統。隋朝統一後，隋文帝置七部樂：「一曰西涼伎，二曰清商伎，三曰高麗伎，四曰天竺伎，五曰安國伎，六曰龜茲伎，七曰文康伎。」〔註65〕至大業中，隋煬帝乃立清樂、西涼、龜茲、天竺、康國、疏勒、安國、高麗、禮畢，而成隋九部

〔註60〕陳弘治：《詞學今論》（台北：文津出版社，1991 年 7 月），頁 26。

〔註61〕唐圭璋編：《詞話叢編》（台北：新文豐出版公司，1988 年 2 月），第 1 冊，頁 77。

〔註62〕〔宋〕王灼：《碧雞漫志》，唐圭璋編：《詞話叢編》（台北：新文豐出版公司，1988 年 2 月），第 1 冊，頁 74。

〔註63〕〔後晉〕劉昫：《舊唐書》，楊家駱主編：《新校本舊唐書附索引二》（台北：鼎文書局，1989 年 12 月），卷 30，頁 1089。

〔註64〕唐圭璋編：《詞話叢編》（台北：新文豐出版公司，1988 年 2 月），第 2 冊，頁 1617。

〔註65〕〔宋〕郭茂倩編撰：〈近代曲辭序〉，《樂府詩集》（台北：里仁書局，1999 年 1 月），卷 79，頁 1107。

樂，大致確立了燕樂的框架。到了唐代，對外來文化的兼容並蓄、廣泛吸收，使得「胡樂」、「胡琴」、「胡妓」隨著「胡人」、「胡馬」湧入，爲音樂增添了新聲新曲調。貞觀十四年（640），唐太宗改隋九部樂爲唐十部樂：

> 一曰讌樂，二曰清商，三曰西涼，四曰天竺，五曰高麗，
> 六曰龜茲，七曰安國，八曰疏勒，九曰高昌，十曰康國，
> 而總謂之燕樂。聲辭繁雜，不可勝紀。〔註66〕

天寶十三年（754），唐玄宗「始詔諸道調、法曲與胡部新聲合作」，〔註67〕自此之後，樂奏全失古法，以先王之樂爲雅樂，前世新聲爲清樂、合胡部者爲宴樂。太樂署並將許多外來樂曲易爲漢名，給予正式認定，〔註68〕故燕樂至唐代，成爲新音樂的匯聚。

此新音樂不僅曲調豐富，樂器繁多，旋律、節奏明快又具變化，這樣的俗樂異於廟堂樂音，文人樂工競奏新聲，《新唐書‧禮樂志》曾具體描述：

> 自周、陳以上，雅鄭淆雜而無別，隋文帝始分雅、俗二部，
> 至唐更曰「部當」。凡所謂俗樂者，二十有八調：正宮、
> 高宮、中呂宮、道調宮、南呂宮、仙呂宮、黃鍾宮爲七宮；
> 越調、大食調、高大食調、雙調、小食調、歇指調、林鍾
> 商爲七商；大食角、高大食角、雙角、小食角、歇指角、
> 林鍾角、越角爲七角；中呂調、正平調、高平調、仙呂調、
> 黃鍾羽、般涉調、高般涉爲七羽。皆從濁至清，迭更其聲，
> 下則益濁，上則益清，慢者過節，急者流蕩。其後聲器寖
> 殊，或有宮調之名，或以倍四爲度，有與律呂同名，而聲
> 不近雅者。其宮調乃應夾鍾之律，燕設用之。〔註69〕

〔註66〕〔唐〕杜佑：《通典》（台北：新興書局，1965年10月），頁763。
〔註67〕〔唐〕白居易：〈法曲〉詩「明年胡塵犯宮闕」句下注。見《全唐詩》（北京：中華書局，1992年10月），卷426，頁4690。
〔註68〕楊家駱主編《唐會要》云：「天寶十三載七月十日，太樂署供奉曲名及改諸樂名。」（台北：世界書局，1989年4月），卷33，頁615。
〔註69〕〔宋〕歐陽修、宋祁：《新唐書》，楊家駱主編：《新校本新唐書附索引八》（台北：鼎文書局，1989年12月），卷22，頁473。

此俗樂二十八調正指燕樂二十八調,「是以感其聲者,莫不奢淫躁競,舉止輕颷,或踊或躍,乍動乍息,蹻腳彈指,撼頭弄目,情發於中,不能自止。」〔註70〕不難想像,隋唐燕樂強烈感動人心,使人的情感在樂曲中盡情宣洩。王灼《碧雞漫志》謂:「蓋隋以來,今之所謂曲子者漸興,至唐稍盛。今則繁聲淫奏,殆不可數。」〔註71〕

由此看來,唐人將詩句譜樂,由詩入曲,根據曲譜填寫新詞,而加諸管弦的歌詞,其句法有長有短,加上詞之句式、聲情,借調衍聲後乃一變而爲令詞。初期詞的格式未能脫離詩,或取五、七言律絕,或以五、七言律絕增減其字,或以三、五、七言離合參差而成。洎乎慢詞興起,由小令而中調,於是詞體遂繁。〔註72〕

詞之起源在隋、唐之際,而在唐末、五代成熟繁盛,當時傳統文章衰落,「唐末五代文章之陋極矣,獨樂章可喜,雖乏高韻,而一種奇巧,各自立格,不相沿襲」,〔註73〕而新興曲子詞立意創新,樹立藝術個性,其形式與曲調已然建立詞體文學獨盛局面。

(三)柳永之前慢詞已漸發展

慢詞起於何時?王灼《碧雞漫志》卷五說:「唐中葉漸有今體慢曲子」,〔註74〕王灼認爲慢詞至少在中唐時就已興起。而詞牌正式冠以慢字者,最先見於唐末鍾輻的〈卜算子慢〉,〔註75〕八十九字。唐、五代詞基本上爲小令,用慢曲子填製的長調,僅有杜牧〈八六子〉,

---

〔註70〕〔元〕馬端臨:《文獻通考》(台北:新興書局,1965 年 10 月),樂二,頁 1151。

〔註71〕唐圭璋編:《詞話叢編》(台北:新文豐出版公司,1988 年 2 月),第 1 冊,頁 74。

〔註72〕陳弘治:《詞學今論》(台北:文津出版社,1991 年 7 月),頁 40。

〔註73〕〔宋〕王灼:《碧雞漫志》,唐圭璋編:《詞話叢編》(台北:新文豐出版公司,1988 年 2 月),第 1 冊,頁 82。

〔註74〕唐圭璋編:《詞話叢編》(台北:新文豐出版公司,1988 年 2 月),第 1 冊,頁 111。

〔註75〕張璋、黃畬編:《全唐五代詞》(台北:文史哲出版社,1986 年 10 月),頁 497～498。

〔註76〕雙調，九十字，描寫宮女在深宮的寂寞和紅顏老去的哀怨；薛昭蘊〈離別難〉，〔註77〕雙調，八十七字，寫女子與心上人的離別；尹鶚〈秋夜月〉，〔註78〕雙調，八十四字，寫詞人與歌伎的戀情；後唐莊宗李存勗〈歌頭〉，〔註79〕雙調，一百三十六字；民間詞中，敦煌曲辭《雲謠集》即收錄有〈內家嬌〉（104 字）、〈傾杯樂〉（110 字）〔註80〕等數篇，內容大多未脫離從戀情中開展出來。

　　根據《全宋詞》，北宋最早的慢詞是和峴的〈導引〉、〈六州〉、〈十二時〉三首鼓吹歌曲；〔註81〕而聶冠卿〈多麗李良定公席上賦〉在當時流傳頗廣，且「情文並茂，富麗精工」，可以看作是北宋的第一批慢詞中的一首；〔註82〕蘇舜卿的〈水調歌頭滄浪亭〉〔註83〕則抒發人生感受，呈現「丈夫志，當景盛，恥疏閑」的形象，即使氣象開拓，已有個人懷抱的抒發，慢詞仍未開始大量製作。據作者參考曾大興、梁麗芳等人統計，將柳永、張先、晏殊、歐陽修四人所用的詞牌列表比較：

詞人姓名	詞總數	慢詞總數	百分比（%）	詞牌總數	與唐五代詞牌相同之百分率（%）
柳永（985～1053）	206	122	59.2	124	21
張先（990～1078）	165	17	10.3	95	32
晏殊（991～1055）	136	3	2.2	38	45
歐陽修（1007～1072）	241	13	5.4	52	43

〔註76〕張璋、黃畲編：《全唐五代詞》（台北：文史哲出版社，1986 年 10 月），頁 165。
〔註77〕同前註，頁 571。
〔註78〕同前註，頁 632。
〔註79〕同前註，頁 323。
〔註80〕同前註，卷七敦煌詞，頁 849～851。
〔註81〕唐圭璋編纂：《全宋詞》（北京：中華書局，1999 年 1 月），頁 1～2。
〔註82〕陳煒敏：《北宋前期的慢詞》（北京：首都師範大學碩士學位論文，2007 年 5 月），頁 11。
〔註83〕唐圭璋編纂：《全宋詞》（北京：中華書局，1999 年 1 月），頁 215～216。

基本上，柳永、張先、晏殊是同時代人，柳永在慢詞總數與創制新調的成就，遠超越同期者；張先僅次於柳永，致力於嘗試新曲，以新的詞風推動新的樂曲流行，功不可沒，北宋初期詞家，張先比起晏殊、歐陽修，在慢詞的創作上有著長足的發展。

據周玲統計，張先作品中，除了約佔全部作品 10%的慢詞，另外五十九字至九十字的中調共三十八首，約佔整個詞作的 30%，中調正是對小令形式的突破，又是走向慢詞的開始，張先詞集中占 30%的中調，正是張先由小令走向慢詞創作途中孜孜不倦、苦苦以求的印證，也是慢詞尚未定型的表現。〔註84〕而張先即便寫小令，亦喜用雙調，看來傳統小令已容納不下想表達的情感，必須突破或依新聲方能傳達出他的心中感情。

若說晏殊、歐陽修上承晚唐、五代遺風，柳永下開北宋中期之後詞壇新路，張先則以「小令作法寫慢詞」，以情韻爲主，而不事鋪敘。〔註85〕〔清〕陳廷焯《白雨齋詞話》卷一有一段對張先的評論：

> 張子野詞，古今一大轉移也。前此則爲晏、歐，爲溫、韋，
> 體段雖具，聲色未開。後此則爲秦、柳，爲蘇、辛，爲美
> 成、白石，發揚蹈厲，氣局一新，而古意漸失。子野適得
> 其中，有含蓄處，亦有發越處。但含蓄不似溫、韋，發越
> 亦不似豪蘇膩柳。規模雖隘，氣格卻近古。自子野後，一
> 千年來，溫、韋之風不作矣，益令我思子野不置。〔註86〕

清楚說明張先介於傳統與拓新二者之間轉變的橋梁的影響，及在詞史上對於慢詞承上啓下的貢獻。唐、五代的長調只是醞釀的階段，而張先以小令作法寫慢詞的嘗試，到柳永的大量製作，使長調變成宋詞的新體製，讓詞人有更寬廣的揮灑的空間，可包容更多的內容，或作鋪

〔註84〕周玲：〈論張先詞的創新〉，《唐都學刊》第 4 期，（2001 年），頁 79
　　　　～80。

〔註85〕陳煒敏：《北宋前期的慢詞》（北京：首都師範大學碩士學位論文，
　　　　2007 年 5 月），頁 20。

〔註86〕唐圭璋編：《詞話叢編》（台北：新文豐出版公司，1988 年 2 月），第
　　　　4 冊，頁 3782。

敘誇張描寫，或作委婉細膩刻劃，詞也由抒情傳統轉爲可敘事說理，使詞的內涵擴大了，境界提昇了，張先處在小令邁向長調的關鍵，其開創之功不可沒。〔註87〕

　　詞在花間尊前時，難登大雅之堂，以詞爲娛賓遣興之事，視爲風流雅事，可從陳世脩〈陽春集序〉得到印證，其曰：「（馮）公以金陵盛時，內外無事，朋僚親舊，或當燕集，多運藻思，爲樂府新詞，俾歌者倚絲竹而歌之，所以娛賓而遣興也。」〔註88〕由於士大夫對歌曲觀念轉變，逐漸促成引近諸詞之充分發展，進於精妙雅致之境，開北宋作家之先河。吳曾《能改齋漫錄》曰：「詞自南唐以後，但有小令，其慢詞蓋起宋仁宗朝。」〔註89〕蓋令詞爲詩人習用，歷時百年，對北宋詞壇有深遠影響。

　　總結來說，當令詞創作繁榮爲慢詞發展提供了豐富經驗，士夫夫宴飲娛樂蔚然成風，加上城市經濟繁榮，市民階層興起，都爲柳永慢詞創作提供豐富多彩的生活素材。柳永促進市民階層喜聞樂見的文學樣式，把短小纖巧的小令拓展爲繁音紆節、涵蓋多元的慢詞，他塡詞的才華得以發揮，在民間的知名度隨著歌聲傳播而不斷攀升，慢詞終在柳永手上展現時代風貌與個人體志，成爲其他詞人無法企及的卓越表現。

第三節　柳永所用詞調概述

　　詞本稱曲子詞，是一種文字與詞譜相配合並經過樂工歌妓演唱，具體展現音樂文學性質的文學。這裏所說的詞調，是指詞的腔調，也就是歌譜。詞起於配樂歌唱，每闋詞理當都有一個歌譜，也就是每闋詞都有自己配合的一支曲子，寫作一闋詞必須先創製或選用一個詞

〔註87〕黃文吉：《北宋十大詞家研究》（台北：文史哲出版社，1996 年 3 月），
　　　　頁 111～112。
〔註88〕〔南唐〕馮延巳：《陽春集》，楊家駱主編：《增補詞學叢書第一集》
　　　　（台北：世界書局，1982 年 4 月），第 3 冊，頁 2。
〔註89〕唐圭璋編：《詞話叢編》（台北：新文豐出版公司，1988 年 2 月），第
　　　　3 冊，頁 2499。

調，按照它對字句聲韻的要求以詞填之，不同詞調的歌詞，它的段數、句數、韻數、字數和平仄都有不同的格式，這些歌詞格式即是詞調，每個詞調都屬於一定的宮調，也有一定的旋律，宮調，是中國舊樂曲音調的總稱，吳梅《詞學通論》云：

> 音者何？宮、商、角、徵、羽、變宮、變徵七音也。律者何？黃鍾、大呂、太簇、夾鍾、姑洗、中呂、蕤賓、林鍾、夷則、南呂、無射、應鍾之十二律也。以七音乘十二律，則得八十四音。此八十四音，不名曰音，別名曰宮調。何謂宮調？以宮音乘十二律，名曰宮；以商、角、徵、羽、變宮、變徵乘十二律，名曰調，故宮有十二，調有七十二。〔註90〕

宮調是由七音十二律構成，七音用來標示歌唱聲音的高低，十二律用來定樂器音階之高下，起音高低，自然限定樂器聲調的高低，而宮音一旦確定，整首曲子的旋律自然定調，隨著音調的高低升降便可決定曲譜形式。詞調，是宋詞與音樂結合的重要標誌。

由於音樂旋律不同，詞調也因之而異，每一個腔調都予以一個特定的名稱，即曰詞牌。《樂章集》二百○六闋詞中，共使用十七個宮調，一百二十四個詞牌，這些詞調可以看出柳永精於音律的才能，其句式多變、大量創製新聲且其文字與聲情之間關係密切。以下將分別說明之。

一、詞體句式複雜多變

今援引梁麗芳統計柳永所作詞牌數目與宮調名稱的對照表格，羅列如下：〔註91〕

	宮調名稱	詞牌數目	詞數
1	林鐘商	29	44
2	仙呂調	27	38
3	大石調	17	24

〔註90〕吳梅：《詞學通論》（台北：台灣商務印書館，1969 年 12 月），頁 23。
〔註91〕梁麗芳：《柳永及其詞之研究》（香港：三聯書店香港分店，1985 年 6 月），頁 34。

4	中呂調	19	19
5	雙調	13	18
6	正宮	7	10
7	南呂調	5	10
8	歇指調	8	9
9	小石調	6	8
10	般涉調	5	7
11	中呂宮	5	6
12	平調	6	6
13	散水調	2	2
14	仙呂宮	2	2
15	黃鍾羽	1	1
16	黃鍾宮	1	1
17	越調	1	1

上一節曾將柳永所用詞牌數量與同時代詞人相比：張先一百六十五首、九十五種詞調，晏殊一百三十六首、三十八種詞調，歐陽修二百四十一首、五十二種詞調，柳永二百○六首、一百二十四種詞調，柳永所使用的詞調數量更多。

除了上述同一宮調包括不同詞牌之外，另外有十七首異宮同名的詞：〔註92〕

	詞牌	宮調名稱	詞數
1	尾犯	正宮、林鍾商	2
2	傾杯樂（又名古傾杯、傾杯）	仙呂宮、大石調、林鍾商、黃鍾羽、散水調	8
3	鶴沖天	大石調、黃鍾宮	2
4	女冠子	大石調、仙呂調	2
5	玉樓春（又名木蘭花）	大石調、林鍾商	12

〔註92〕參考葉慕蘭：《柳永詞研究》（台北：文史哲出版社，1983 年 1 月），頁 26。

6	定風波	雙調、林鍾商	2
7	鳳歸雲	林鍾商、仙呂調	2
8	引駕行	中呂調、仙呂調	2
9	望遠行	中呂調、仙呂調	2
10	洞仙歌	中呂調、仙呂調、般涉調	3
11	祭天神	中呂調、歇指調	2
12	安公子	中呂調、般涉調	3
13	歸去來	平調、中呂調	2
14	燕歸梁	平調、中呂調	2
15	長壽樂	平調、般涉調	2
16	瑞鷓鴣	南呂調、般涉調、平調	5
17	迷神引	中呂調、仙呂調	2

以上這十七首詞分屬不同宮調，除〈木蘭花〉皆五十六字、〈迷神引〉皆五十七字外，其他各首的分句形式都各不相同，如〈傾杯樂〉八首分屬五種不同宮調，並有一〇四字、一〇六字、一〇八字等不同字數，援引曾大興所作表格說明：〔註93〕

宮調	大石調	大石調	林鍾商	林鍾商	散水調	散水調	黃鍾羽	仙呂宮
詞牌	傾杯樂	傾杯	古傾杯	傾杯	傾杯	傾杯樂	傾杯	傾杯樂
字數	104	108	106	108	108	116	108	104
前段平仄	4仄	4仄	5仄	4仄	5仄	6仄	4仄	4仄
句數	10	10	11	11	11	10	11	10
後段平仄	6仄	5仄	6仄	5仄	5仄	4仄	5仄	5仄
句數	12	11	7	9	9	9	9	11

〈傾杯樂〉八首分屬〈大石調〉、〈林鍾商〉、〈散水調〉、〈黃鍾羽〉、〈仙呂宮〉五種不同宮調；字數有一〇四字、一〇六字、一〇八字、一一

〔註93〕曾大興：《柳永和他的詞》（廣州：中山大學出版社，2001年9月），頁97。

六字的差別；前段平仄與句數有 4 仄 10 句、4 仄 11 句、5 仄 11 句、6 仄 10 句的不同；後段平仄與句數有 6 仄 12 句、6 仄 7 句、5 仄 11 句、5 仄 9 句、4 仄 9 句的差異。

　　另外，〈瑞鷓鴣〉五首屬三種宮調，分別有五十五字、六十四字、八十六字、八十八字的形式；〈洞仙歌〉三首屬三種宮調，有一百二十一字、一百二十三字、一百二十六字的呈現；〈安公子〉三首各自是八十字、一○五字、一○六字。柳永不只詞牌數量多，詞的長短及分句形式都不同，更顯複雜多變。

　　況且，還有十五個詞牌的詞屬於同一宮調、同一詞牌，分句形式卻也相異，分別是〈看花回〉、〈御街行〉、〈法曲獻仙音（法曲第二）〉、〈永遇樂〉、〈少年遊〉、〈輪臺子〉、〈夜半樂〉、〈過澗歇近〉、〈如魚水〉、〈玉蝴蝶〉、〈滿江紅〉、〈臨江仙〉、〈西施〉、〈河傳〉、〈瑞鷓鴣〉。以〈夜半樂〉（凍雲黯淡天氣，頁 352）為例：

　　　　一段：

　　6　4　5（韻）　　5　4（協）　　4　4　6　4（協）　　3、5（協）。

　　　　二段：

　　6　4　4（協）　　3、6（協）　　4　4　6　4（協）　　3、5（協）。

　　　　三段：

　　4　4　4（協）　　3、5（協）　　3、7（協）　　3、5（協）　　7（協）。

另一首〈夜半樂〉（絕豔天氣，頁 565）則是：

　　　　一段：

　　4　4　7（韻）　　5　4（協）　　4　4　6　4（協）　　3、5（協）。

　　　　二段：

　　6　4　4（協）　　3、6（協）　　4　4　6　4（協）　　3、5（協）。

　　　　三段：

　　4　4　4（協）　　3、5（協）　　3、7（協）　　3、5（協）　　8（協）。

這二首第一段首句斷句不同，及第三段末句字數不同。第一首第一段首句斷句是六字、四字、五字，而第二首第一段的首句斷句是四字、

四字、七字；而第一首第三段末句是七字，第二首第三段末句是八字。

對照詞譜來看此音律極細，而這些分句形式不同的現象，正顯現柳永詞音樂性的複雜變化，他將句子拉長、縮短以配合音樂演唱，依循音樂變化讓詞句跟著長短變化，顯現了高深的音樂造詣。他在詞作配樂上的創造性，打破了形式固定的小令，使詞體朝慢詞做了更多更深的開拓。

二、創製新調以唱新聲

宋仁宗朝是舞榭歌臺、畫閣青樓林立的太平盛世，〔清〕宋翔鳳《樂府餘論》寫道：

> 詞自南唐以後，但有小令，其慢詞蓋起宋仁宗朝。中原息兵，汴京繁庶，歌臺舞席，競賭新聲。耆卿失意無俚，流連坊曲，遂盡收俚俗語言，編入詞中，以便伎人傳習。一時動聽，傳播四方。〔註94〕

當舊調無法符合大眾追求流行趨勢時，市井之聲應時而起，〈玉蝴蝶〉描述平康小巷的歌妓向柳永索新詞、按新聲的情況：

> 誤入平康小巷，畫簷深處，朱箔微褰。羅綺叢中，偶認舊識嬋娟。翠眉開、嬌橫遠岫，綠鬢軃、濃染春煙。憶情牽。粉牆曾恁，窺宋三年。　　遷延。珊瑚筵上，親持犀管，旋疊香箋。要索新詞，殢人含笑立尊前。按新聲、珠喉漸穩，想舊意、波臉增妍。苦留連。鳳衾鴛枕，忍負良天。（頁403）

當時盛況是「風暖繁絃脆管，萬家競奏新聲」（〈木蘭花慢其二〉，頁497）；「是處樓臺，朱門院落，絃管新聲騰沸」（〈長壽樂〉，頁530）；「坐久覺、疏絃脆管，時換新音」（〈夏雲峰〉，頁213）；「省教成、幾闋清歌，盡新聲，好尊前重理」（〈玉山枕〉，頁467）；「簾下清歌簾外宴，雖愛新聲，不見如花面」（〈鳳棲梧〉，頁177）；歌妓唱出索新詞的流行樂曲：「佳娘捧板花鈿簇，唱出新聲群艷伏」（〈木蘭花其

〔註94〕〔清〕宋翔鳳：《樂府餘論》，唐圭璋編：《詞話叢編》（台北：新文豐出版公司，1988年2月），第3冊，頁2499。

二〉，頁 317），佳娘能唱柳永最新作品，必定讓其他歌妓又羨又妒，執板唱最新流行樂曲，必能名列點唱排行第一名，製造話題，引領流行。〔清〕蔡嵩雲《柯亭詞論》云：「當時創調制譜最有名者，首推柳耆卿。所制新聲獨多」，〔註95〕證明柳永新聲流行的風潮影響深長。

按照本論文第一章對慢詞的定義，《樂章集》二〇六闋詞中共有一百二十二首屬於慢詞，佔了詞作一半以上，製新調是柳永在詞體形式上極重要的貢獻，施議對曾說明柳永創製慢詞的三種方式：

> 將正在興起的市井「新聲」，加工提煉爲慢詞，如〈夜半樂〉、
> 〈傳花枝〉、〈十二時〉等；或者衍小令爲慢調，如〈木蘭
> 花慢〉、〈長相思慢〉、〈浪淘沙慢〉、〈定風波慢〉以及〈玉
> 蝴蝶〉等；或者增衍引、近，如〈臨江仙引〉、〈訴衷情近〉
> 等。〔註96〕

柳永或按新聲塡詞，或用原有詞的詞牌增加字數變化，或拉長詞調中的引、近，使篇幅加長，因詞與音樂密不可分的重要性，究竟柳永有多少詞是沿用舊調？多少詞調是自製新曲？根據葉慕蘭的統計，柳永以前或同時詞人所用過的詞調有三十五調；柳永沿用舊調而益其節拍、增其韻疊，或變小令、或延中調而成者，有三十一調；未經前人或同時詞人所運用過，爲柳永自度新調者，有五十調。〔註97〕徐安琪認爲柳永慢詞中使用的舊曲，是隋唐以來流行的燕樂曲調，見於崔令欽《教坊記》曲名表的，有二十八調，四十三首；可視爲柳永創製的新調有三十二調，四十七首。〔註98〕梁麗芳研究指出柳永創製了二十六個慢詞詞牌。〔註99〕

〔註95〕唐圭璋編：《詞話叢編》（台北：新文豐出版公司，1988 年 2 月），第
5 冊，頁 4900。

〔註96〕施議對：《詞與音樂關係研究》（北京：中國社會科學出版社，1985
年 7 月），頁 80。

〔註97〕葉慕蘭：《柳永詞研究》（台北：文史哲出版社，1983 年 1 月），頁
22～24。

〔註98〕徐安琪：〈試論柳永慢詞的創作思想〉，《杭州教育學院學報》第 1 期，
（2002 年），頁 13～14。

〔註99〕梁麗芳：《柳永及其詞之研究》（香港：三聯書店香港分店，1985 年
6 月），頁 38。

田玉琪發現如果完全考慮宮調因素，柳永實用十五宮調，一百五十五詞調。〔註100〕高秀華認爲柳永自創十八調，只有柳永有此詞而無他人之詞可校者，有三、四十調。〔註101〕曾大興考察《樂章集》詞調來源，得到下表結論：〔註102〕

詞調來源	數目	備註
《敦煌曲校錄》	14	以上共67（除去重複）
《教坊記》	53	
《唐五代詞》	27	
《宋史・樂志》	2	
寇準詞	1	〈甘草子〉
張子野詞	1	〈菊花新〉
晏殊詞	3	〈鳳銜杯〉、〈紅窗聽〉、〈燕歸梁〉
自創及無它詞可校者	55	
總計	127	

曾大興認爲柳永自創及無它詞可校者有五十五調，與《詞譜》所載同，但並未詳細列出詞調名。今據〔日〕宇野直人《柳永論稿——詞的源流與創新》（上海：上海古籍出版社，1998 年 12 月）〈柳永所用詞牌一覽表〉中所列《詞律》及《詞譜》的記載狀況，找出此五十五個詞牌，分別是：〈晝夜樂〉、〈笛家弄〉、〈金蕉葉〉、〈秋蕊香引〉、〈駐馬聽〉、〈戚氏〉、〈輪臺子〉、〈祭天神〉、〈透碧霄〉、〈一寸金〉、〈留客住〉、〈應天長〉、〈玉蝴蝶〉、〈促拍滿路花〉、〈女冠子〉、〈法曲獻仙音〉、〈竹馬子〉、〈西平樂〉、〈雪梅香〉、〈柳腰輕〉、〈迎新春〉、〈曲玉管〉、〈滿朝歡〉、〈夢還京〉、〈受恩深〉、〈看花回〉、〈惜春郎〉、〈佳人

〔註100〕田玉琪：〈柳永用調究竟有多少？〉，《中國韻文學刊》第 2 期，（2003年），頁 102。

〔註101〕高秀華：《柳永與市民文學》（香港：香港國際學術文化出版公司，2003 年），頁 113～114。

〔註102〕曾大興：《柳永和他的詞》（廣州：中山大學出版社，2001 年 9 月第 2 版），頁 95。

醉〉、〈迷仙引〉、〈采蓮令〉、〈鵲橋仙〉、〈雙聲子〉、〈陽臺路〉、〈宣清〉、
〈隔簾聽〉、〈集賢賓〉、〈思歸樂〉、〈彩雲歸〉、〈夜半樂〉、〈安公子〉、
〈歸去來〉、〈長壽樂〉、〈如魚水〉、〈玉山枕〉、〈甘州令〉、〈郭郎兒近
拍〉、〈大石調·傾杯〉、〈林鍾商·傾杯〉、〈塞孤〉、〈黃鍾羽·傾杯〉、
〈慢卷紬〉、〈合歡帶〉、〈擊梧桐〉、〈征部樂〉、〈爪茉莉〉。

　　柳永自創新調的成就我們已經明白，然而即使詞調源自《敦煌曲
校錄》的十四首詞調：〈傾杯樂〉、〈鳳歸雲〉、〈內家嬌〉、〈洞仙歌〉、
〈拋毬樂〉、〈送征衣〉、〈歸去來〉、〈定風波〉、〈婆羅門令〉、〈長相思〉、
〈望遠行〉、〈十二時〉、〈西江月〉、〈臨江仙〉，曾大興說：

> 柳永《樂章集》有十四個調名同於《敦煌曲校錄》的詞調，
> 但通過句式和體制方面的考察，得知其樂譜有了許多變化。
> 〈鳳歸雲〉、〈內家嬌〉的句式僅同四分之一；〈洞仙歌〉、〈拋
> 毬樂〉的句式全異；〈送征衣〉名同調異；〈定風波〉、〈長相
> 思〉、〈望遠行〉、〈十二時〉、〈婆羅門〉在敦煌曲中爲小令，
> 在《樂章集》中皆爲長調；〈歸去來〉雖亦短章，而句式平
> 仄都異；其相同或大致相同者，惟〈西江月〉、〈臨江仙〉與
> 〈傾杯樂〉三調而已，占總數的百分之二十。〔註103〕

所以，即使柳永詞調源自舊聲，仍然加入許多個人創見，在詞調數量
及創新上斐然有成。

　　雖然柳永自製新調到底有多少，每位研究者得到的數目大不相
同，因要嚴格區分柳永舊調和新調是困難的，其宮調歸屬、句式分合、
字數多寡皆不相同，但由這些統計可以看出大家都同意柳永創製新調
以唱新聲的流行景況，「倚新聲制詞是柳永的主要創作方式」，〔註104〕
其「變舊聲，作新聲」，重新再創作佔了極重要比例。柳永精於音律，
極盡聲情之變化，創製新調以唱新聲，讓詞得到發展的基礎，在詞史

〔註103〕 曾大興：《柳永和他的詞》（廣州：中山大學出版社，2001 年 9 月第
　　　　 2 版），頁 93。
〔註104〕 高秀華：《柳永與市民文學》（香港：香港國際學術文化出版公司，
　　　　 2003 年），頁 109。

上奠定極重要的地位。

三、分辨上去尤謹於入

《文心雕龍‧聲律篇》說:「夫音律所始,本於人聲者也。聲含宮商,肇自血氣,先王因之,以制樂歌。故知器寫人聲,聲非學器者也。」〔註105〕音樂韻律的起源,根據人們感受外物宣發的喜怒哀樂之聲,因而形成高低清濁不同的音調,其變化肇始於人的血脈氣息,而文學作品與聲律關係密切相關。

〔元〕燕南芝庵《唱論》曾說明曲調與聲情之間的關聯:

> 大凡聲音,各應於律呂,分於六宮十一調,共計十七宮調:
> 仙呂調唱清新綿邈,南呂宮唱感嘆傷悲,中呂宮唱高下閃
> 賺,黃鐘宮唱富貴纏綿,正宮唱惆悵雄壯,道宮唱飄逸清
> 幽,大石唱風流醞藉,小石唱旖旎嫵媚,高平唱條物滉漾,
> 般涉唱拾掇坑塹,歇指唱急併虛歇,商角唱悲傷宛轉,雙
> 調唱健捷激裊,商調唱悽愴怨慕,角調唱嗚咽悠揚,宮調
> 唱典雅沈重,越調唱陶寫冷笑。〔註106〕

柳永嫻熟音律,必然特別注重演唱者藉由曲調表達其情感思緒。

自齊梁時,周顒、沈約等發明四聲(平上去入),將之運用到詩歌創作之後,字聲組合與聲律關係從此緊密不分:

> 五色相宣,八音協暢,由乎玄黃律呂,各適物宜。欲使宮羽
> 相變,低昂舛節,若前有浮聲,則後須切響。一簡之內,音
> 韻盡殊,兩句之中,輕重悉異,妙達此旨,始可言文。〔註107〕

樂之五聲,宮商角徵羽,以音之高下低昂分。「宮羽相變」,宮音低,羽音高,所以是「低昂舛節」,當聲音高下相應,如此樂聲才「和」。

〔註105〕〔梁〕劉勰著、王更生注譯:《文心雕龍讀本》(台北:文史哲出版社,2004年10月),下篇,頁105。

〔註106〕〔元〕燕南芝庵:《唱論》,楊家駱主編:《歷代詩史長編二輯》(台北:鼎文書局,1974年2月),第1冊,頁160～161。

〔註107〕〔梁〕沈約:《宋書》,楊家駱主編:《新校本宋書附索引三》(台北:鼎文書局,1987年5月),卷67,頁1779。

〔註108〕詞原是配合音樂歌唱，按照樂譜要求審音用字，必須協於歌喉，被諸管弦，詞調中對使用的字聲有著較嚴格的規定。萬樹《詞律·發凡》指出：

> 平仄固有定律矣，然平止一途，仄兼上、去、入三種，不可過仄而以三聲概填。蓋一調之中，可概者十之六七，不可概者十之三四。須斟酌而後下字，方得無疵。〔註109〕

現在雖然樂譜散佚，然而不同的聲音旋律，給予人不同的樂音感受，大抵平聲字表現柔婉纏綿或悠揚淒清的情調；上聲表現矯健峭拔的情調；去聲字表現宏闊悲壯的情調；入聲字表現幽咽沉鬱的情調。〔註110〕一調有一調的聲響，作詞須守四聲平仄，以文字的聲調來相應配合樂曲的聲調，當字聲組合諧合曲調時，自然與樂曲更配合得宜。

　　唐、五代的詞大都只分平仄，不計四聲，而且有時平仄也不遵守。溫庭筠作詞才嚴守平仄，到了晏殊漸注意去聲，特別於結句處謹守用去聲字。柳永分辨上、去，尤謹於入聲。〔註111〕因柳永擅譜長調，音繁律細，而上去二聲，歌法不同，去聲由高而低，上聲由低而高，故必「上去」或「去上」連用，乃有纍纍貫珠之妙。〔註112〕《詞律·發凡》說：

> 蓋上聲舒徐和軟，其腔低；去聲激厲勁遠，其腔高，相配用之，方能抑揚有致。〔註113〕

現以夏承燾所舉柳永詞作為例，列舉「上去」或「去上」連用者如下。〔註114〕以上下片結句相對者為例，如：

〔註108〕葉桂桐：《中國詩律學》（台北：文津出版社，1998年1月），頁93。
〔註109〕〔清〕萬樹：《詞律》（台北：世界書局，1970年），頁14～15。
〔註110〕余毅恆：《詞筌》（台北：正中書局，1991年10月），頁146。
〔註111〕余毅恆：《詞筌》（台北：正中書局，1991年10月），頁143。
〔註112〕夏承燾：〈唐宋詞字聲之演變〉，趙為民、程郁綴選輯：《詞學論薈》
　　　　　（台北：五南圖書出版公司，1989年7月），頁458。
〔註113〕〔清〕萬樹：《詞律》（台北：世界書局，1970年），頁15。
〔註114〕夏承燾：〈唐宋詞字聲之演變〉，趙為民、程郁綴選輯：《詞學論薈》

上去連用：

縱得心同寢未同。愛把鴛鴦兩處籠。（〈瑞鷓鴣〉，頁 558）

去上連用：

暮靄沈沈楚天闊。更與何人說。（〈雨霖鈴〉，頁 117）

因結句辨聲必嚴，最爲可據，非如他處或可通融。又如一句連用兩處「去上」者：

對晚景傷懷念遠，縱寫得離腸萬種。（〈卜算子〉，頁 205）

坐久覺疏絃脆管，向此免名韁利鎖。（〈夏雲峰〉，頁 213）

也有「去平平上」或「去平上」的用法，如：

片帆高舉。泛畫鷁翩翩過南浦。浣紗遊女。避行客含羞笑相語。（〈夜半樂〉，頁 352）

片帆舉。倏忽年華改，向期阻。算誰與。知他深深約，記得否。（〈迷神引〉，頁 572）

再看柳詞中對於入聲字的嚴格使用：

偏愛日高眠。悄悄落花天。（〈促拍滿路花〉，頁 448）

卻成瀟灑。玉人歌。廓清良夜。玉塵鋪。（〈甘州令〉，頁 474）

此爲上下片相對之調。再看同調數首相對者：

溪橋殘月和霜白。隻輪雙槳，盡是利名客。

新春殘臘相催逼。玉樓深處，有箇人相憶。（〈歸朝歡〉，頁 149）

而〈訴衷情近〉兩首，每首四句次字用入，每句相對，皆在第二字：

竚立江樓望處。重疊暮山聳翠。脈脈朱闌靜倚。竟日空凝睇。（頁 260）

漸入清和氣序。蓮葉嫩生翠沼。綺陌遊人漸少。竚立空殘照。（頁 262）

柳永在詞調上特別分辨上去，尤謹於入聲，「蓋三變閩人，閩音明辨四聲，非如北產溫、韋，僅分平仄。北宋初年小令勢盡，三變演爲長調，不但變體，抑且閩音，故能傳唱一時。」〔註 115〕陳振孫在

（台北：五南圖書出版公司，1989 年 7 月），頁 459～461。

〔註 115〕夏承燾：〈唐宋詞字聲之演變〉，趙爲民、程郁綴選輯：《詞學論薈》

《直齋書錄解題》稱柳永「音律諧婉」；〔註116〕王灼《碧雞漫志》說：
「能擇聲律諧美者用之」，〔註117〕柳永詞作其音律諧美是無庸置疑
的。

　　詞本是依照歌曲的音律節拍寫作，即所謂「倚聲塡詞」，配合樂
器來歌唱的，後因樂譜逐漸失傳，詞終變成一種平仄律化、句度長短、
字數固定之新體歌詩。詞配樂合唱，詞的文情必與調的聲情一致，以
文字聲調表現音律，藉由曲調表達其情感思緒，文詞與聲調配合得天
衣無縫。柳永精於音律，在審音協律詞調上用力極深，自然成就極高。

　　　　（台北：五南圖書出版公司，1989 年 7 月），頁 461～462。
〔註116〕〔宋〕陳振孫：《直齋書錄解題》（北京：中華書局，1985 年），卷
　　　　5，頁 583。
〔註117〕唐圭璋編：《詞話叢編》（台北：新文豐出版公司，1988 年 2 月），
　　　　第 1 冊，頁 84。

第三章　《樂章集》慢詞題材內容探索

　　《樂章集》慢詞題材內容可分為三部分，分別是歌妓題材、身世題材、山水風光與節令活動題材。

　　柳永身處經濟繁榮，都市發達，市民娛樂大量興起的時候，他「暇日遍游妓館」，以讚賞的筆調，寫下大量的歌妓詞，所謂歌妓詞是指「以歌妓的形象和心態以及詞人同歌妓的關係為內容的歌詞」。〔註1〕歌妓們才貌兼備，她們的情感世界，苦悶與願望，柳永大膽、直接為她們吐露心聲，這些作品正是柳永實際生活的記錄。

　　而柳永從小出身在儒宦家庭，生活在風光秀麗、人文昌盛之地，受到良好的家庭教育和文化氛圍的薰陶，冶遊時期，目睹繁華城市，頗多描繪太平、歌功頌德之作；由於長期接觸下層，熟悉偎紅倚翠的生活，仕途窮愁，飽嘗羈旅況味，身世之嘆與對現實的不滿亦融入詞中，其作品具有一定的現實意義。身世題材探討柳永落拓江湖、羈旅行役之詞，及頌美酬贈、投獻祝壽之作。

　　柳永所處之時代城市經濟發達，市民階級興起，更加重視休閒娛樂，遇到節日慶典，做為娛樂需求的節令詞自然不能缺席，況且柳永一生遊歷大江南北，羈旅時吳邦越國所在的南方景物，亦多出現在詞

〔註1〕曾大興：《柳永和他的詞》（廣州：中山大學出版社，2001年9月），
　　　　頁49。

中。權將節令詞呈現的人文活動和山水風光的自然抒寫,歸類在同一題材。

以下分別就這三類題材,探討柳永《樂章集》慢詞中的內容呈現。〔註2〕

第一節　歌妓題材

宋代歌妓大致分官妓、家妓、私妓三類:官妓,包括教坊中的歌妓、軍中的女妓、中央及地方官署的歌妓,主要提供官府娛樂時遣用;家妓是貴族、文人士大夫及一般家庭蓄養的歌妓,每逢宴飲之時,主人便請她們唱詞奏樂,勸酒助興;私妓,以賣藝爲主,也兼賣身,民間眾多酒樓、茶坊、妓館是主要活動場所。〔註3〕這些私妓爲了謀生,必須有精湛的歌唱技藝以迎合達官貴人、風流才子的胃口,若能提高自己身價,就能揚名歌壇,所以宋代酒樓妓館的的私妓,大多能歌善舞、歌藝出眾,具有較高的音樂造詣。

柳永慢詞中的歌妓詞有:〈玉女搖仙佩〉(飛瓊伴侶)、〈關百花其二〉(煦色韶光明媚)、〈關百花其三〉(滿搦宮腰纖細)、〈晝夜樂〉(洞房記得初相遇)、〈晝夜樂其二〉(秀香家住桃花徑)、〈柳腰輕〉(英英妙舞腰枝軟)、〈傾杯樂〉(皓月初圓)、〈滿朝歡〉(花隔銅壺)、〈鶴沖天〉(閒窗漏永)、〈女冠子〉(斷雲殘雨)、〈尉遲杯〉(寵佳麗)、〈慢卷紬〉(閒窗燭暗)、〈征部樂〉(雅歡幽會)、〈迷仙引〉(纔過笄年)、〈婆羅門令〉(昨宵裏)、〈法曲獻仙音〉(追想秦樓心事)、〈采蓮令〉(月華收)、〈秋夜月〉(當初聚散)、〈法曲第二〉(青翼傳情)、〈夏雲峰〉(宴堂深)、〈傾杯〉(離宴殷勤)、〈錦堂春〉(墜髻慵梳)、〈定風波〉(自春來)、〈集賢賓〉(小樓深巷狂遊遍)、〈合歡帶〉(身材兒)、

〔註2〕 柳永一百二十二闋慢詞的題材內容,可參閱本論文附錄〈柳永慢詞一覽表〉,有詳細分類整理。

〔註3〕 李劍亮:《唐宋詞與唐宋歌妓制度》(杭州:浙江大學出版社,2006年),頁 25～33。

〈長相思〉（畫鼓喧街）、〈駐馬聽〉（鳳枕鸞帷）、〈引駕行〉（虹收殘
雨）、〈望遠行〉（繡幃睡起）、〈洞仙歌〉（佳景留心慣）、〈離別難〉（花
謝水流倏忽）、〈擊梧桐〉（香靨深深）、〈過澗歇近〉（酒醒）、〈夜半樂〉
（豔陽天氣）、〈迷神引〉（紅板橋頭秋光暮）、〈八六子〉（如花貌）、〈如
魚水其二〉（帝里疏散）、〈玉蝴蝶其三〉（是處小街斜巷）、〈玉蝴蝶其
四〉（誤入平康小巷）、〈滿江紅其二〉（訪雨尋雲）、〈促拍滿路花〉（香
靨融春雪）、〈瑞鷓鴣〉（寶髻瑤簪），共計四十首之多。

以下分別就這四十首歌妓詞，探討歌妓情態，及其歡愛與離別。

一、歌妓情態

柳永的市井生活，流連坊曲與舞榭歌臺，在「困極歡餘，芙蓉帳
暖」（〈尉遲杯〉，頁 128）以歌妓為主的作品，描述歌妓的麗質天生
與才貌雙全，更刻劃出歌妓的心理狀態，以下就歌妓的才貌品格與其
感情世界作一分析。

（一）歌妓的才貌品格

柳永詠歌妓，詠其容貌、才藝和品格。對歌妓外型的描述，先從
眼睛開始，她們有閃閃發亮的黑眼珠，眼波流盼，像是用層層水波精
心裁剪而成：

> 層波細翦明眸。（〈晝夜樂其二〉，頁39）

> 盈盈秋水。（〈尉遲杯〉，頁128）

有著細長蛾眉：

> 只恁殘卻黛眉，不整花鈿。（〈促拍滿路花〉，頁448）

> 天然嫩臉修蛾。（〈尉遲杯〉，頁128）

有著美麗笑靨：

> 絳唇輕笑。（〈玉蝴蝶其三〉，頁401）

> 香靨融春雪。（〈促拍滿路花〉，頁448）

有著漂亮雲鬢：

> 與合垂楊雙髻。（〈鬪百花其三〉，頁26）

　　　纔過笄年，初綰雲鬟。(〈迷仙引〉，頁 139)

　　　翠鬟嚲秋煙。(〈促拍滿路花〉，頁 448)

　　　寶髻瑤簪嚴妝巧。(〈瑞鷓鴣〉，頁 509)

有著白嫩肌膚：

　　　膩玉圓搓素頸。(〈晝夜樂其二〉，頁 39)

　　　一箇肌膚渾似玉。(〈合歡帶〉，頁 290)

更有纖細腰肢：

　　　滿搦宮腰纖細。(〈鬥百花其三〉，頁 26)

　　　倚風情態，約素腰肢。(〈玉蝴蝶其三〉，頁 401)

　　　楚腰纖細正笄年。(〈促拍滿路花〉，頁 448)

從以上可以看出柳永以歌妓容貌某部分的特色加以描寫。除此之外，
也有對歌妓做綜合性的歌詠，如〈合歡帶〉：

　　　身材兒、早是妖嬈。算風措、實難描。一箇肌膚渾似玉，
　　　更都來、占了千嬌。妍歌豔舞，鶯慚巧舌，柳妒纖腰。自
　　　相逢，便覺韓娥價減，飛燕聲消。(頁 290)

眼前所見是體態、風度和肌膚這般千嬌百媚的女子。柳永也用仙子相
比，以名花襯托歌妓，姿顏姝麗，絕異於眾，如〈玉女搖仙佩〉：

　　　飛瓊伴侶，偶別珠宮，未返神仙行綴。取次梳妝，尋常言
　　　語，有得幾多姝麗。擬把名花比。恐旁人笑我，談何容易。
　　　細思算、奇葩艷卉，惟是深紅淺白而已。爭如這多情，占
　　　得人間，千嬌百媚。(頁 5)

如此超脫凡俗的女子，柳永層層渲染她們的美麗。然而她們不只外貌
美麗，才藝更佳，她們有美妙的歌聲：

　　　愛把歌喉當筵逞。遏天邊，亂雲愁凝。言語似嬌鶯，一聲
　　　聲堪聽。(〈晝夜樂其二〉，頁 39)

　　　凝態掩霞襟。動象板聲聲，怨思難任。嘹亮處，迴壓絃管
　　　低沈。(〈瑞鷓鴣〉，頁 509)

有動人的舞姿：

　　　纔過笄年，初綰雲鬟，便學歌舞。席上尊前，王孫隨分相

許。（〈迷仙引〉，頁 139）

英英妙舞腰肢軟。慢垂霞袖，急趨蓮步，進退奇容千變。（〈柳腰輕〉，頁 42）

同時更有一顆純潔善良的心：

蘭心蕙性。（〈玉女搖仙佩〉，頁 5）

蘭態蕙心。（〈夏雲峰〉，頁 213）

如此蘭心蕙性的女子，表達對愛情的忠貞與執著：

如何媚容豔態，抵死孤歡偶。朝思暮想，自家空恁添清瘦。

（〈傾杯樂〉，頁 59）

況已斷、香雲爲盟誓。且相將、共樂平生，未肯輕分連理。

（〈尉遲杯〉，頁 128）

她麗質嬌媚，盡可以贏得其他追求者的愛慕，也可以和他人作伴歡笑，但她卻拒絕了這一切，堅持選擇了孤獨，任憑自己「朝思暮想」，因思念之切而日益消瘦，表達此生此世永不分離的決心。她們對愛情執著，更甚而輕視金錢：「算等閒、酬一笑，便千金慵覰」（〈迷仙引〉，頁 139），反而要求王孫們的尊重與善待。這樣「蕙質蘭心」（〈離別難〉，頁 347）的女子，柳永歌詠她們的美麗，不論容貌、才藝、品格，內外皆然。

（二）歌妓本身的感情世界

然而這些美麗的歌妓，在當時代被當成尋歡作樂的工具，她們歌舞賣笑、送往迎來，其實心中有許多的樂與苦、喜與愁、愛與恨。她們對情郎深深思念：

依前過了舊約，甚當初賺我，偷翦雲鬟。幾時得歸來，香閣深關。（〈錦堂春〉，頁 254）

待伊遊冶歸來，故故解放翠羽，輕裙重繫。見纖腰，圖信人憔悴。（〈望遠行〉，頁 339）

如此盼望歸來，而情郎一去，音訊全無，同樣「懶起畫蛾眉，弄粧梳洗遲」：［註4］

──────────

［註4］　〔唐〕溫庭筠〈菩薩蠻〉：「小山重疊金明滅，鬢雲欲度香腮雪。懶

墜髻慵梳，愁蛾嬾畫，心緒是事闌珊。覺新來憔悴，金縷
衣寬。(〈錦堂春〉，頁 254)

暖酥消，膩雲嚲。終日厭厭倦梳裹。(〈定風波〉，頁 256)

繡幃睡起。殘妝淺，無緒勻紅鋪翠。(〈望遠行〉，頁 339)

她們是如此急切的想擺脫青樓歌妓生活，遇見良人，過正常夫妻生活
的美好願望：

已受君恩顧。好與花爲主。萬里丹霄，何妨攜手同歸去。永
棄卻、煙花伴侶。免教人見妾，朝雲暮雨。(〈迷仙引〉，頁 139)

爭似和鳴偕老，免教斂翠啼紅。眼前時、暫疏歡宴，盟言在、
更莫忡忡。待作眞箇宅院，方信有初終。(〈集賢賓〉，頁 281)

可誰會是良人？身分低下的她們，比普通女子更擔心被情郎遺忘或拋
棄，內心充滿矛盾、幽怨：

恨薄情一去，音書無箇。早知恁麼。悔當初、不把雕鞍鎖。
(〈定風波〉，頁 256)

而今漸行漸遠，漸覺雖悔難追。漫寄消寄息，終久奚爲。
也擬重論繾綣，爭奈翻復思維。縱再會，只恐恩情，難似
當時。(〈駐馬聽〉，頁 322)

她們懊悔輕別又已然分別的無奈，有的情郎是音信全無，有的固然能
魚雁傳書，聊敘深情，但唯有相聚才能解相思之苦啊！這些女子在愛
情中曾被拋棄後追想前事，後悔不已：

無限幽恨，寄情空殢紈扇。應是帝王，當初怪妾辭輦。(〈鬪
百花〉，頁 20)

算前言、總輕負。早知恁地難拚，悔不當時留住。(〈晝夜樂〉，
頁 37)

向雞窗、只與蠻牋象管，拘束教吟課。鎮相隨，莫拋躲。
鍼線閒拈伴伊坐。和我。免使年少，光陰虛過。(〈定風波〉，

起畫蛾眉，弄粧梳洗遲。　　照花前後鏡，花面交相映。新帖繡羅
襦，雙雙金鷓鴣。」張璋、黃畲編：《全唐五代詞》(台北：文史哲
出版社，1986 年 10 月)，頁 194。

頁 256）

也曾因輕易將身託人，事後懊悔傷情：

> 自覺當初草草。未省同衾枕，便輕許相將，平生歡笑。怎
> 生向、人間好事到頭少。漫悔懊。　　細追思，恨從前容
> 易，致得恩愛成煩惱。（〈法曲第二〉，頁 185）

可最終仍對薄情人注入無限懷思：

> 其奈風流端正外，更別有、繫人心處。一日不思量，也攢
> 眉千度。（〈晝夜樂〉，頁 37）

> 心下事千種，盡憑音耗。以此縈牽，等伊來、自家向道。
> 洎相見，喜歡存問，又還忘了。（〈法曲第二〉，頁 185）

當然也經歷度過猜忌，最終舊情復續的情景：

> 當初聚散。便喚作、無由再逢伊面。近日來、不期而會重
> 歡宴。向尊前、閒暇裡，斂著眉兒長歎。惹起舊愁無限。
> 盈盈淚眼。漫向我耳邊，作萬般幽怨。奈你自家心下，有
> 事難見。待信真箇恁，別無縈絆。不免收心，共伊長遠。（〈秋
> 夜月〉，頁 155）

可最終，歌妓們仍難以得到真正的愛情和幸福：

> 閒窗燭暗，孤幃夜永，欹枕難成寐。細屈指尋思，舊事前
> 歡，都來未盡，平生深意。到得如今，萬般追悔。空只添
> 憔悴。對好景良辰，皺著眉兒，成甚滋味。　　紅茵翠被。
> 當時事、一一堪垂淚。怎生得依前，似恁偎香倚暖，抱著
> 日高猶睡。算得伊家，也應隨分，煩惱心兒裏。又爭似從
> 前，淡淡相看，免恁牽繫。（〈慢卷紬〉，頁 132）

她陷入了難以解決的相思困境裏，苦苦追憶逝去的歡樂，後悔當時過
於熱情、輕率，難分難捨的痛苦，是情感最真實的寫照。

　　柳永如此細膩刻劃歌妓複雜微妙的內心世界，源自他對歌妓情真
意切的依戀，友誼與愛情緊密連繫著他們，歌妓有著動聽的歌喉、優
美的舞蹈，柳永尊重她們的人格，理解她們的處境，同情她們不幸的
遭遇。在柳永落拓江湖，流連舞榭歌臺之時，真正宛轉唱出柳永詞中
情意、讚嘆他才華的，就是這些歌妓，因為相知相憐的情意，使得柳

永歌妓詞作情深意濃，柳永細細描繪、詠嘆歌妓的花容月貌，高貴品
格，同時給予最深的理解、同情與愛戀。

二、歡愛與離別

柳永除了對歌妓的才貌品格及感情世界多所描述外，歌妓詞裏也
有柳永本人走入詞中，成為事件的主角之一，以第一人稱的筆法寫下
自己對女子的濃情密意，雖然此類作品也描述女子的歌舞、神態與心
思，但主題卻是作者與歌妓間兩情相悅的情境。以下就柳永與歌妓之
間的愛情與離別愁恨，呈現柳永與歌妓的愛情記事。

（一）柳永與歌妓的愛情

柳永是個多情浪漫的男子，與歌妓的愛情濃甜如蜜，如〈長壽樂〉
上片：

> 尤紅殢翠。近日來、陡把狂心牽繫。羅綺叢中，笙歌筵上，
> 有箇人人可意。解嚴妝巧笑，取次言談成嬌媚。知幾度、
> 密約秦樓盡醉。仍攜手，眷戀香衾繡被。（頁 380）

柳永在「羅綺叢中，笙歌筵上」，愛上了「解嚴妝巧笑」的歌妓，而
相愛後甜蜜的生活，「幾度」「密約」，充滿「眷戀」的感情，膩在歌
妓的溫柔鄉裏。而〈擊梧桐〉寫著：

> 香靨深深，姿姿媚媚，雅格奇容天與。自識伊來，便好看
> 承，會得妖嬈心素。臨歧再約同歡，定是都把、平生相許。
> （頁 350）

柳永愛上的女子，自詡姿容秀媚足以取悅於人，高雅格調與出眾容貌
都是上天給予，自認識以來，都是相知相愛的甜蜜回憶，這是位溫柔
體貼、對女子呵護有加的多情男子。再看〈洞仙歌〉：

> 佳景留心慣。況少年彼此，風情非淺。有笙歌巷陌，綺羅
> 庭院。傾城巧笑如花面。恣雅態、明眸回美盼。同心綰。
> 算國艷仙材，翻恨相逢晚。　　繾綣。洞房悄悄，繡被重
> 重，夜永歡餘，共有海約山盟，記得翠雲偷翦。和鳴彩鳳
> 于飛燕。間柳徑花陰攜手徧。情眷戀。向其間、密約輕憐

　　事何限。忍聚散。況已結深深願。願人間天上，暮雲朝雨
　　長相見。（頁 344）

這闋詞寫了一段纏綿的愛情生活，柳永愛上「笙歌巷陌，綺羅庭院」
中的美麗歌妓，對她一見傾心，相見恨晚，相愛的歡樂，海誓山盟，
只願朝朝暮暮長相見。

　　而表達此生此世不分離的愛情還有〈尉遲杯〉：

　　綢繆鳳枕鴛被。深深處、瓊枝玉樹相倚。因極歡餘，芙蓉
　　帳暖，別是惱人情味。風流事、難逢雙美。況已斷、香雲
　　為盟誓。且相將、共樂平生，未肯輕分連理。（頁 128）

彼此互相欣賞對方的品貌才能，是世間難得的才子、佳人相遇，而
斷髮為誓的兩情繾綣，說明兩人的情意。〈玉女搖仙佩〉也說著山盟
海誓：

　　自古及今，佳人才子，少得當年雙美。且恁相偎倚。未消
　　得、憐我多才多藝。願嬭嬭、蘭心蕙性，枕前言下，表余
　　深意。為盟誓。今生斷不孤鴛被。（頁 5）

這對「當年雙美」的情人永不分離的願望，女子愛男子的多才多藝，
反倒使男子消受不起，而男子期盼這般溫婉在身邊，永不離棄。

　　柳永情真意摯許下承諾，即使這些詞作只寫著少年時的風情事，
仍記下柳永一段真實生活，真實的情感經歷，他對歌妓們的情真意
切，在歌妓詞中表達得淋漓盡致。

（二）柳永與歌妓的離愁

　　「算人生、悲莫悲於輕別，最苦正歡娛，便分鴛侶。」（〈傾杯〉，
頁 224）一語道盡離別的苦痛，柳永長期留連坊曲，熟悉偎紅倚翠的
生活，與所愛女子離情之詞，多從「傷離別」來構思：

　　千嬌面、盈盈佇立，無言有淚，斷腸爭忍回顧。（〈采蓮令〉，
　　頁 152）

　　慘黛蛾、盈盈無緒。共黯然消魂，重攜纖手，話別臨行，
　　猶自再三、問道君須去。（〈傾杯〉，頁 224）

> 忍回首、佳人漸遠。獨自箇、千山萬水,指天涯去。(〈引駕
> 行〉,頁 336)
>
> 堪恨還堪歎。當初不合輕分散。及至厭厭獨自箇,卻眼穿
> 腸斷。(〈安公子其二〉,頁 528)
>
> 傷心脈脈誰訴。但黯然凝佇。暮煙寒雨。望秦樓何處。(〈鵲
> 橋仙〉,頁 207)

是無可奈何的分離造成苦痛,誠如江淹所言「黯然銷魂者,唯別而已
矣。」

　　柳永長期身處社會下層與歌妓們生活,看到她們的歡笑,看到她
們的眼淚,她們的美麗,她們的無奈,彼此相知相惜,即使漂流異鄉,
仍然惦記著生病的人兒,如〈法曲獻仙音〉:

> 慣憐惜。饒心性,鎮厭厭多病,柳腰花態嬌無力。早是乍
> 清減,別後忍教愁寂。記取盟言,少孜煎、騰好將息。(頁
> 170)

這位女子多愁善感,嬌柔多病,怎忍心讓女子在離別後愁苦思念?勸
她要少憂慮,多將息,照顧自己。

　　柳永對於那些紅顏薄命的歌妓,也寫詞來哀悼,如〈離別難〉這
首詞:

> 花謝水流倏忽,嗟年少光陰。有天然、蕙質蘭心。美韶容、
> 何啻值千金。便因甚、翠弱紅衰,纏綿香體,都不勝任。
> 算神仙、五色靈丹無驗,中路委瓶簪。　　人悄悄,夜沈
> 沈。閉香閨、永棄鴛衾。想嬌魂媚魄非遠,縱洪都方士也
> 難尋。最苦是、好景良天,尊前歌笑,空想遺音。望斷處,
> 杳杳巫峰十二,千古暮雲深。(頁 347)

美艷如花、柔情似水的人杳然而逝,雖說人難免一死,有情、浪漫的
柳永,面對歌妓生命流逝的痛苦,青春易逝的深恨,怎不感慨、傷痛?
何況是一位氣質高雅,心靈美好,玲瓏心性的女子,只因疾病折磨,
不幸早逝,就算神仙、五色靈丹也無驗,仍落花凋零入土,令人不捨。
在夜深人靜時,哀傷沉痛的情緒更難自持,香閨已閉,鴛衾永棄,見

不著，摸不著，死亡是真的，死者不可復生了，但也許魂魄未遠，她會回來，然而生死茫茫，即使洪都方士也難尋！最痛苦是面對「好景良天」、對「尊前歌笑」時，徒然想起她的音容笑貌，只留下求之不得，觸之不及的失落與苦楚。這位如巫山神女一般美好的女子，在巫峰杳杳深處，再如何令人嚮往，如今也嚮往不得徒留望斷千古。

關於柳永的歌妓詞，自來認為「詞多媟黷」、「以俗為病」，張端義《貴耳集》曾言：「詞本管絃冶蕩之音，而永所作旖旎近情，故使人易入。雖頗以俗為病，然好之者終不絕也。」〔註5〕然而他對歌妓的深情，悼亡詞中感受到的淒楚哀傷，雖通俗淺白，卻情深意摯，柳永生前哀悼歌妓，身後歌妓們「弔柳七」，〔註6〕民間傳聞也許就是由彼此相知相惜的情意而來。

對於這群煙花女子，柳永寫下她們的美麗、多才多藝與愛恨情愁，用平等且理解的態度深入心靈世界，曾在詞中不管門第觀念，只以風塵知己、才子佳人為思想，提出「才子佳人」的愛情模式：「結前期。美人才子，合是相知。」（〈玉蝴蝶其三〉，頁 401）、「自古及今，佳人才子，少得當年雙美。」（〈玉女搖仙佩〉，頁 5）是對當時門戶觀念有力的衝擊。柳永的詞就是這樣替市民群眾唱出了共同的心聲，以郎才女貌的要求替代了門當戶對的標準，以熱烈而細膩的、少所顧忌的描寫替代了含蓄的作風，它不只是柳永個人流連坊曲的生活史，也是一般城市平民的婚姻生活和審美理想的如實反映，〔註7〕同時展現柳永思想上的反叛。

〔註5〕〔清〕紀昀總纂：《四庫全書總目·樂章集提要》（石家莊：河北人民出版社，2000 年 3 月），頁 5446。

〔註6〕〔宋〕楊湜：《古今詞話》「（柳永）由是淪落貧窶。終老無子，掩骸僧舍。京西妓者，鳩錢葬於棗陽縣花山。既出郊原，有浪子數人戲曰：『這大伯做鬼也愛打鬨。』其後遇清明日，游人多狎飲墳墓之側，謂之『弔柳七』。」唐圭璋編：《詞話叢編》（台北：新文豐出版公司，1988 年 2 月），第 1 冊，頁 25。

〔註7〕程千帆、吳新雷：《兩宋文學史》（高雄：麗文文化事業公司，1993 年 10 月），頁 127。

三、歌妓詞呈現的市民情調

楊海明曾說：「柳永詞中最令人注目的特色，乃在它的以俗為美。這種特色，正是把詞從貴族文人的文藝沙龍中引向市井坊曲的結果。」〔註8〕北宋社會經濟繁榮，市民階層壯大，柳永的歌妓詞如實反映一般平民的婚姻生活和審美理想時，「從抒發的情志來看，是一種男戀女愛、偎香倚暖的世俗化的思想感情和理想願望；從塑造或描繪的人物形象來看，是一群世俗社會中的芸芸眾生。」〔註9〕柳永歌妓詞中的女性雖然身份卑微，卻有著女性主體的自覺意識，她們的容貌姿態、期求願望、言談舉止，柳永皆代她們抒寫懷抱，真切渴望理想愛情，擬女子口吻寫其細膩的心理活動，是她們忠實的代言人，與晚唐五代詞中的女性皆是類型化、普遍化的典型大不相同。同時，柳詞語言通俗，不避俚語，易唱易記，歌妓詞中描繪才子佳人熱烈真摯的戀情，敘寫悲傷痛苦的生離死別，體現彼此相思與愛恨情愁，傳達了市民群眾對愛情的謳歌，深為廣大市民階層喜愛，因而流傳最廣，傳播最遠，柳永歌妓詞呈現了市井坊曲的世俗生活。

另一方面，柳永慢詞創作中大量創製新調，運用新聲，而市井新聲配合市井語言，才能做到聲情相諧。在歌妓題材的作品中，以歌妓口吻寫成的相思愁緒，其語言當然必要切合人物身份和心理特徵，如此才能盡收俚俗語言編入詞中，以便伎人傳習，如「恁煩惱，除非共伊知道」（〈隔簾聽〉，頁269）、「待這回、好好憐伊」（〈征部樂〉，頁134）、「奈你自家心下，有事難見」（〈秋夜月〉，頁155），運用「伊」、「自家」等女子呢喃軟語，唯妙唯肖。又如〈定風波〉：

> 自春來、慘綠愁紅，芳心是事可可。日上花梢，鶯穿柳帶，猶壓香衾臥。暖酥消，膩雲嚲。終日厭厭倦梳裹。無那。恨薄情一去，音書無箇。　　　早知恁麼。悔當初、不把雕鞍鎖。

〔註8〕 楊海明：《唐宋詞史》（高雄：麗文文化事業公司，1996年2月），頁293。

〔註9〕 楊海明：《唐宋詞史》（高雄：麗文文化事業公司，1996年2月），頁294。

向雞窗、只與蠻牋象管，拘束教吟課。鎮相隨，莫拋躲。鍼
線閒拈伴伊坐。和我。免使年少，光陰虛過。（頁256）

「芳心是事可可」、「終日厭厭倦梳裹」、「鍼線閒拈伴伊坐」皆是明白
家常、風塵女子的口吻。柳永歌妓詞中，除了表達人物個性特徵，符
合人物身份的語言之外，更大量使用市民口語：

青翼傳情，香徑偷期，自覺當初草草。未省同衾枕，便輕
許相將，平生歡笑。怎生向、人間好事到頭少。漫悔懊。
　細追思，恨從前容易，致得恩愛成煩惱。心下事千種，
盡憑音耗。以此縈牽，等伊來、自家向道。洎相見，喜歡
存問，又還忘了。（〈法曲第二〉，頁185）

「傳情」、「偷期」，淺白俚俗；「草草」、「未省」、「怎生向」、「歡存問」，
親切有味，而〈錦堂春〉：「是事」、「認得」、「恁地」、「賺」組織在全
篇，通俗文學語言如絮語家常，通俗口語，不事雕飾，辭直而近俗，
就像勾欄瓦舍民間講唱藝人，對升斗小民之際常用之語。柳永讓詞的
語言切合人物身份、性格，讓詞更通俗化、生活化，貼近市民情味。

「唱歌須是玉人，檀口皓齒冰膚。意傳心事，語嬌聲顫，字如貫
珠。」〔註10〕冶遊之風的盛行，為文人打開了一扇通向市井社會的窗
戶，「新聲巧笑於柳陌花衢，按管調弦於茶坊酒肆」，這個環境能暫時
拋開儒家的束縛，成為柳永不能入仕的逃避之所。廣大歌妓生活於社
會底層，對生動活潑的俗曲新聲最為熟悉，長期與歌妓為伍的柳永，
創新調，變新聲，配上俚俗淺顯的歌詞，尤為市井之人悅之，柳永名
篇佳作，以鋪敘手法說相思，正是借助歌妓完美的演唱，得以打動人
心，傳唱於世，流行樂曲配合唱歌玉人，加上通俗易懂語言，完美呈
現「柳七郎風味」。〔註11〕

〔註10〕〔宋〕王灼：《碧雞漫志》，唐圭璋編：《詞話叢編》（台北：新文豐
　　　　出版公司，1988年2月），第1冊，頁79。
〔註11〕丁傳靖輯《宋人軼事彙編》：「少游自會稽入都見東坡。東坡曰：『不
　　　　意別後卻學柳七作詞。』少游曰：『某雖無學，亦不如是。』東坡曰：
　　　　『『銷魂當此際』，非柳七語乎？」（台北：源流文化事業公司，1982
　　　　年），卷13，頁658。

　　這些歌妓是城市經濟發展及社會享樂風氣盛行應時而生，出身卑微，不得不侍奉酒宴，供人娛樂遣興以維持生計。柳永施展文學才華精心作詞，歌妓發揮藝術天分傾情歌唱，他們不只是作者與歌者的關係，同時互相傾慕、互為知己，他在這裏找到人生的寄託，同病相憐的命運與同樣渴望知音的心情，與歌妓們有相知親近的關係，把對她們的感情寫成優美詩篇。也許柳永在創作中對歌妓的命運有種認同的心理，歌妓們擁有才貌卻命運悲苦，如同詞人自身的懷才不遇，在歌妓詞的創作中明寫男女情感不偶的悲情，正暗寓人生不得意的傷痛。

　　柳永所寫的男女戀情，貼近一般人感情，帶有許多人情味、世俗味，具有普遍意義，同時「柳永對不幸歌妓的同情不是停留在一般的現實意識上，而確實傾注了進步的人道主義精神。」〔註12〕她們在歷史上不留下姓名，卻是一群不甘屈辱、富有歌唱才華的女性，是技藝精湛的歌唱家。

第二節　身世題材

　　柳永出身於仕宦之家，為他成為一位傑出詞人打下了基礎。他遊居繁華城市，頗多描繪太平、歌功頌德之作；長期沉淪下僚，仕途窮愁，飽嘗羈旅況味，身世之嘆與對現實的不滿亦融入詞中。身世題材將探討柳永羈旅行役、頌美酬贈的作品，以及身世處境所帶來的人生感慨。

一、羈旅行役

　　「羈旅行役，多以懷才不遇的士人排遣情懷的『宦遊之嘆』為主題。柳永開風氣之先，首次將這些本來多入於詩的『羈旅窮愁』主題移入詞中，創作了大量的羈旅行役詞。」〔註13〕柳永終其一生尋找知

〔註12〕龍建國：〈論柳永詞的社會美學意義〉，《信陽師範學院學報（哲社版）》，（1990年），頁152。
〔註13〕楊新平：〈虛實相生話羈旅——柳永羈旅行役詞的結構分析〉，《社科

識份子理想的人生歸宿，然命運多舛，只得縱情於勾欄，雖然心靈得到暫時慰藉，此處卻不爲統治階級制定的道德倫理規範所允許，他始終不能忘情官場，對實現理想人生的企盼難以拒絕，羈旅行役成爲人生的另一種旋律，旋繞不去。

（一）宋玉悲秋式的情調

自古而來文學悲秋傳統已久，從宋玉〈九辯〉：「悲哉秋之爲氣也，蕭瑟兮草木搖落而變衰，憭慄兮若在遠行，登山臨水兮送將歸」，〔註 14〕中國文人吟詠起深沉而激越的悲秋詠嘆調：杜甫說過「搖落深知宋玉悲」（〈詠懷古跡五首〉）；〔註 15〕陸游：「又起清秋宋玉悲」（〈悲秋〉）；〔註 16〕柳永：「動悲秋情緒，當時宋玉應同」（〈雪梅香〉，頁 10）、「晚景蕭疏，堪動宋玉悲涼」（〈玉蝴蝶〉，頁 395）、「當時宋玉悲感，向此臨水與登山」（〈戚氏〉，頁 327）。柳永羈旅行役詞最常出現的時令是秋日，最常出現的時間是日暮，落拓江湖出現頻率最高的是楚地，心懷魏闕時最想念的是帝城，自然氣象中最常描寫的是煙。〔註 17〕劉熙載曾言：「昔人詞，詠古詠物，隱然只是詠懷，蓋其中有我在也。」〔註 18〕柳永在秋天日暮，落拓江湖時的登高望遠，凄涼的景色裏隱含了「秋士易感」〔註 19〕的悲哀。

縱橫》第 19 卷第 6 期，（2004 年），頁 127。

〔註 14〕屈原等著：《楚辭四種》（台北：華正書局，1992 年 9 月），頁 109～110。

〔註 15〕〔唐〕杜甫著、〔清〕仇兆鰲注：《杜少陵集詳注》（北京：北京圖書館出版社，1999 年），卷 17，頁 730。

〔註 16〕〔宋〕陸游著、錢仲聯校注：《劍南詩稿校注》（上海：上海古籍出版社，1985 年），第 3 冊，頁 1286。

〔註 17〕曾大興：《柳永和他的詞》（廣州：中山大學出版社，2001 年 9 月），頁 64～67。將柳永羈旅行役詞出現頻率最高的意象類型做一整理歸納。

〔註 18〕〔清〕劉熙載：《詞概》，唐圭璋編：《詞話叢編》（台北：新文豐出版公司，1988 年 2 月），第 4 冊，頁 3704。

〔註 19〕「秋士易感」一詞源於葉嘉瑩論柳永詞時，認爲詞裏的感情從「春女善懷」轉變成「秋士易感」的感情，真正把一個讀書人的這種悲

以下就幾闋詞分析羈旅行役詞中宋玉悲秋式的情調，如〈雪梅香〉：

景蕭索，危樓獨立面晴空。動悲秋情緒，當時宋玉應同。
漁市孤煙裊寒碧，水村殘葉舞愁紅。楚天闊，浪浸斜陽，
千里溶溶。　　臨風。想佳麗，別後愁顏，鎮斂眉峰。可
惜當年，頓乖雨迹雲蹤。雅態妍姿正歡洽，落花流水忽西
東。無憀恨、相思意，盡分付征鴻。（頁10）

一開始寫由景物蕭索產生悲秋情緒：「景蕭索，危樓獨立面晴空。動
悲秋情緒，當時宋玉應同。」誠如葉嘉瑩所說：「是黃落的草木驀然
顯示了自然的變幻與天地的廣遠，是似水的新寒驀然喚起了人們自我
的反省與內心的寂寞。」﹝註20﹞秋之爲氣也，其色慘淡，其意蕭條，
獨自登高望遠，「坎廩兮貧士失職而志不平，廓落兮羈旅而無友生」
（〈九辯〉）的感慨油然而生。近處是漁市、水村，但「孤煙」、「寒碧」、
「殘葉」、「愁紅」，在楚天空闊，江流浩蕩的秋之背景下更顯寂寞。

　　除了爲仕宦而羈旅行役的悲哀無奈之外，與所愛之人的離別也是
痛苦所在：我懷念著她，想她也是懷念我的，別後想像是柳永離別詞
的寫作特色。再回想當年「正歡洽」，如今「忽西東」，驟然分離的悲
哀，思念只能請天空孤雁寄託給遠方的人兒，「征鴻」遠去於「蕭索」
的秋景中，景中有情，「眞字是詞骨。情眞、景眞，所作爲佳」。﹝註21﹞

　　又如〈玉蝴蝶〉：

望處雨收雲斷，憑闌悄悄，目送秋光。晚景蕭疏，堪動宋玉
悲涼。水風輕、蘋花漸老，月露冷、梧葉飄黃。遣情傷。故
人何在？煙水茫茫。　　難忘。文期酒會，幾孤風月，屢變
星霜。海闊山遙，未知何處是瀟湘。念雙燕、難憑遠信，指
暮天、空識歸航。黯相望。斷鴻聲裡，立盡斜陽。（頁395）

　　哀寫到了詞裏，使詞的發展到了一個新的開闊境界。見《唐宋詞名
　　家論稿》（保定：河北教育出版社，1997年7月），頁80～81。
﹝註20﹞葉嘉瑩：〈談詩歌的欣賞與人間詞話的三種境界〉，《迦陵論詞叢稿》
　　（台北：明文書局，1987年），頁263。
﹝註21﹞〔清〕況周頤：《蕙風詞話》，唐圭璋編：《詞話叢編》（台北：新文
　　豐出版公司，1988年2月），第5冊，頁4408。

詞人憑欄遠望所見，仍是秋光的淒涼：「水風輕、蘋花漸老，月露冷、梧葉飄黃。」從視覺、聽覺乃至觸覺，一幅蕭瑟傷感的景象，「晚景蕭疏，堪動宋玉悲涼」。除了登高望遠的悲涼外，「遣情傷」「故人何在」的嘆息，在不可見、不可求的「煙水茫茫」處，思念懷人的痛苦再次與悲秋念遠重疊一起。

難忘舊日時光，對比今日此時的孤獨，何時才能重聚？「海闊山遙，未知何處是瀟湘」，自然界的廣大暗寓著故人之遙，瀟湘之水有合流時，反襯情人不知何處相聚，此處呼應上片「故人何在？煙水茫茫」，更增浩茫空闊之感。暮天時的飛燕難以辨識了，與故人連音信都難以相通，「黯相望」的嘆息下，在哀鳴的孤鴻聲中，殘陽中獨立的人黯然神傷。王國維曾說：「一切景語，皆情語也」，〔註22〕表面雖是寫蕭瑟空曠之秋景，事實卻全是詞人悲鬱心情之寫照，林玫儀說：

> 柳永特別喜歡登高望遠，以找尋其心靈之寄託，尤其在寥廓之秋天，極目遠眺，宇宙穹蒼之浩瀚，越發顯出一己之渺小，而天地間一片蕭索，正是其內心之寫照，此時他面對痛苦之自我無法逃避，發為詠歎，遂成悲涼慷慨之音，其懷才不遇之幽憤，知音不存之悲哀，皆藉景物表露無遺，此方為柳永真情之流露。〔註23〕

柳永落拓江湖的深切哀痛，藉由蒼茫景色透顯出來。

柳永「寫羈旅行役中秋景，均窮極工巧」，〔註24〕不能不提〈八聲甘州〉：

> 對瀟瀟暮雨灑江天，一番洗清秋。漸霜風淒慘，關河冷落，殘照當樓。是處紅衰翠減，苒苒物華休。惟有長江水，無語東流。　　不忍登高臨遠，望故鄉渺邈，歸思難收。歎

〔註22〕王國維著、馬自毅注譯：《新譯人間詞話》（台北：三民書局，1994年），頁269。

〔註23〕林玫儀：〈柳周詞比較研究〉，《詞學考詮》（台北：聯經出版事業公司，1987年12月），頁207。

〔註24〕〔清〕蔡嵩雲：《柯亭詞論》，唐圭璋編：《詞話叢編》（台北：新文豐出版公司，1988年2月），第5冊，頁4911。

> 年來蹤迹，何事苦淹留。想佳人、妝樓顒望，誤幾回、天
> 際識歸舟。爭知我、倚闌干處，正恁凝愁。（頁429）

首先映入眼簾的是高大灩向大江的黃昏密雨洗出的清秋，凄涼卻壯
闊。「暮雨」、「清秋」、「霜風」、「殘照」、「衰紅」、「翠減」，柳永濃厚
的主觀情感正在整片景物的鋪敘上，秋天時光消逝，各處花葉殘敗，
萬物凋零，生命無常，只有江水東流才是永恆不變的，加上詞人志意
落空，落拓江湖，益發引起悲嘆。

「不忍登高臨遠，望故鄉渺邈，歸思難收」，思鄉凄苦，在無法
實現的羈旅途中，不忍登高望遠。「何事苦淹留？」對照柳永命運多
舛與無法平衡的現實與想望，這是個難解的問題。設想所愛的人在妝
樓上期盼著我回來，只怕過盡千帆皆不是，「爭知我、倚闌干處，正
恁凝愁」，然而她怎知我也倚靠闌干，凝望著遙遠的故鄉？秋士易感
與相思之情，在羈旅行役詞中相互跌宕，撞擊著詞人心底深處。

葉嘉瑩將柳永羈旅行役詞做了最佳評論，她說：

> 如果就詞之演進發展來看，則早期的文士們所寫的，可以
> 說大多只不過是閨閣園亭、傷離怨別的一種「春女善懷」
> 的情意而已；而柳永詞中一些自抒情意的佳作，則寫出了
> 一種關河寥闊、羈旅落拓的「秋士易感」的哀傷。……而
> 柳永所寫的「秋士易感」的作品，則是真正以男子為主角
> 而寫的「功業未及建，夕陽忽西流」的才人志士恐懼於暮
> 年失志的悲慨。……而在柳詞中，足以與其「秋士易感」
> 之情意相生發的，則是他所寫的開闊博大的日暮及秋晚的
> 景色，而且其詞中亦曾多次提及「悲秋」的宋玉，便更增
> 加了一種「秋士易感」的意味。〔註25〕

柳永〈八聲甘州〉歷來有「不減唐人高處」的贊語，〔註26〕其

〔註25〕葉嘉瑩：〈論柳永詞〉，《唐宋詞名家論稿》（保定：河北教育出版社，
1997年7月），頁80～81。

〔註26〕〔宋〕趙令畤《侯鯖錄》：「東坡云：『世言柳耆卿曲俗，非也。如〈八
聲甘州〉云：『霜風淒緊，關河冷落，殘照當樓』。此語於詩句，不
減唐人高處。』」（北京：中華書局，1985年），卷7，頁69～70。

羈旅行役詞繼承了宋玉的悲秋傳統，因「羈旅而無友生」、「蹇淹留而無成」，在痛苦的宦遊生活與理想生活的不順利裏，創造自己獨一無二的深深情思。

（二）楚鄉與帝里追遊的愁思

柳永在羈旅行役詞中最常出現是楚鄉景物：

楚天闊，浪浸斜陽，千里溶溶。（〈雪梅香〉，頁 10）

暮靄沈沈楚天闊。（〈雨霖鈴〉，頁 117）

秦樓鳳吹，楚館雲約。（〈西平樂〉，頁 173）

楚天晚。墜冷楓敗葉。（〈陽臺路〉，頁 236）

楚天闊，望中未曉。（〈輪臺子〉，頁 333）

淮楚。曠望極，千里火雲燒空。（〈過澗歇近〉，頁 359）

楚鄉淮岸迢遞，一霎煙汀雨過。（〈安公子〉，頁 363）

一葉扁舟輕帆卷。暫泊楚江南岸。（〈迷神引〉，頁 445）

經常出現的動作是遙望：

立望關河蕭索，千里清秋。（〈曲玉管〉，頁 65）

暮煙寒雨。望秦樓何處。（〈鵲橋仙〉，頁 207）

望江關。飛雲黯淡夕陽間。（〈戚氏〉，頁 327）

楚天闊，望中未曉。（〈輪臺子〉，頁 333）

望故鄉渺邈，歸思難收。（〈八聲甘州〉，頁 429）

登孤壘荒涼，危亭曠望。（〈竹馬子〉，頁 437）

望京國。空目斷、遠峰凝碧。（〈散水調‧傾杯〉，頁 539）

身在吳邦越國的柳永，越過千山萬水究竟望向何處？他所望的是帝里、神京：

別久。帝城當日。（〈笛家弄〉，頁 54）

帝里風光爛漫，偏愛春杪。（〈滿朝歡〉，頁 69）

想帝里看看，名園芳樹，爛漫鶯花好。（〈古傾杯〉，頁 221）

暗尋思、舊追遊，神京風物如錦。（〈宣清〉，頁 250）

戀帝里、金谷園林，平康巷陌。（〈鳳歸雲〉，頁 272）

凝淚眼、杳杳神京路。（〈夜半樂〉，頁 352）

翻思故國，恨因循阻隔。（〈輪臺子〉，頁 369）

閒思更遠神京，拋擲幽會小歡何處。（〈洞仙歌〉，頁 419）

柳永是福建崇安人，除了父柳宜曾以贊善大夫調揚州，偕永前往的一段時間之外，柳永十八歲前都在故鄉。眞宗咸平五年（1002）參加鄉試後，離開崇安到杭州，流寓一段時間，此時活動範圍大底在南方。眞宗大中祥符二年（1009）二十五歲，到汴京努力尋求仕途機會，然科場失意，浪蕩煙花巷陌，交結狂朋怪侶，大都不出此處。仁宗景祐元年（1034）五十歲登進士第，初任睦州（浙江建德）推官，後任餘杭（浙江餘杭）縣令，大部分時間在吳山越水間宦遊，其一生遊歷大江南北，其作品因詞人行走各地，交雜南北城鄉色彩，自是不言而喻。若僅就羈旅行役作品來看，他落拓江湖時，身處楚鄉，遙望京城，有的是追憶舊遊：

難忘。文期酒會。（〈玉蝴蝶〉，頁 395）

皇都。暗想歡遊。（〈木蘭花慢〉，頁 495）

有的是想念舊歡：

記得當初，翦香雲爲約。甚時向、幽閨深處，按新詞、流霞共酌。再同歡笑，肯把金玉珠珍博。（〈尾犯〉，頁 14）

愁極。再三追思，洞房深處，幾度飲散歌闌，香暖鴛鴦被，豈暫時疏散，費伊心力。殢雲尤雨，有萬般千種，相憐相惜。（〈浪淘沙〉，頁 210）

有的是懷念過去繁華生活：

帝城當日，蘭堂夜燭，百萬呼盧，畫閣春風，十年沽酒。未省宴處，能忘管弦，醉裏不尋花柳。（〈笛家弄〉，頁 54）

因念秦樓彩鳳，楚觀朝雲，往昔曾迷歌笑。（〈滿朝歡〉，頁 69）

帝里風光好，當年少日，暮宴朝歡。況有狂朋怪侶，遇當歌、對酒競留連。（〈戚氏〉，頁 327）

念擲果朋儕，絕纓宴會，當時曾痛飲。命舞燕翩翩，歌珠
貫串，向玳筵前，盡是神仙流品。至更闌、疏狂轉甚。更
相將、鳳幃鴛寢。玉釵亂橫，任散盡高陽，這歡娛、甚時
重恁。（〈宣清〉，頁250）

柳永對京城的眷戀與「處江湖之遠，則憂其君」〔註27〕的儒家
出處進退思想差異甚大，他「退亦憂」的竟是往昔的京城歡樂，思念
的是綺臥紅樓的知己。柳永所瞻望的、所思憶的，不是帝城裏的天子，
而是平康諸坊的故人和舊歡，於是，「這些政治倫理色彩極爲強烈的
空間意象所慣常有的君臣之義與用世之志被抽掉，而代之以市俗色彩
極重的聲色之好與都市之樂了，柳永詞的市民意識又在他的羈旅行役
詞裏再一次得到頑強的表現。」〔註28〕

柳永是盛世歌手，是都市詞人，羈旅詞中回顧青春歲月的美好，
惋惜一去不復返的無限情意，他的市民色彩是極其強烈特色，當然，
這是歷來批評柳永「格調不高」〔註29〕的原因之一，但他眞切生活，
走出一條與傳統士大夫完全不同的路。

二、頌美酬贈

柳永慢詞中頌美之作，顯然都爲君王祝壽而作；而酬贈之詞，表
現對功名的寄寓與渴望。以下敘之。

（一）稱頌君王

柳永稱頌君王之作，如〈送征衣〉：

過韶陽。璿樞電繞，華渚虹流，運應千載會昌。罄寰宇、
薦殊祥。吾皇。誕彌月，瑤圖纘慶，玉葉騰芳。並景貺、

〔註27〕〔宋〕范仲淹：〈岳陽樓記〉，《范文正公文集》（北京：中華書局，
1985年），卷3，頁19。
〔註28〕曾大興：《柳永和他的詞》（廣州：中山大學出版社，2001年9月），
頁73。
〔註29〕〔宋〕李清照〈詞論〉云：「（柳永）出《樂章集》，大得聲稱於世，
雖協音律，而詞語塵下。」《李清照集》（台北：純眞出版社，1982
年3月），頁79。

三靈眷佑，挺英哲、掩前王。遇年年、嘉節清和，頌率土稱觴。　　無間要荒華夏，盡萬里、走梯航。彤庭舜張大樂，禹會羣方。鵷行。望上國、山呼鼇抃，遙蕊鑪香。竟就日、瞻雲獻壽，指南山、等無疆。願巍巍、寶歷鴻基，齊天地遙長。(頁 32)

《宋史》卷九〈仁宗紀〉：「(仁宗趙禎) 大中祥符三年 (1010) 四月十四日生。」又，同書卷一一二《禮志》：「仁宗以四月十四日爲乾元節。」[註30] 四月十四日已是初夏，故首句云「過韶陽」，接下來多用福瑞之典，分別以古聖王黃帝、少昊、后稷比擬仁宗皇帝，贊頌天子誕生是普天同慶；「竝景賏、三靈眷佑，挺英哲、掩前王」，稱頌天帝賜福，使得帝王得到天、地、人三界神靈的祐助，英明聖哲超越前代君王，下闋祝仁宗長壽如南山，頌讚政和民豐，朝野同慶。這首詞是爲宋仁宗祝壽而作，詞上闋多用福瑞之典，下闋稱頌政和民豐，朝野同慶。

　　另一首〈永遇樂〉也是爲宋仁宗壽辰而作：

薰風解慍，晝景清和，新霽時候。火德流光，蘿圖薦祉，慶金枝秀。璇樞繞電，華渚流虹，是日挺生元后。纘唐虞垂拱，千載應期，萬靈敷祐。　　殊方異域，爭貢琛賮，架巘航波奔湊。三殿稱觴，九儀就列，詔護鏘金奏。藩侯瞻望彤庭，親攜僚吏，競歌元首。祝堯齡、北極齊尊，南山共久。(頁 197)

起筆寫景，雨後初晴，和風送爽，清明和暖的景象爲賀壽設了祥瑞的背景，次寫納吉獻福、五色祥雲籠罩的福瑞之兆，再用「璇樞繞電，華渚流虹，是日挺生元后」頌揚仁宗誕生非凡，這樣的皇帝繼承堯、舜之德，所有神明都來保祐，國泰民安，達到高峰。下片鋪陳萬方來集，朝野同爲仁宗祝壽的浩大場面，氣魄宏大。

（二）投獻之詞

　　柳永投獻之詞顯現心懷魏闕，對功名的渴求：如〈早梅芳〉、〈望

[註30] 〔元〕脫脫等撰：《宋史》，楊家駱主編：《新校本宋史并附編三種一》（台北：鼎文書局，1983 年 11 月），卷 9、卷 112，頁 175、頁 2672。

海潮〉、〈瑞鷓鴣其二〉是投獻杭州太守孫沔；〈一寸金〉寫成都風物，
為贈益州太守蔣堂而作；〈永遇樂其二〉投獻對象為有天章閣官銜，
又有戰功之蘇州太守滕宗諒；〈木蘭花慢其三〉寫蘇州景物，又謂「鼇
頭」，贈主當為狀元出身的蘇州太守呂溱。〔註31〕而其投獻詞的模式：
先頌揚所治之處地靈人傑：

> 海霞紅，山煙翠，故都風景繁華地。譙門畫戟，下臨萬井，
> 金碧樓臺相倚。芰荷浦漵，楊柳汀洲，映虹橋倒影，蘭舟
> 飛棹，遊人聚散，一片湖光裡。(〈早梅芳〉，頁17)

> 吳會風流。人煙好，高下水際山頭。瑤臺絳闕，依約蓬丘。
> 萬井千閭富庶，雄壓十三州。觸處青蛾畫舸，紅粉朱樓。(〈瑞
> 鷓鴣其二〉，頁512)

> 井絡天開，劍嶺雲橫控西夏。地勝異、錦里風流，蠶市繁
> 華，簇簇歌臺舞榭。雅俗多遊賞，輕裘俊、靚妝艷冶。當
> 春晝，摸石江邊，浣花溪畔景如畫。(〈一寸金〉，頁190)

次讚揚其政績顯赫：

> 甘雨車行，仁風扇動，雅稱安黎庶。棠郊成政，槐府登賢。
> (〈永遇樂其二〉，頁201)

> 乃眷東南，思共理、命賢侯。繼夢得文章，樂天惠愛，布
> 政優優。鼇頭。(〈木蘭花慢其三〉，頁501)

> 方面委元侯。致訟簡時豐，繼日歡遊。襦溫袴暖，已扇民
> 謳。(〈瑞鷓鴣其二〉，頁512)

> 夢應三刀，橋名萬里，中和政多暇。仗漢節、攬轡澄清，
> 高掩武侯勳業，文翁風化。(〈一寸金〉，頁190)

最後祝遠大前程：

> 鈴齋少訟，宴館多歡，未周星，便恐皇家，圖任勳賢，又
> 作登庸計。(〈早梅芳〉，頁17)

> 台鼎須賢久，方鎮靜、又思命駕。空遺愛，兩蜀三川，異

〔註31〕薛瑞生：《樂章集校注》(北京：中華書局，2002年)，頁 92、98、
221、226。

日成嘉話。(〈一寸金〉，頁190)

非久定須歸去。且乘間、孫閣長開，融尊盛舉。(〈永遇樂其二〉，頁201)

況虛位久，遇名都勝景阻淹留。贏得蘭堂醞酒，畫船攜妓歡遊。(〈木蘭花慢其三〉，頁501)

旦暮鋒車命駕，重整濟川舟。當恁時、沙隄路穩，歸去難留。(〈瑞鷓鴣其二〉，頁512)

　　柳永投獻詞，以詞的形式，用豐美文辭敘寫都市繁華，反映出北宋承平時期都市的發展，經濟的繁盛，歌詠北宋的盛世與昇平，雖詞中多空洞的頌贊之語，然亦有現實意義。祝壽之詞本為自己仕途找一個機會，但〈醉蓬萊〉一詞觸怒仁宗，〔註32〕本欲歌功頌德，反弄巧成拙，而投獻詞大底作於五、六十歲，這位專業詞人，終其一生未放棄對功名的渴望，側面襯托其仕途坎坷的命運。

三、身世詞呈現的人生感慨

　　羈旅窮愁是柳永生命中的另一旋律，慨嘆仕途，思念家鄉，道出失意文人的普遍心理，當他遊宦遠方，踏上未知前途，實際上是情感自我放逐的過程。柳永將「鄉關」與「離情」相提並論，羈旅思歸之作其實是孤獨人生之旅思鄉情感的展現，如〈安公子〉：

遠岸收殘雨。雨殘稍覺江天暮。拾翠汀洲人寂靜，立雙雙鷗鷺。望幾點、漁燈隱映蒹葭浦。停畫橈、兩兩舟人語。道去程今夜，遙指前村煙樹。　　遊宦成羈旅。短檣吟倚閒凝佇。萬水千山迷遠近，想鄉關何處。自別後、風亭月榭孤歡聚。剛斷腸、惹得離情苦。聽杜宇聲聲，勸人不如歸去。(頁526)

〔註32〕〈醉蓬萊〉:「漸亭皋葉下，隴首雲飛，素秋新霽。華闕中天，鎖葱葱佳氣。嫩菊黃深，拒霜紅淺，近寶階香砌。玉宇無塵，金莖有露，碧天如水。　　正值昇平，萬幾多暇，夜色澄鮮，漏聲迢遞。南極星中，有老人呈瑞。此際宸遊，鳳輦何處，度管弦清脆。太液波翻，披香簾捲，月明風細。」(頁245)。柳永因此詞觸怒仁宗一事，參見本論文第二章第一節註解第23。

　　寫景上，詞中景物隨著旅人腳步變換著。先寫遠岸上落了一天的雨漸漸收起已殘的雨勢，隨著雨殘而稍覺江天已近暮色，此時汀洲一片寂靜，只剩「雙雙鷗鷺」，拾翠嬉戲的少女們已經不見了。舟船漸行，暮色漸深，幾點閃爍的漁燈隱映，襯托江晚的幽暗，寂靜、清冷的景象中帶有蕭索之情。舟夫暫時停下船槳，遙指煙霧籠罩的前村是今晚投宿之處，「兩兩舟人語」反襯出江晚的寂靜。今晚水上夜行在幽暗寂靜的氣氛中結束。

　　抒情上，「遊宦成羈旅」是全詞之軸，點明柳永所受的愁苦源自於此。「短檣吟倚閒凝佇」表現詞人心情，昔日良辰美景，勝地歡遊，今日則短檣獨處，離懷渺渺看著「萬水千山」「想鄉關何處」的遊子思鄉之情，而「自別後、風亭月榭孤歡聚。剛斷腸、惹得離情苦」，含蓄表達與戀人少歡聚、多離愁的細密思念。最後借「杜宇聲聲」表達了「不如歸去」的心聲。

　　柳永羈旅愁苦，自悲身世之篇，不能不提〈戚氏〉。〈戚氏〉一調當為柳永新創無疑，此調有上中下三疊，二百一十二字，是慢詞中的長篇，柳永以此調寫秋景、敘秋情、嘆身世。

> 晚秋天。一霎微雨灑庭軒。檻菊蕭疏，井梧零亂惹殘煙。淒然。望江關。飛雲黯淡夕陽間。當時宋玉悲感，向此臨水與登山。遠道迢遞，行人淒楚，倦聽隴水潺湲。正蟬吟敗葉，蛩響衰草，相應喧喧。　　孤館度日如年。風露漸變，悄悄至更闌。長天淨、絳河清淺，皓月嬋娟。思緜緜。夜永對景，那堪屈指，暗想從前。未名未祿，綺陌紅樓，往往經歲遷延。　　帝里風光好，當年少日，暮宴朝歡。況有狂朋怪侶，遇當歌、對酒競留連。別來迅景如梭，舊遊似夢，煙水程何限。念利名、憔悴長縈絆。追往事、空慘愁顏。漏箭移、稍覺輕寒。漸鳴咽、畫角數聲殘。對閒窗畔，停燈向曉，抱影無眠。（頁327）

　　首疊鋪設全文感情基調：晚秋。近景：片刻微雨後，庭中低處的菊花凋殘，而已疏落的梧桐樹籠罩在輕煙薄霧中；遠景：「江關」、「飛

雲」、「夕陽」,悲涼之情漸濃,而此時悲秋之情,當與千年前的宋玉相同——悲貧士失職,悲羈旅無友!這位行路迢迢之人踽踽獨行,在淒楚的境遇中,只有「蟬吟敗葉,蛩響衰草」與之相應。

　　次疊說明遊子生活的難捱,「孤館度日如年」,從黃昏到夜晚,即使更深露重的秋夜有著皓月嬋娟,也不免淒冷。客居無偶,漂泊天涯,想起前塵往事,美好不再的「綺陌紅樓」時光,「未名未祿」、「那堪屈指」,究竟是怨悔?悵憾?還是眷戀?綿綿無盡⋯⋯

　　第三疊回想曾居風光好的帝里,當時青春年少,留連歌臺舞榭,竟日「當歌」、「對酒」,更有「狂朋怪侶」陪伴,愈懷念恣意飛揚的生活,愈對比今日的淒愴,昨日風流愈似夢,愈顯現今日的可堪憐。就離開這樣的處境與情緒吧!可是「念利名、憔悴長縈絆」,是「恁偎紅翠,風流事、平生暢」的才子詞人,如果真能「黃金榜上」,何必把「浮名換了淺斟低唱」?(〈鶴沖天〉,頁 542)曾經「平生自負,風流才調」、「唱新詞,改難令」、「道人生、但不須煩惱。遇良辰,當美景,追歡買笑」(〈傳花枝〉,頁 113)的歡場盛事,似乎同樣轉眼成空,現在只留「追往事、空慘愁顏」無限淒傷。而報曉雞鳴說明一夜無眠,拂曉輕寒漸浸肌膚,獨立窗前,憂愁苦恨而形單影隻的形象,留在眼前。

　　柳永寫歌妓詞,寫頌美詞,寫羈旅時的愁思不脫混跡坊曲的生活經歷,吳梅認為柳詞「皆是直寫,無比興,亦無寄託,見眼中景色,即說意中人物,便覺直率無味,況時時有俚俗語,皆率筆無咀嚼處。且通本皆摹寫豔情,追述別恨,見一斑已具全豹,正不必字字推敲也。」〔註33〕如此說法未免失之武斷。柳永生於仕宦之家,詞中的宦情與旅愁,顯然屬於文人士子之情,〔明〕沈際飛在《草堂詩餘正集》曾評論〈戚氏〉:

　　　　插字之妥,撰句之雋,耆卿所長。「未名未祿」一段,寫我
　　　輩落魄時悵悵靡托,借一個紅粉佳人作知己,將白日消磨,

─────────────

〔註33〕吳梅:《詞學通論》(台北:台灣商務印書館,1969 年 12 月),頁 71。

　　哭不得，笑不得，如是如是。〔註34〕

柳永以宋玉自比，唱出悲秋之情，以宋玉悲秋筆調，抒發天涯淪落的不遇之慨，「〈離騷〉寂寞千年後，〈戚氏〉淒涼一曲終」。〔註35〕若說柳永流連秦樓楚館經歷，讓羈旅情愁與偎香倚暖的風流生活相連，未能完全「免俗」，但選擇「煙花巷陌」為歸宿，並公然宣稱，金榜題名不過是「浮名」，不如換取「偎紅倚翠」中的「淺斟低唱」，儼然是向士大夫的傳統價值挑戰。〔註36〕他叛逆，選擇與傳統價值對抗，可又不甘心，屢次試圖重登黃金榜上，交錯複雜的思緒，人生旋律始終無法和諧統一，羈旅行役詞與歌妓情詞深刻顯現柳永生命的失衡、痛苦情狀。

　　柳永仕途失意，飄泊天涯，懷人、懷鄉、懷帝都，王灼將〈戚氏〉與〈離騷〉相比，可說真正了解柳永的生命困境所在。

第三節　山水與節令題材

　　北宋經濟發達，柳永曾長期留在京城，有許多作品描述京城繁華，而足跡曾至南方大城，有〈望海潮〉對杭州明媚風光的歌詠；〈木蘭花慢〉寫蘇州繁華茂苑；〈一寸金〉寫益州的簇簇歌臺舞榭，其一生遊歷大江南北，羈旅時吳邦越國所在的南方景物，亦多出現在詞中。且是時商業繁榮，市民文化興起，表現朝野盡歡、太平盛世的歡樂節令詞也應運而生。以下就山水風光與節令活動題材呈現內容一一敘之。

一、山水風光

　　柳永慢詞中，除了上一節所述的南方地理名詞外，南國水鄉的特

〔註34〕〔明〕沈際飛：《草堂詩餘正集》，見姚學賢、龍建國纂：《柳永詞詳注及集評》（鄭州：中州古籍出版社，1991 年 2 月），〈戚氏〉集評，頁 126。

〔註35〕〔宋〕王灼：《碧雞漫志》，唐圭璋編：《詞話叢編》（台北：新文豐出版公司，1988 年 2 月），第 1 冊，頁 84。

〔註36〕王國瓔：〈柳永詞之世俗情味〉，《漢學研究》第 19 卷第 2 期，（2001年 12 月），頁 303。

殊鄉村情調，也同時展現在眼前。請看〈夜半樂〉一、二疊：

> 凍雲黯淡天氣，扁舟一葉，乘興離江渚。渡萬壑千岩，越
> 溪深處。怒濤漸息，樵風乍起，更聞商旅相呼。片帆高舉。
> 泛畫鷁、翩翩過南浦。　　望中酒斾閃閃，一簇煙村，數
> 行霜樹。殘日下，漁人鳴榔歸去。敗荷零落，衰楊掩映，
> 岸邊兩兩三三，浣沙遊女。避行客、含羞笑相語。(頁352)

乘小船，渡過萬壑千岩，來到越溪深處，高舉帆船，如鳥飛般穿過南
浦，水鄉村莊在一片煙霧籠罩中迷迷濛濛，如水墨渲染；鳴榔歸去的
漁人，叮咚的魚榔聲為寧靜的江南村野增添聲音色彩；而浣紗遊女說
笑而來，整幅畫面配上一杆酒旗在風中閃閃飄動，江南風情真實呈現
眼前。又如〈滿江紅〉：

> 暮雨初收，長川靜、征帆夜落。臨島嶼、蓼煙疏淡，葦風
> 蕭索。幾許漁人飛短艇，盡載燈火歸村落。遣行客、當此
> 念回程，傷漂泊。　　桐江好，煙漠漠。波似染，山如削。
> 繞嚴陵灘畔，鷺飛魚躍。游宦區區成底事，平生況有雲泉
> 約。歸去來、一曲仲宣吟，從軍樂。(頁409)

雖然羈旅傷漂泊，眼前所見漁人划著飛快的小艇，滿載著一天的收
穫，內心喜悅無比，美麗的桐江如此美好：「煙漠漠。波似染，山如
削。繞嚴陵灘畔，鷺飛魚躍」，好一幅江南美景。

除了南方情調之外，柳永也寫季節風光，如〈玉山枕〉上片：

> 驟雨新霽。蕩原野、清如洗。斷霞散彩，殘陽倒影，天外
> 雲峰，數朵相倚。露荷煙芰滿池塘，見次第、幾番紅翠。
> 當是時，河朔飛觴，避炎蒸，想風流堪繼。(頁467)

驟雨後的原野，「斷霞」、「殘陽」、「雲峰」交織成一幅美圖，而池塘
帶露荷花，籠罩水氣的菱角，夏日美景正要以痛快酣飲來避炎蒸，以
繼前人風流餘韻。再看〈女冠子〉：

> 淡煙飄薄。鶯花謝、清和院落。樹陰翠、密葉成幄。麥秋
> 霽景，夏雲忽變奇峰、倚寥廓。波暖銀塘，漲新萍綠魚躍。
> 想端憂多暇，陳王是日，嫩苔生閣。　　正鑠石天高，流
> 金晝永，楚榭光風轉蕙，披襟處、波翻翠幕。以文會友，

> 沈李浮瓜忍輕諾。別館清閒，避炎蒸、豈須河朔。但尊前
> 隨分，雅歌艷舞，盡成歡樂。（頁463）

夏天初到，天氣晴好，萬物生發正有旺盛生命力，暖暖陽光照在波光粼
粼的池塘，一切如此清新光亮。雖然夏天炎熱，但以文會友、宴飲歡樂，
自是美好。同樣夏季，也有南方的的酷熱描寫，如〈過澗歇近〉上片：

> 淮楚。曠望極，千里火雲燒空，盡日西郊無雨。厭行旅。數
> 幅輕帆旋落，艤棹蒹葭浦。避畏景，兩兩舟人夜深語。（頁359）

淮楚的熱夏，如火雲燒空，炎熱燃燒竟有千里之廣，熱到無精打采，
毫無情緒，沒有言語，直至夜深，才聽到兩兩舟人低語。

柳永一生走遍大江南北，有京城風華、有南國情調，詞作中交雜
南北城鄉色彩，請看〈引駕行〉：

> 虹收殘雨，蟬嘶敗柳長隄暮。背都門、動消黯，西風片帆輕
> 舉。愁覩。泛畫鷁翩翩，靈鼉隱隱下前浦。忍回首、佳人漸
> 遠，想高城、隔煙樹。　幾許。秦樓永晝，謝閣連宵奇遇。
> 算贈笑千金，酬歌百琲，盡成輕負。南顧。念吳邦越國，風
> 煙蕭索在何處。獨自箇、千山萬水，指天涯去。（頁336）

這闋詞是柳永要離開京城時所作。詞從都門外離別的景象寫起，因捨
不得離開所歡之歌妓，表達之中，將京城秦樓謝閣、贈笑酬歌的繁華
場面描繪出來，最後再想到所住之地，以吳邦越國、千山萬水作結。
全篇的背景空間遼闊，交雜著南北城鄉色彩。誠如黃文吉所說：

> 他那些諳盡宦遊滋味的作品，一方面脫離不了楚鄉風物情
> 調，而他追念帝里舊歡時，則又出現汴城繁華景象，柳永
> 可以說是將詞體從南方帶到北方，開始將極富南國情味的
> 詞體融入北地的風韻，其實那些對歌妓大膽的描寫，也不
> 無反映出北方豪放作風。〔註37〕

柳永詞作中具有遼闊空間交雜南北城鄉色彩之特色，亦是其他詞人難
以描繪的。

〔註37〕黃文吉：《北宋十大詞家研究》（台北：文史哲出版社，1996年3月），
　　　頁128〜129。

二、節令活動

柳永所處之時代城市經濟發達，市民階級興起，更加重視休閒娛樂，遇到節日慶典，做為娛樂需求的節令詞自然不能缺席。柳永慢詞中歌詠的節令有：元宵節、清明節、七夕、重陽節。

（一）元宵節

農曆正月十五為上元節，又稱元宵、元夕、燈節。據孟元老《東京夢華錄》記載：「正月十五日元宵，大內前自歲前冬至後，開封府結縛山棚立木正對宣德樓，游人已集御街，兩廊下奇術異能，歌舞百戲，鱗鱗相切，樂聲嘈雜十餘里。」〔註38〕大致說明元宵燈節的盛況。以〈傾杯樂〉和〈迎新春〉這兩首描寫元宵節的作品來看，柳永著重渲染節日歡樂氣氛。先看〈傾杯樂〉：

> 禁漏花深，繡工日永，蕙風布暖。變韶景、都門十二，元宵三五，銀蟾光滿。連雲複道凌飛觀。聳皇居麗，嘉氣瑞煙葱蒨。翠華宵幸，是處層城閬苑。　　龍鳳燭、交光星漢。對咫尺鼇山、開羽扇。會樂府、兩籍神仙，梨園四部弦管。向曉色、都人未散。盈萬井、山呼鼇抃。願歲歲天仗裡，常瞻鳳輦。（頁49）

和風送暖，春回大地，明媚春光降臨大地，春意盎然的京城皓月當空，座座樓觀凌空如飛，壯麗高峻的皇居籠罩在祥雲瑞霧中，皇上親臨，掀起歡樂最高潮，舞者翩翩起舞，兩籍樂府和梨園弟子配上天子儀仗，人群聚在一起狂歡，直到破曉人潮都沒散去，燈節歡樂氣氛達到極點。

另一首是〈迎新春〉：

> 嶰管變青律，帝里陽和新布。晴景回輕煦。慶嘉節、當三五。列華燈、千門萬戶。遍九陌、羅綺香風微度。十里然絳樹。鼇山聳、喧天簫鼓。　　漸天如水，素月當午。香徑裡，絕纓擲果無數。更闌燭影花陰下，少年人、往往奇遇。太平時，朝野多歡民康阜，隨分良聚。堪對此景，爭

〔註38〕〔宋〕孟元老撰、鄧之誠注：《東京夢華錄注》（台北：漢京文化事業公司，1984年3月），頁164。

　　忍獨醒歸去。(頁 61)

元宵佳節，火樹銀光，綿延十里，而彩燈之多，鼇山上下照耀得如同白日，人山人海，簫鼓喧天。如此佳節，可以嬉戲遊樂，縱情狂歡，只求年年如此，這般太平盛世。

（二）清明節

　　寒食清明是宋代重要節日，「尋常京師以冬至後一百五日為大寒食，前一日謂之炊熟。以麵造棗餅飛燕，穿以柳條，插戶牖間，名為子推燕。」〔註 39〕而清明節在寒食第三日，此時春日送暖，「大抵都城左近，粉牆細柳斜籠，綺陌香輪暖輾，芳草如茵，駿騎驕嘶，香花如繡，鶯啼芳樹，燕舞晴空。」〔註 40〕請看這首〈木蘭花慢其二〉：

　　　　拆桐花爛漫，乍疏雨、洗清明。正艷杏燒林，緗桃繡野，芳景如屏。傾城。盡尋勝去，驟雕鞍紺幰出郊坰。風暖繁絃脆管，萬家競奏新聲。　　盈盈。鬥草蹋青。人艷冶、遞逢迎。向路傍往往，遺簪墮珥，珠翠縱橫。歡情。對佳麗地，信金罍罄竭玉山傾。拚卻明朝永日，畫堂一枕春醒。
　　　　(頁 497)

　　第一步當然描寫自然界清明時節的春光，為整闋詞鋪設絢爛的背景。爛漫春光從春花的鮮明、嫩黃透顯出來，而春之生機在「燒林」一詞暴漲出旺盛、亮眼的生命力，「芳景如屏」，春天就在眼前，這樣美麗的春景如何不遊春踏青？「傾城」說游人之多，「盡尋勝去」，大家爭先恐後在風暖送樂音的快樂悠暢中，感受春遊的歡快熱烈氣氛。

　　「鬥草蹋青」是此時的風俗活動，妝扮之盛，遊人如織，「遺簪墮珥，珠翠縱橫」是摩肩接踵難免的小狀況，又何妨？如此「歡情」讓柳永忍不住「對佳麗地」狂飲大醉。

　　此詞反映汴京清明節日男女遊樂之事，作者習慣於將注意力集中

〔註 39〕〔宋〕孟元老撰、鄧之誠注：《東京夢華錄注》（台北：漢京文化事業公司，1984 年 3 月），頁 178。
〔註 40〕〔宋〕孟元老撰、鄧之誠注：《東京夢華錄注》（台北：漢京文化事業公司，1984 年 3 月），頁 176。

於艷麗妖嬈、珠翠縱橫的市井婦女和歌妓們，在這富於浪漫情調的春天郊野，她們的歡樂與放浪爲節日增添了趣味和色彩，如後來孟元老所說：「四野如市，往往就芳樹之下，或園圃之間，羅列杯盤，互相勸酬，都城之歌兒舞女，遍滿園亭，抵暮而歸。」〔註41〕柳詞正是表現了這種縱情歡樂的情形。

（三）七　夕

七夕是中國古代民間傳統節日之一，《荊楚歲時記》說：「七月七日，爲牽牛織女聚會之夜，是夕，人家婦女結彩縷，穿七孔針，或以金銀瑜石爲針，陳几筵酒脯瓜菓於庭中以乞巧，有喜子網於瓜上，則以爲符應。」〔註42〕柳永慢詞中唯一詠七夕的詞〈二郎神〉：

> 炎光謝。過暮雨、芳塵輕灑。乍露冷風清庭戶爽，天如水、玉鉤遙挂。應是星娥嗟久阻，敘舊約、飆輪欲駕。極目處、微雲暗度，耿耿銀河高瀉。　　閒雅。須知此景，古今無價。運巧思、穿鍼樓上女，擡粉面、雲鬟相亞。鈿合金釵私語處，算誰在、回廊影下。願天上人間，占得歡娛，年年今夜。（頁241）

牛郎織女的愛情故事發生在美麗的秋夜，黃昏時一陣小雨，驅散了暑氣，洗去塵埃，此時冷露暗凝，清風徐徐，夜空如水，月如玉鉤，在這樣溶溶的夜色裏，極目遠眺，如此佳景，引人想望。而天上有情人正相會，人間美麗的女子望月穿針乞巧，而每年七月七日夜半無人私語時的盟誓，不論天上人間，只願「占得歡娛，年年今夜」。

（四）重陽節

重陽是古代文人登高游賞宴飲的佳節，柳永善寫秋景，多從感士不遇與情感無依出發，但詠重陽佳節之作，卻在殘蟬漸絕、梧桐葉落、露冷風清的背景中，突出凌霜綻放的金菊，充滿賞菊登高、開懷暢飲

〔註41〕〔宋〕孟元老撰、鄧之誠注：《東京夢華錄注》（台北：漢京文化事業公司，1984年3月），頁178。

〔註42〕王毓榮：《荊楚歲時記校注》（台北：文津出版社，1992年6月），頁194。

的豪興，而歡聚宴會的情景，在陶潛采菊東籬、孟嘉龍山落帽的風流中，展現秋高氣爽、開懷自適的逸興，如〈應天長〉：

> 殘蟬漸絕。傍碧砌修梧，敗葉微脫。風露淒清，正是登高時節。東籬霜乍結。綻金蕊、嫩香堪折。聚宴處，落帽風流，未饒前哲。　　把酒與君說。恁好景佳辰，怎忍虛設。休效牛山，空對江天凝咽。塵勞無暫歇。遇良會、贐偷歡悅。歌聲闋。杯興方濃，莫便中輟。（頁 287）

這樣酒興濃、情致高的時節，在〈玉蝴蝶其五〉隱含更多宴飲吟諷的暢快場面：

> 淡蕩素商行暮，遠空雨歇，平野煙收。滿目江山，堪助楚客冥搜。素光動、雲濤漲晚，紫翠冷、霜蟾橫秋。景清幽。渚蘭香謝，汀樹紅愁。　　良儔。西風吹帽，東籬攜酒，共結歡遊。淺酌低吟，坐中俱是飲家流。對殘暉、登臨休歎，賞令節、酩酊方酬。且相留。眼前尤物，琖裡忘憂。（頁 406）

在明淨的暮秋之時，秋光浮動，楓樹紅愁，同遊者情意諧和是暢遊的前提，「孟嘉宴飲落帽」、「淵明賞菊飲酒」是重陽宴遊佳聚的雅興，而對美景當痛飲，更是人生一大快事，良朋、暢遊、佳節、以酒忘憂，柳永的重陽節過得熱熱鬧鬧，歡快無限。

三、節令詞呈現的太平盛世

柳永將南北城鄉景色交融，加上豐富的都市生活經驗，且深入鄉間，詞作反映社會習俗及歡樂景象，詠元宵佳節的〈傾杯樂〉在當時「傳禁中，多稱之」，〔註 43〕如果不是太平時代，怎能朝野多歡、萬民康阜？如果不是經濟富足、百姓安樂，怎能如此盛況？人們能盡情享受歡樂、愉快過節，也只有在富庶社會為後盾的情況下，人們才能有這般閒情逸致享受節慶帶來的歡樂，物質資源豐碩才能支應佈置慶

〔註 43〕〔宋〕葉夢得《避暑錄話》云：「永初爲上元辭，有『會樂府兩籍神仙，梨園四部管弦』之句，傳禁中，多稱之。」（北京：中華書局，1985 年），卷下，頁 49。

典的各項所需。展現富庶社會的情景，羅大經《鶴林玉露》曾記載：
「孫何帥錢塘，柳耆卿作〈望海潮〉詞贈之……，此詞流播，金主亮
聞歌，欣然有慕於『三秋桂子，十里荷花』，遂起投鞭渡江之志。」
〔註44〕姑且不論真假，柳永歌詠繁華大城，展現富庶社會的情景，膾
炙人口。而在社會安定，生活不虞匱乏的時代裏，人們更能利用過節
盡情享樂歡會。

古來對七夕的吟詠，多從「河漢清且淺，相去復幾許。盈盈一水
間，脈脈不得語」〔註45〕的感傷基調而來，然而柳永詠七夕的〈二郎
神〉一詞中，融民俗、神話傳說及人間動人的愛情故事，表達對愛情
和美好幸福生活的嚮往，充滿閒雅歡愉的情調。元宵節令詞如實顯現
承平氣象的社會風貌，而「須知此景，古今無價」，反映出當時人們
在安和的環境裏對幸福的期待而歡度七夕之景。柳永極盡謳歌人民過
節歡樂熱鬧的生活面相，「宣示展現著太平時期，朝野上下對節慶的
重視及其歡慶佳節的情形，而其節令詞所引動的情思是宋代享樂意
識，託寓的便是社會的物阜民豐。」〔註46〕

唐圭璋肯定「柳永是宋代第一位專業詞人，是宋詞昌盛的奠基
人」。〔註47〕柳永慢詞不只將詞的形式壯大，並且容納更豐富的內容，
抒寫更廣泛的題材，運用更多市曲新聲，表現更複雜、更細膩的情感，
為宋詞繁榮奠定了基礎。

〔註44〕〔宋〕羅大經撰、王瑞來點校：《鶴林玉露》（北京：中華書局，1997
　　　　年），卷一丙編，頁241。
〔註45〕〈古詩十九首──迢迢牽牛星〉，〔梁〕蕭統編、〔唐〕李善注：《文
　　　　選》（台北：華正書局，1994年9月），頁411。
〔註46〕曾琴雅：《物阜民豐的圖卷──柳永《樂章集》太平氣象研究》（彰
　　　　化：國立彰化師範大學國文研究所碩士論文，2005年6月），頁61。
〔註47〕唐圭璋：〈柳詞略述〉，《詞學論叢》（台北：宏業書局，1988年9月），
　　　　頁927。

第四章 《樂章集》慢詞的形式技巧與風格呈現

　　上一章提到，柳永慢詞由於形式擴大，篇幅加長，而能容納更多的題材內容，然而詞人內在情意的豐富表達，有賴形式技巧的充分配合。《文心雕龍·情采》說：

> 立文之道，其理有三：一曰形文，五色是也；二曰聲文，
> 五音是也；三曰情文，五性是也。五色雜而成黼黻，五音
> 比而成〈韶〉〈夏〉，五性發而爲辭章，神理之數也。〔註1〕

「形文」指詞藻修飾，「聲文」指音律協調，「情文」則涵蓋主題內容與情感思想，文學形式與內容相輔相成，除作品內在情感精神外，還必要講求外在形式結構，三者不可偏廢。

　　詞爲倚聲之學，與音樂有著密不可分的關係，《樂章集》依照宮調排列，一調有一調之聲情，要了解詞人的作品特色，必須先了解其聲調情形，誠如龍沐勛所言：

> 我們要了解「詞的藝術特徵」，仍得向它的聲律上去體會，
> 得向各個不同曲調的結構上去體會。作者能夠掌握這些規
> 律，選擇某一適合表達自己所要表達的情感的曲調，把詞

〔註1〕〔梁〕劉勰著、王更生注譯：《文心雕龍讀本》（台北：文史哲出版社，2004年10月），下篇，頁77。

　　　情和聲情緊密結合起來，也就會產生各種不同的風格和面
　　　貌，引起讀者的共鳴。〔註2〕
故本章論及柳永慢詞形式技巧，先討論慢詞的宮調、詞牌及格律所展
現的聲情之美。

　　　另一方面，觀察柳永慢詞的形式技巧，不能不論及「鋪敘展衍」
〔註3〕的線型寫作手法特色，和「形容曲盡」〔註4〕的白描寫法。自
從北宋李之儀指出柳詞鋪敘展衍的特點後，歷來對柳詞的評論，不外
乎「以平敘見長」〔註5〕、「序事閑暇，有首有尾」〔註6〕、「善於敘
事，有過前人」，〔註7〕慢詞的體制比小令宏大複雜，「以平鋪直述的
表達方式將詞意或某一意群展開、發揮，給人以較爲具體的感受，這
只有意群容量較大的慢詞才最適合採用，它使詞可以表現比詩更爲複
雜細緻的思想情感，更具有具體而豐滿的形象，能言詩之所不能言。」
〔註8〕所以分析慢詞寫作手法、形象語言，進而了解詞人之思想情感、
內在意蘊，具有莫大功用。

　　　最後論述柳永雅俗共賞的風格特色。風格是主觀的，是作家的內

〔註2〕　龍沐勛：〈談談詞的藝術特徵〉，《倚聲學》（台北：里仁書局，2000
　　　　年9月），頁190。

〔註3〕　〔宋〕李之儀〈跋吳思道小詞〉：「至唐末，遂因其聲之長短句，而
　　　　以意填之，始一變以成音律。大抵以《花間集》中所載爲宗，然多
　　　　小闋。至柳耆卿，如鋪敘展衍，備足無餘，形容盛明，千載如逢當
　　　　日。」《姑溪居士文集》（北京：中華書局，1985年），頁310。

〔註4〕　〔宋〕陳振孫《直齋書錄解題》：「柳永詞格固不高，而音律諧婉，
　　　　語意妥帖，承平氣象，形容曲盡，尤工於羈旅行役，若其人則不足
　　　　道也。」（北京：中華書局，1985年），卷5，頁583。

〔註5〕　〔宋〕周濟《宋四家詞選》云：「柳詞總以平敘見長，或發端，或結
　　　　尾，或換頭，以一二語句勒提掇，有千鈞之力。」（北京：中華書局，
　　　　1985年），頁24。

〔註6〕　〔宋〕王灼：《碧雞漫志》，唐圭璋編：《詞話叢編》（台北：新文豐
　　　　出版公司，1988年2月），第1冊，頁84。

〔註7〕　〔清〕劉熙載：《詞概》，唐圭璋編：《詞話叢編》（台北：新文豐出
　　　　版公司，1988年2月），第4冊，頁3689。

〔註8〕　謝桃坊：〈柳永及其詞〉，《宋詞概論》（成都：四川文藝出版社，1992
　　　　年8月），頁164。

觀心靈的外在顯現，歷來不論認爲柳詞「以俗害雅」，〔註9〕或者「雅不避俗」，〔註10〕事實上皆認同柳詞同時具有「雅俗」兩種風格，但柳永如何協調，讓雅與俗同時並陳在慢詞中，呈現「俗而不傷溫厚，雅而不離眞情」的成熟風味，是此處討論雅俗共賞的重點所在。

　　本章從聲調、格律的音樂性及鋪敘展衍、形容曲盡的寫作手法著手，最後論及風格呈現，期待能一窺柳永慢詞在形式、技巧、風格所展現的樣態與情貌，對柳永慢詞有更深入的了解。

第一節　慢詞的宮調、詞牌及格律探討

一、靈活運用宮調，符合演唱標準

　　唐宋入樂歌詞，依據歌譜填製，歌唱時由樂器伴奏，歌譜的律調及樂器的律調，都必須由詞調依宮調定律，樂曲分屬不同宮調，詞調則依宮調定律。王易云：

> 宮律詞調，聲響文情，皆屬一貫。就作者言：則本情以尋聲，因聲以擇調，由調以配律。就詞體言：則本律而立調，由調而定聲，以聲而見情。今宋詞之宮調律譜，固無從悉知；然詞調之聲情，尚可得而審別。試觀北宋晏歐諸公，規模《花間》，其用調亦略相同。《樂章》《東坡》二集風格不同，其中用調亦迥異。……使假柳周集中著調以效蘇辛，必不成章，即勉爲之，亦失韻味。〔註11〕

就作者而言，詞人按照心中感情選擇詞調，來抒發一己之情；就詞體

〔註 9〕〔宋〕王灼《碧雞漫志》云：「惟是淺近卑俗，自成一體，不知書者尤好之。予嘗以比都下富兒，雖脫村野，而聲態可憎……或謂深勁乏韻，此遭柳氏野狐涎吐不出者也。」唐圭璋編：《詞話叢編》（台北：新文豐出版公司，1988年2月），第1冊，頁84。

〔註 10〕〔清〕宋翔鳳《樂府餘論》云：「柳詞曲折委婉，而中具渾淪之氣。雖多俚語，而高處足冠群流，倚聲家當尸而祝之。」唐圭璋編：《詞話叢編》（台北：新文豐出版公司，1988年2月），第3冊，頁2499。

〔註 11〕王易：《詞曲史》（台北：廣文書局，1997年9月），頁267。

而言，亦須作者按譜填詞以彰顯其聲情，風格不同，詞調選用亦不相同。假使柳永、周邦彥創作柔婉風格之詞調，與蘇軾、辛棄疾表達豪放曠遠詞調相同，勉強之下，必定失去詞調本身的韻致。雖然現今詞調樂譜早已亡佚，欲探究詞調聲情表現，仍可從詞人按譜協律的創作習慣著手。張夢機云：

> 宮調者，即等差其剛柔抗墜之音而部勒以爲別也，因部勒之區分，乃得明顯其喜怒哀樂之風格，乃得類從其題材各異之文辭，以詠歎其觸發之深度。詞本倚聲而作，聲則協律始歌，故倚聲填詞，必聲情相資，互無齟齬，始成佳製。〔註12〕

清楚說明宮調與聲情之間的密切關聯，大抵以調合情，容易感動人。〔清〕沈祥龍說：「詞調不下數百，有豪放，有婉約，相題選調，貴得其宜。調合，則詞之聲情始合。」〔註13〕觀察詞人所選詞調，能得知詞人整體創作風格。

本論文以賴橋本《柳永詞校注》爲本，收《樂章集》二〇六闋詞，選用十七個宮調，而柳永一百二十二闋慢詞，共使用十六個宮調，只有〈越調〉這一宮調未被採用。將柳永慢詞使用宮調以下表柱狀圖表示：

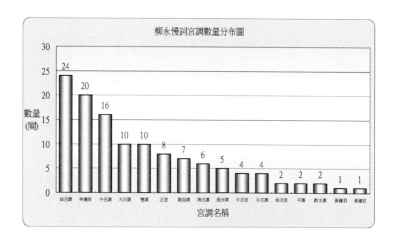

〔註12〕張夢機：《詞律探源》（台北：文史哲出版社，1981年11月），頁183。
〔註13〕〔清〕沈祥龍：《論詞隨筆》，唐圭璋編：《詞話叢編》（台北：新文豐出版公司，1988年2月），第5冊，頁4060。

　　由上圖可知柳永慢詞所屬宮調中，以仙呂調使用最多，其次是林鐘商與中呂調，再其次是大石調與雙調。根據本論文第二章第二節詞調與聲情的描述，燕南芝庵《唱論》所言：「仙呂調唱清新綿渺」、「商調唱悽愴怨慕」、「中呂宮唱高下閃賺」、「大石唱風流醞藉」、「雙調唱健捷激裊」，柳永詞是提供給歌妓演唱的，「柳郎中詞，只好十七八女孩兒，執紅牙拍板，唱『楊柳岸曉風殘月』。」〔註14〕慢詞宮調以仙呂調清新綿渺、商調悽愴怨慕為最大多數，符合檀口鶯舌的標準。

　　從柳永慢詞所選用的宮調也可看出其涵蓋廣泛，吳梅《詞學通論》說：

> 凡題意寬大，宜抒寫胸襟者，當用長調……，惟境有悲歡，詞亦有哀樂。大抵商調、南呂諸詞，皆近悲怨。正宮、高宮之詞，皆宜雄大。越調冷雋，小石風流，各視題旨之若何，以為擇調張本。〔註15〕

柳永慢詞中所屬宮調或清新綿渺、或悽愴怨慕、或風流醞藉、或健捷激裊，當抒寫柳永胸中塊壘。

　　〔宋〕張炎談到慢詞寫作時曾說：「作慢詞，看是甚題目，先擇曲名，然後命意。」〔註16〕「先擇曲名」，即是選調，考慮與自己表現的思想情感相合拍的曲調。柳永嫻熟音律，由演唱者（歌妓）唱出曲調（柳永大量變舊聲，作新聲），表達情感思緒（歌妓本身遭遇或是柳永自身情狀），他自由駕馭曲調，靈活變動曲度，體現宮調多樣的聲音情趣。

二、樂於創新詞調，不重複使用

　　王兆鵬據南京師範大學《全宋詞》計算機檢索系統，統計得出宋

〔註14〕〔宋〕俞文豹：《吹劍續錄》，〔明〕陶宗儀編、張宗祥校：《說郛》（台北：台灣商務印書館，1985年），卷24，頁1716。

〔註15〕吳梅：《詞學通論》（台北：台灣商務印書館，1969年12月），頁42。

〔註16〕〔宋〕張炎：《詞源》，唐圭璋編：《詞話叢編》（台北：新文豐出版公司，1988年2月），第1冊，頁258。

代使用頻率最高的四十八個詞調（使用次數在一百闋以上者），有：〈浣溪沙〉、〈水調歌頭〉、〈鷓鴣天〉、〈菩薩蠻〉、〈滿江紅〉、〈念奴嬌〉（含〈酹江月〉103 首）、〈西江月〉、〈臨江仙〉、〈減字木蘭花〉、〈沁園春〉、〈蝶戀花〉、〈點絳唇〉、〈賀新郎〉、〈清平樂〉、〈滿庭芳〉、〈虞美人〉、〈好事近〉、〈水龍吟〉、〈朝中措〉、〈漁家傲〉、〈卜算子〉、〈謁金門〉、〈玉樓春〉、〈南鄉子〉、〈踏莎行〉、〈南歌子〉、〈柳梢青〉、〈驀山溪〉、〈望江南〉、〈生查子〉、〈鵲橋仙〉、〈浪淘沙〉、〈如夢令〉、〈木蘭花慢〉、〈洞仙歌〉、〈訴衷情〉、〈青玉案〉、〈阮郎歸〉、〈醉落魄〉、〈摸魚兒〉、〈瑞鶴仙〉、〈江城子〉、〈感皇恩〉、〈小重山〉、〈八聲甘州〉、〈采桑子〉、〈長相思〉、〈醉蓬萊〉。〔註17〕

今檢視《樂章集》慢詞所用詞牌，與上述的四十八個詞調對照，相同者只有：〈卜算子〉、〈鵲橋仙〉、〈浪淘沙〉、〈醉蓬萊〉、〈長相思〉、〈滿江紅〉、〈洞仙歌〉、〈八聲甘州〉、〈臨江仙〉、〈木蘭花慢〉十個詞調，占柳永慢詞使用詞牌數約百分之十，可以發現柳永不用常用調填詞；而且慢詞中重複使用的詞調極少：同一詞牌，不同宮調者此處不計，柳永慢詞中使用最多的詞牌〈玉蝴蝶〉，使用五次；〈滿江紅〉次之，使用四次；〈鬪百花〉、〈木蘭花慢〉使用三次；〈晝夜樂〉、〈永遇樂〉、〈輪臺子〉、〈夜半樂〉、〈過澗歇近〉、〈如魚水〉、〈瑞鷓鴣〉、〈安公子〉使用二次，可知柳永樂於創新詞調同時，不重複使用詞調來填詞。

大底說來，「精於音律的詞人都不太喜歡重複使用同一詞調，他們樂於嘗試用各種不同的調子來創作，用過那麼多種詞調，這正表現出他們對音樂的追逐與重視。」〔註18〕柳永創製新調與詞調多樣變化，證明柳永慢詞在審音創調上的創新與突破。

〔註17〕王兆鵬：《唐宋詞史論》（北京：人民文學出版社，2000 年 1 月），頁106～108。
〔註18〕黃文吉：《北宋十大詞家研究》（台北：文史哲出版社，1996 年 3 月），頁 184。

三、審音協律，音節響亮

詞為配樂歌唱，樂調的高下抑揚，支配著樂詞字調高低、輕重、長短、急徐的變化。〔宋〕張炎在《詞源・音譜》提到：

> 每作一詞，必使歌者按之，稍有不協，隨即改正。……雅詞協音，雖一字亦不放過，信乎協音之不易也。又作〈惜花春起早〉云「鎖窗深」，「深」字音不協，改為「幽」字，又不協，改為「明」字，歌之始協。此三字皆平聲，胡為如是？蓋五音有唇、齒、喉、舌、鼻，所以有輕清、重濁之分，故平聲字可為上入者此也。聽者不知宛轉遷就之聲，以為合律，不詳一定不易之譜，則曰失律。夫歌者豈特忘其律，抑且忘其聲字矣。述詞之人，若只依舊本之不可歌者，一字填一字，而不知以訛傳訛，徒費思索。當以可歌者為工，雖有小疵，亦庶幾耳。〔註19〕

此段說明作詞若能雅詞協音，能豐富蘊涵音韻之美。

柳永慢詞在審音協律上極為和諧，其善用去聲字、協韻之美、運用雙聲疊韻、且多用疊字，讓慢詞讀來節奏分明、音節響亮，以下一一敘之。

（一）善用去聲字

平仄是填詞必須遵守的原則，所謂平仄，分為陰平、陽平，以及上、去、入聲，〔清〕萬樹《詞律・發凡》說：「夫一調有一調之風度聲響，若上去互易，則調不振起，便成落腔。」〔註20〕詞之辨四聲，上、去兩聲分別最嚴，又云：「名詞轉折跌蕩處，多用去聲，何也？三聲之中，上入二者可以作平，去則獨異。……當用去者，非用去則激不起，用入且不可，斷斷勿用平上也。」〔註21〕上、去之中，尤其是去聲，不可用他聲代替，嚴明去聲的用法。本論文第二章第二節曾

〔註19〕唐圭璋編：《詞話叢編》（台北：新文豐出版公司，1988 年 2 月），第 1 冊，頁 256。
〔註20〕〔清〕萬樹：《詞律》（台北：世界書局，1970 年），頁 15。
〔註21〕同前註。

說明柳永在字聲上善用上去或去上連用及入聲字，此處著重柳永慢詞中去聲字的用法。

關於慢詞中去聲字的使用意義，邱世友有過一段說明：

> 去聲字在詞中，特別慢詞的作用和用法，大體用於起句和領句，也用於承托之句以及轉折處，這些地方須用去聲字振起，因為去聲的調值為 51 全降調，從最高的 5 度，降到最低的 1 度。從語感說，如唐釋處忠《元和韻譜》云：「去聲清而遠」，或《康熙字典》引明朝和尚真空的〈玉鑰匙歌訣〉說：「去聲分明哀遠道」，或清顧炎武的《音論》說：「平聲輕遲，上去入之聲重疾。」這些語感的描述，不同的人體會不同，而其相同者卻在於發聲的清勁悠遠。〔註22〕

所謂「聲調」，是指語音高低升降的表現，構成聲調的因素有二：主要是「音高」，聲音在音階上的高低程度，由發音體在一定的時間裏所形成的顫動頻率的多少來決定；次要是「音長」，指某一個音形成的時候所保持的時間的久暫而言，「調值」就是紀錄「音高」與「音長」的變化情形，就是聲調在實際語音上的高低、升降、曲直、長短的形式。〔註23〕因為去聲調值為 51 全降調，〔註24〕發聲而為激厲、勁遠、有力，適用詞調的轉折跌蕩處，如同吳梅所說：

> 蓋三仄（上、去、入）之中，入可作平，上界平仄之間，去則獨異，且其聲由低而高，最宜緩唱，凡牌名中應用高

〔註22〕邱世友：〈柳永詞的聲律美〉，《文學遺產》第 4 期，（2002 年），頁 68～69。

〔註23〕台北國立台灣師範大學國音教材編輯委員會編纂：《國音學》（台北：正中書局，1995 年 11 月台五版），頁 223～226。

〔註24〕「現在紀錄漢語聲調最實用的方法，也為國際語音學界正式採用的是趙元任先生的『五度制調值標記法』。『五度制』是先畫一個縱座標，表示音高，然後從最低到最高等分成五個音高標準點，每點為一度，自下而上用『1、2、3、4、5』標記。各點名稱依次為『低、次低、中、次高、高』五等。記載調值的方法是：最低音記 1 度，次低音記 2 度，中度音記 3 度，次高音記 4 度，最高音記 5 度。北平話的四聲調值就是：陰平：55：，陽平：35：，上聲：214：，去聲：51：。」同上註，頁 226～227。

音者，皆宜用此。……凡協韻後轉折處皆用去聲，……其
領頭處，無一不用去聲者。無他，以發調故也。〔註25〕

如此看來，上、入有代換之用，唯去聲獨用，其聲清勁悠遠，協韻後
轉折處及領頭處多用去聲，在詞中能起帶動、轉折、頓挫的作用。

今檢視柳永慢詞中去聲字，發現常用「漸」、「念」等去聲字，如
〈木蘭花慢〉：

倚危樓佇立，乍蕭索、晚晴初。**漸**素景衰殘，風砧韻響，霜
樹紅疏。雲衢。**見**新鴈過，**奈**佳人自別阻音書。空遺悲秋念
遠，寸腸萬恨縈紆。　　皇都。**暗**想歡遊，成往事、動欷歔。
念對酒當歌，低幃垂枕，翻恁輕孤。歸途。**縱**凝望處，但斜
陽暮靄滿平蕪。贏得無言悄悄，憑闌盡日踟躕。（頁495）

上片寫秋之蕭瑟，廣漠而淒冷，從抽象到具體，用「漸」字去聲引起。
而下片回想皇都遊樂，則從「念」字去聲領起，具體把詞人過往的情
愛生活，轉回反襯今日的孤苦情況。最後用「縱」字去聲收結，對斜
陽暮靄的平蕪，無可奈何的凝望。

而當慢詞中轉折領起句用去聲字時，可見跌宕、勁遠、振起的作
用，如〈雨霖鈴〉上片：

寒蟬淒切。對長亭晚，驟雨初歇。都門帳飲無緒，留戀處、
蘭舟催發。執手相看淚眼，竟無語凝噎。**念**去去、千里煙
波，暮靄沉沉楚天闊。（頁117）

詞人凝噎在喉的是「念去去」二句的內心獨白。這裏的去聲「念」字，
作為領字，上承「凝噎」而自然一轉，下啓「千里」以下而文氣流貫。
「念」字後「去去」二字連用，則愈益顯示出激越的聲情，讀時一字
一頓，更覺去路茫茫，長途漫漫。

用去聲於起句和領句，還有〈八聲甘州〉上片：

對瀟瀟暮雨灑江天，一番洗清秋。**漸**霜風淒慘，關河冷落，
殘照當樓。**是處**紅衰翠減，苒苒物華休。惟有長江水，無
語東流。（頁429）

〔註25〕吳梅：《詞學通論》（台北：台灣商務印書館，1969年12月），頁12。

「對」字寫出秋景的蕭森，「漸」字既承所對的暮雨江天，又啓「是處」的紅衰翠減，從泛寫轉入具體秋情；且「漸」、「是」二字是協韻後轉折處，使上下文意呼應。

而〈夜半樂〉一首，所用去聲字尤多：

凍雲黯淡天氣，扁舟一葉，乘興離江渚。渡萬壑千岩，越溪深處。怒濤漸息，樵風乍起，更聞商旅相呼。片帆高舉。泛畫鷁、翩翩過南浦。　　望中酒旆閃閃，一簇煙村，數行霜樹。殘日下，漁人鳴榔歸去。敗荷零落，衰楊掩映，岸邊兩兩三三，浣沙遊女。避行客、含羞笑相語。　　到此因念，繡閣輕拋，浪萍難駐。歎後約丁寧竟何據。慘離懷，空恨歲晚歸期阻。凝淚眼、杳杳神京路。斷鴻聲遠長天暮。（頁352）

首句「凍雲黯淡天氣」，即用了四個去聲字，而「歎後約丁寧竟何據」一句八字就用了四個入聲字。第二疊以「望中」二字領起，第三疊以「到此」二字領起，此二句皆用去聲振起。此外，「乘興離江渚。渡萬壑千岩……更聞商旅相呼。片帆高舉。泛畫鷁，……數行霜樹。……敗荷零落，……岸邊兩兩三三，……避行客，……繡閣輕拋，浪萍難駐。歎後約丁寧竟何據。……斷鴻聲遠長天暮」，或以去聲字領字，或於協韻後用去聲字轉折。〔註26〕

沈義父《樂府指迷》曾云：「句中用去聲字最爲緊要」，〔註27〕萬樹也說：「當用去者，非去則激不起」，〔註28〕柳永慢詞中特重去聲字，確實增其跌宕飛動之美。

（二）協韻之美

韻是詩詞格律的基本要素之一，詩人在詩詞中用韻，叫做押韻，

〔註26〕唐圭璋：〈論詞之作法〉，《詞學論叢》（台北：宏業書局，1988 年 9 月），頁 845。

〔註27〕唐圭璋編：《詞話叢編》（台北：新文豐出版公司，1988 年 2 月），第 1 冊，頁 280。

〔註28〕〔清〕萬樹：《詞律》（台北：世界書局，1970 年），頁 15。

押韻的目的是爲了聲韻的諧和，同類的樂音在同一位置上的重複，就構成了聲音回環之美，產生音樂美。〔註29〕而在長期的詩歌創作實踐中，詩人逐漸發現不同韻部可以造成不同的音樂效果，表達不同的思想情感。〔宋〕周濟在《宋四家詞選・序論》對詞的聲韻作過具體闡述：

> 東眞韻寬平，支先韻細膩，魚歌韻纏綿，蕭尤韻感慨，各
> 具聲響。陽聲字多則沉頓，陰聲字多則激昂，重陽間一陰
> 則柔而不靡；重陰間一陽則高而不危。〔註30〕

運用不同韻部能表達不同情感，換韻意謂著情感的起伏變化。一般說來，「隔句押韻，韻位安排得比較均勻的，其聲調較舒緩，宜於表達愉快、安閑和哀婉的思想感情；每句押韻或不斷轉韻的，其聲調較急促，沈重，宜於表達緊張、激憤、憂愁的思想感情。」〔註31〕

柳永精於音律，在用韻的變化上相配婉美，如〈望海潮〉上片：

> 東南形勝，江吳都會，錢塘自古繁華。煙柳畫橋，風簾翠
> 幕，參差十萬人家。雲樹繞隄沙。怒濤卷霜雪，天塹無涯。
> 市列珠璣，戶盈羅綺競豪奢。（頁385）

「錢塘自古繁華」起韻「華」字爲《詞林正韻》第十部佳（半）麻韻，〔註32〕「華」、「家」屬陽平間陰平韻，而後「雲樹繞隄沙」、「天塹無涯」的「沙」、「涯」，又陰陽平韻相協。下句「戶盈羅綺競豪奢」，承「涯」韻而來，而「奢」字屬陰平韻字，此上片陽陰平韻相間，具有高低錯落之美，表達欣喜愉悅之情。從韻位來看，「華」、「家」疏，「沙」、「涯」密，疏密相間，具有節奏之美。

再看〈戚氏〉一、二疊用韻：

> 晚秋天。一霎微雨灑庭軒。檻菊蕭疏，井梧零亂惹殘煙。
> 淒然。望江關。飛雲黯淡夕陽間。當時宋玉悲感，向此臨
> 水與登山。遠道迢遞，行人淒楚，倦聽隴水潺湲。正蟬吟

〔註29〕王力：《詩詞格律》（北京：中華書局，2005年1月），頁3。

〔註30〕〔宋〕周濟：《宋四家詞選》（北京：中華書局，1985年），頁6。

〔註31〕余毅恆：《詞筌》（台北：正中書局，1991年10月），頁182。

〔註32〕〔清〕戈載：《詞林正韻》（台北：文史哲出版社，1991年12月），頁153〜154。

敗葉，蛩響衰草，相應喧喧。　　孤館度日如年。風露漸
變，悄悄至更闌。長天淨、絳河清淺，皓月嬋娟。思綿綿。
夜永對景，那堪屈指，暗想從前。未名未祿，綺陌紅樓，
往往經歲遷延。（頁327）

第一句「晚秋天」的「天」字起韻，屬《詞林正韻》第七部元、寒、
刪、先韻。〔註33〕「天」屬先韻，陰平；「庭軒」之「軒」字協韻，
屬元韻，陰平；次協「殘煙」的「煙」字，屬先韻，陰平；次協「淒
然」的「然」字，屬先韻，陽平；「江關」的「關」字屬刪韻；「夕陽
間」的「間」字亦屬刪韻，陰平；「登山」的「山」字屬刪韻，陰平；
「潺湲」的「湲」字屬元韻，陽平；「喧喧」的「喧」字屬元韻，陰
平；「如年」的「年」字屬先韻，陽平；「更闌」的「闌」字屬寒韻，
陽平；「嬋娟」的「娟」屬先韻；「綿綿」疊字屬先韻；「遷延」亦屬
先韻。同樣展現陽陰平韻相間。

而韻位安排：從「淒然。望江關。飛雲黯淡夕陽間。」密而漸疏；
「遠道」至「潺湲」最疏；「嬋娟」疏而至「綿綿」漸密；「想從前」
漸疏，到「遷延」疏。如此疏密有致的字韻安排，自有參差跌宕，用
韻之美。〔註34〕

情感和韻律有某種對應關係，抒寫心情狀態時，有一個選擇相應
的掌握方式，所謂聲情相應，讓樂曲節奏變化與聽者主觀感受能同步
反應，充分發揮詞所具備的音樂性的審美功能。沈義父曾曰：「柳耆
卿音律甚協」，〔註35〕〔元〕吳師道《吳禮部詞話》說：「〈木蘭花慢〉，
柳耆卿清明詞，得音調之正。蓋『傾城』、『盈盈』、『歡情』於第二字
中有韻。」〔註36〕詞原為配樂歌唱，樂曲和唱法失傳後，格式仍保留

〔註33〕〔清〕戈載：《詞林正韻》（台北：文史哲出版社，1991 年 12 月），
　　　　頁 127～131。
〔註34〕邱世友：〈柳永詞的聲律美〉，《文學遺產》第 4 期，（2002 年），頁
　　　　68。
〔註35〕〔宋〕沈義父：《樂府指迷》，唐圭璋編：《詞話叢編》（台北：新文
　　　　豐出版公司，1988 年 2 月），第 1 冊，頁 278。
〔註36〕唐圭璋編：《詞話叢編》（台北：新文豐出版公司，1988 年 2 月），第

下來，大底「協韻之道，今不可知，但據古人成作，而勿越其規範，則譜法雖逸，而字格尚存。」〔註37〕從格式規定的字數、四聲、韻協填詞，仍能推究韻律之美，而柳永詞句中協韻，得音調之正，聲律之美盡顯無遺。

（三）運用雙聲、疊韻

何謂雙聲，何謂疊韻？凡數字發聲部位相同的，叫做雙聲；數字收音相同的，叫做疊韻。〔註38〕或曰：兩字同一子音者，謂之雙聲；兩字同一母音者，謂之疊韻。〔註39〕或者簡而言之，兩字聲母相同者，謂之雙聲；兩字韻母相同（或相近）者，謂之疊韻。

《文心雕龍・情采》云：「凡聲有飛沈，響有雙疊，雙聲隔字而每舛，疊韻離句而必睽」，〔註40〕說明字有四聲及清、濁分別之外，亦有雙聲、疊韻兩字連用之法，且雙聲、疊韻本相聯綴，若隔字、離句，則聲調不美。〔清〕李重華也說：「疊韻如兩玉相扣，取其鏗鏘；雙聲如貫珠相聯，取其宛轉。」〔註41〕雙聲、疊韻用得巧妙，音律讀來自有鏗鏘、宛轉之妙。

柳永慢詞中，常有一開頭即使用雙聲、疊韻，如〈雨霖鈴〉：「寒蟬淒切」（頁117），「寒蟬」是疊韻，「淒切」是雙聲；而〈宣清〉：「殘月朦朧，小宴闌珊」（頁250），「朦朧」、「闌珊」皆是疊韻。

再看〈竹馬子〉：

> 登孤壘荒涼，危亭曠望，靜臨煙渚。對雌霓挂雨，雄風拂檻，微收煩暑。漸覺一葉驚秋，殘蟬噪晚，素商時序。覽

1 冊，頁291。

〔註37〕吳梅：《詞學通論》（台北：台灣商務印書館，1969年12月），頁4。

〔註38〕夏承燾、吳熊和：《讀詞常識》（北京：中華書局，2002年），頁57。

〔註39〕王國維著、馬自毅注譯：《新譯人間詞話》（台北：三民書局，1994年），頁261。

〔註40〕〔梁〕劉勰著、王更生注譯：《文心雕龍讀本》（台北：文史哲出版社，2004年10月），下篇，頁105。

〔註41〕〔清〕李重華：《貞一齋詩說》，〔清〕王夫之等撰、丁福保編：《清詩話》（台北：明倫出版社，1976年），第74條，頁935。

景想前歡，指神京，非霧非煙深處。　　向此成追感，新愁易積，故人難聚。憑高盡日凝竚。贏得消魂無語。極目霽靄霏微，暝鴉零亂，蕭索江城暮。南樓畫角，又送殘陽去。（頁 437）

首句「荒涼」、「曠望」、「靜臨」都是疊韻，末段「霽靄」、「霏微」也是疊韻，而「零亂」、「蕭索」、「送殘」都是雙聲，可見句中多用疊韻或雙聲。

　　王國維《人間詞話》主張作詞「苟於詞之蕩漾處多用疊韻，促節處用雙聲，則其鏗鏘可誦，必有過於前人者。」〔註42〕發現柳永使用疊韻多描寫美好風光及情意，如「爛漫」、「繾綣」、「纏綿」：

帝里風光爛漫（〈滿朝歡〉，頁 69）

爛漫鶯花好（〈古傾杯〉，頁 221）

拆桐花爛漫（〈木蘭花慢其二〉，頁 497）

也擬重論繾綣（〈駐馬聽〉，頁 322）

繾綣。洞房悄悄（〈洞仙歌〉，頁 344）

纏綿香體（〈離別難〉，頁 347）

雙聲使用常見「冷落」、「零落」、「憔悴」、「展轉」、「踟躕」等描寫陰暗的自然景象，以及個人的不愉快心境，如：

冷落蹋青心緒（〈鬪百花其二〉，頁 24）

冷落清秋節（〈雨霖鈴〉，頁 117）

關河冷落（〈八聲甘州〉，頁 429）

敗荷零落（〈夜半樂〉，頁 352）

牢落暮靄初收（〈雙聲子〉，頁 232）

繼日添憔悴（〈定風波〉，頁 124）

空只添憔悴（〈慢卷紬〉，頁 132）

覺新來憔悴（〈錦堂春〉，頁 254）

〔註42〕王國維著、馬自毅注譯：《新譯人間詞話》（台北：三民書局，1994年），頁 262。

展轉無眠（〈過澗歇近〉，頁 367）

展轉翻成無寐（〈六么令〉，頁 451）

憑闌盡日踟躕（〈木蘭花慢〉，頁 495）

雙聲、疊韻是中國詩歌節奏美感的慣用手法，詞中多雙聲、疊韻能夠幫助音節的美聽，增強作品表達情感的效果，而柳永慢詞善用雙聲、疊韻，讀來音節響亮，易於傳唱，有過人之處自然傳之久遠。

（四）多用疊字

疊字是利用字形相同，組合而成的衍聲複詞，因為它是單音節的延續，所以其聲音長度，比起兩個異字所構成的複詞要來得短暫，節奏感就顯得快速，因而增加文辭聲律的美聽。〔註43〕柳永慢詞中疊字使用極為普遍，今分析如下：〔註44〕

1、抒情表意

柳永慢詞中使用疊字，描繪內心因愁悶而意興闌珊，如「厭厭」：

春困厭厭，拋擲鬥草工夫，冷落踏青心緒。（〈鬥百花其二〉，頁 24）

鎮厭厭多病，柳腰花態嬌無力。（〈法曲獻仙音〉，頁 170）

終日厭厭倦梳裹。（〈定風波〉，頁 256）

及至厭厭獨自箇，卻眼穿腸斷。（〈安公子其二〉，頁 528）

而「醺醺」二字，可見詞人的失意、醉貌：

漸消盡、醺醺殘酒。（〈傾杯樂〉，頁 59）

小飲歸來，初更過、醺醺醉。（〈婆羅門令〉，頁 167）

被連縣宿酒醺醺，愁無那。（〈祭天神〉，頁 356）

也有「悄悄」二字，刻劃孤寂清冷氣氛，表現失望心境：

人悄悄，夜沈沈。（〈離別難〉，頁 347）

〔註43〕葉慕蘭：《柳永詞研究》（台北：文史哲出版社，1983 年 1 月），頁 131。

〔註44〕呂靜雯：《樂章集修辭藝術之探究》（台北：私立淡江大學中文研究所碩士論文，2000 年），頁 184～205。將柳永《樂章集》使用之類疊法做一完整的分類整理。

憑闌悄悄，目送秋光。（〈玉蝴蝶〉，頁 395）

贏得無言悄悄，憑闌盡日踟躕。（〈木蘭花慢〉，頁 495）

愁衾半擁，萬里歸心悄悄。（〈傾杯〉，頁 533）

2、寫人敘事

描寫歌妓情態中，「盈盈」疊字描繪出女子楚楚動人形象：

逞盈盈、漸催檀板。（〈柳腰輕〉，頁 42）

盈盈仙子，別來錦字終難偶。（〈曲玉管〉，頁 65）

千嬌面、盈盈佇立，無言有淚。（〈采蓮令〉，頁 152）

慘黛蛾、盈盈無緒。（〈傾杯〉，頁 224）

盈盈紅粉清商。（〈如魚水〉，頁 390）

淚眼淫、蓮臉盈盈。（〈引駕行〉，頁 422）

而「迢迢」疊字抒寫長夜漫漫或路途遙遠，人生奔走之感：

迢迢良夜，自家只恁摧挫。（〈鶴沖天〉，頁 78）

屆征途，攜書劍，迢迢匹馬東去。（〈鵲橋仙〉，頁 207）

是離人、斷魂處，迢迢匹馬西征。（〈引駕行〉，頁 422）

陽烏光動，漸分山路迢迢。（〈鳳歸雲〉，頁 460）

而「驅驅」二字，勾勒漫漫長道上奔波的異鄉客：

終日驅驅，爭覺鄉關轉迢遞。（〈定風波〉，頁 124）

匹馬驅驅，愁見水遙山遠。（〈陽臺路〉，頁 236）

恁驅驅、何時是了。（〈輪臺子〉，頁 333）

3、繪景狀物

秋景中，用「淅淅」、「瀟瀟」、「颯颯」襯托蕭索、淒涼之感：

寒風翦，淅淅瑤花初下。（〈望遠行〉，頁 426）

冷風淅淅，疏雨瀟瀟。（〈臨江仙〉，頁 434）

對瀟瀟暮雨灑江天。（〈八聲甘州〉，頁 429）

颯颯霜飄鴛瓦，翠幕輕寒微透。（〈鬪百花〉，頁 20）

木葉飄零，颯颯聲乾，狂風亂掃。（〈傾杯〉，頁 533）

也有用「茫茫」二字，描繪淒涼之景，顯出詞人四顧茫然之情：

　　斜陽暮草茫茫，盡成萬古遺愁。（〈雙聲子〉，頁 232）

　　故人何在？煙水茫茫。（〈玉蝴蝶〉，頁 395）

　　水茫茫，平沙鴈，旋驚散。（〈迷神引〉，頁 445）

以「隱隱」寫景，有朦朧之美：

　　寒江天外，隱隱兩三煙樹。（〈采蓮令〉，頁 152）

　　斷鴻隱隱歸飛，江天杳杳。（〈古傾杯〉，頁 221）

　　疏簾風動，漏聲隱隱。（〈過澗歇近〉，頁 367）

用「翩翩」寫輕快之狀：

　　黃鸝翩翩，乍遷芳樹。（〈黃鶯兒〉，頁 1）

　　泛畫鷁翩翩，靈鼉隱隱下前浦。（〈引駕行〉，頁 336）

　　泛畫鷁、翩翩過南浦。（〈夜半樂〉，頁 352）

　　疊字用法，在於有秩序的安排，能給予視覺上的固定刺激，而音節規律反覆使用，形成聽覺上的節奏感，「這些柔和婉轉的音響與深沉悲痛的情意結合起來，使得柳永作品具有細膩柔婉之氣，而又韻調清新。」〔註 45〕

　　詞本倚聲之學，原為應歌而作，柳永通曉音律，其詞合於曲情，交付歌妓傳唱，無論宮調運用，曲牌體列，莫不辨別分明。而柳詞多用雙聲、疊韻，顯示其創製新詞的抑揚頓挫、鏗鏘悅耳，其狀聲狀貌，抒情寫景，疊字的適當使用，使得文詞更加靈動而多彩多姿。柳永靈活運用宮調，大量創製詞調及審音協律上的諧和，讓慢詞蘊積更豐富的情感，邁向更成熟的形式技巧領域。

第二節　形容曲盡：白描法的充分運用

　　白描原指純用線條勾畫，不加彩色渲染的中國畫技法，移之論詩

〔註 45〕呂靜雯：《樂章集修辭藝術之探究》（台北：私立淡江大學中文研究所碩士論文，2000 年），頁 185。

詞，則指不加渲染烘托的寫作風格。〔註46〕柳永運用白描法作詞，也就是在鋪敘人、事、景物之時，僅按其本來面貌，使用簡潔筆觸進行描繪。以下分別就景物細節、情節場景、行為活動、色彩描繪，說明白描法的充分運用。

一、描寫景物細節

柳永對風光景物多用白描筆法，如〈傾杯〉上片：

> 鶩落霜洲，雁橫煙渚，分明畫出秋色。暮雨乍歇。小檝夜
> 泊，宿葦村山驛。何人月下臨風處，起一聲羌笛。（頁539）

水霧瀰漫，霧氣籠罩的水中小洲，在雨後的秋月夜更顯淒清寥落。柳永寫夜宿山村的蕭條寂寞，「分明畫出秋色」使人如置畫中，「一聲羌笛」使人如聞其聲。

而〈滿江紅〉上片對景物的描寫：

> 暮雨初收，長川靜，征帆夜落。臨島嶼、蓼煙疏淡，葦風
> 蕭索。幾許漁人飛短艇，盡載燈火歸村落。（頁409）

「暮雨初收，長川靜，征帆夜落」，靜謐氣息圍繞景色當中，臨著島嶼，有籠罩著蓼草的煙霧，吹拂蘆葦的風聲，雨後秋天的夜晚幾許幽微與淒清。幾艘輕快的小船往回家的路程歸去，「盡載燈火歸村落」描繪夜晚的歸舟，生動傳神。

而〈女冠子〉上片描寫景色：

> 斷雲殘雨，灑微涼，生軒戶。動清籟、蕭蕭庭樹。銀河濃
> 淡，華星明滅，輕雲時度。莎階寂靜無覩。幽蛩切切秋吟
> 苦。疏篁一徑，流螢幾點，飛來又去。（頁95）

雨後的天空飄浮著朵朵殘雲，零星小雨把微涼的秋意散佈出來，秋風吹動樹木，發出蕭蕭聲響，仰望夜空，浮雲掠過，銀河時濃時淡，群星時隱時現，閃爍的星光中，靜寂臺階和莎草渾然一色，分辨不清。只有蟋蟀在切切悲鳴，稀疏的小徑上有點點流螢飛來飛去，圖畫一般

〔註46〕馬興榮、吳熊和、曹濟平主編：《中國詞學大辭典》（杭州：浙江教育出版社，1996年10月），頁30。

的景色如現眼前。

再看〈早梅芳〉上片描述：

> 海霞紅，山煙翠，故都風景繁華地。譙門畫戟，下臨萬井，
> 金碧樓臺相倚。芰荷浦漵，楊柳汀洲，映虹橋倒影，蘭舟
> 飛棹，遊人聚散，一片湖光裡。（頁17）

大海映著如火的紅霞，遠山籠罩著青色的煙霧，杭州就在這幅美麗圖
畫上綻放璀璨。杭州有宏偉壯觀的城門，而城門上望樓高高聳立，畫
戟盡顯威儀，而後詞人再以城門為立足點，自上而下分寫了杭州城
內、城外的景色：城內從「萬井，金碧樓臺相倚」可知人煙繁阜、市
容整齊、建築華美；城外岸邊有楊柳成行、芰荷飄香，萬頃碧綠的水
面映著虹橋倒景，小船穿梭如飛，遊人或聚或散。至此，杭州的山光
水色就在如實的描寫下，歷歷如繪呈現眼前。

以上例子說明柳永在城市、山水景物的描寫中，用最簡單的筆
觸，對所處環境做了最細緻的呈現。

二、描寫情節場景

柳永〈雨霖鈴〉寫離京南下時長亭送別的情景。上片寫別離，從
日暮雨歇，送別都門，設帳餞行，到蘭舟催發，淚眼相對，執手告別，
依次層層描述離別的場面和雙方惜別的情態，猶如一首帶有故事性的
戲劇：

> 寒蟬淒切。對長亭晚，驟雨初歇。都門帳飲無緒，留戀處、
> 蘭舟催發。執手相看淚眼，竟無語凝噎。念去去、千里煙
> 波，暮靄沉沉楚天闊。（頁117）

深秋的傍晚，京都汴梁郊外，一對男女在帳篷內飲酒話別。帳外，寒
蟬淒慘地哀鳴，好像為他倆傷別而哭泣。不遠處的長亭，已經隱隱約
約，可見天色將晚，一場大雨也剛剛停歇。天將晚，雨已停，河邊不
時傳來艄公的喊聲：「快上船吧，要開船了！」兩人不得已徐徐站起，
移步出帳外，萬般依戀之際，此刻可真的要分手了。雙手相擁，淚眼
相看，竟然一句話也說不出。船開了，人去了，漸行漸遠。情人岸邊

佇立，含著淚，舉著手，一直目送那蘭舟消失在無邊無際的暮靄裏。

　　這闋詞在寫景敘情方面採用了白描寫法，在京城門外設帳宴飲，不忍別離而又不能不別，難分難捨之際，船家又陣陣「催發」，透露了現實的無情和詞人內心的痛苦，一對情人，緊緊握著手，淚眼相對，誰也說不出一句話來，把彼此悲痛、眷戀而又無可奈何的心情，寫得淋漓盡致。「此首寫別情，盡情展衍，備足無餘，渾厚綿密，兼而有之。……『都門』兩句，寫餞別時之心情極委婉。欲飲無緒，欲留不能。『執手』兩句，寫臨別時之情事，更是傳神之筆。」〔註47〕

　　再看〈傾杯〉對情節場景的描寫：

> 離宴殷勤，蘭舟凝滯，看看送行南浦。……淚流瓊臉，梨花
> 一枝春帶雨。　慘黛蛾、盈盈無緒。共黯然消魂，重攜纖手，
> 話別臨行，猶自再三、問道君須去。頻耳畔低語。（頁224）

臨別前的場景，女子在餞別的宴席上反覆勸酒，多情女子強作歡顏，只因遠外水邊，一艘小舟即將載著離人遠去，連小船也不忍離別，徘徊不前。女子淚流滿面，楚楚動人臉龐，她心神沮喪，悲傷愁苦，詞人只能握住女子的手傳達內心依依不捨之情，一遍又一遍問著：一定要分離嗎？頻頻耳畔低語，訴說心中百轉千折的依戀。

　　《蓼園詞評》評此詞云：「送別詞，清和朗暢，語不求奇，而意致綿密，自爾穩愜。」〔註48〕柳永運用白描法將離別之時的場景、情態，勾勒得淒婉動人。

三、描寫行為心理

　　柳永慢詞中對歌妓的行為心理也有許多白描寫法呈現，如〈錦堂春〉：

> 墜髻慵梳，愁蛾嬾畫，心緒是事闌珊。覺新來憔悴，金縷衣

〔註47〕唐圭璋：《唐宋詞簡釋》（上海：上海古籍出版社，1999年5月），頁70。

〔註48〕〔清〕黃蓼園：《蓼園詞評》，唐圭璋編：《詞話叢編》（台北：新文豐出版公司，1988年2月），第4冊，頁3086。

> 寬。認得這、疏狂意下，向人誚譬如閒。把芳容整頓，恁地輕孤，爭忍心安。　依前過了舊約，甚當初賺我，偷翦雲鬟。幾時得歸來，春閣深關。待伊要、尤雲殢雨，纏繡衾、不與同歡。盡更深、款款問伊，今後敢更無端。（頁254）

這位歌妓下垂的髮鬢，愁眉深鎖，情緒低落，鬱鬱寡歡，懶得梳理打扮，身體日漸消瘦，幾句話塑造了一位神情憔悴、心緒煩亂的女性形象，她無心梳妝，消瘦憔悴都是因爲狂放不羈的他，但早知負心人輕狂風流的性情，與其自怨自艾、自嘆命苦，不如振作精神，好好打扮一番。但如此嬌美容顏，負心男子輕易忘了，辜負她的美好青春，就不感到內疚和不安嗎？只因他違約不歸，騙取她的忠貞，這已不是第一次不守承諾了，既然如此，何必當初偷偷剪下秀髮做爲信物呢？等他回來，必要好好教訓一番：將閨房的門關得緊緊的，不讓他進來；不與他同床共枕，對他要求不理不睬；冷淡他直到深夜，再慢慢責問，讓他悔恨認錯，保證今後不敢再失約。

　　柳永這闋詞用代言體與鋪敘手法，摹寫了歌妓的行爲和其心理活動，細節刻劃一氣呵成，將她愛深而恨極的情狀描寫得淋漓盡致，一位美麗自強、勇敢抗爭的女子形象，躍然紙上。

　　再看〈望遠行〉：

> 繡幃睡起。殘妝淺，無緒勻紅補翠。藻井凝塵，金梯鋪蘚，寂寞鳳樓十二。風絮紛紛，煙蕪苒苒，永日畫闌，沈吟獨倚。望遠行，南陌春殘悄歸騎。　凝睇。消遣離愁無計。但暗擲、金釵買醉。對好景、空飲香醪，爭奈轉添珠淚。待伊游冶歸來，故故解放翠羽，輕裙重繫。見纖腰，圖信人憔悴。（頁339）

晨起後，她獨自一人也不搽胭脂，也不描翠眉，根本無心梳妝打扮，室內凌亂，積滿灰塵，室外冷落，無人來往，紛紛柳絮、苒苒煙蕪，是暮春景象，「永日畫闌，沈吟獨倚」是一整日寂寞生活寫照。等待歸人回來，是寂寞生活中的希冀。「凝睇」，寫出盼望落空後失神而凝滯的目光，她想排遣憂愁，苦於無計，只有拔下頭上的金釵換酒，求助酒醉後的解

脱，但無奈無聊的獨酌反增添愁情，受盡等待折磨，珠淚閃拋。如果歸人眞的回來，我絕對要換下翠羽編織成的衣裙，束緊絲裙，讓那薄情人看看我因情消瘦的纖腰，讓他相信我因思念他而落得如此憔悴。一連串的動作，從行動寫到內心，寫出女子怨而不怒、掙扎無助的整個過程。

以上敘述中可知白描技法在描摹細節上廣泛運用，柳永無論寫景、敘事、抒情，都將某一意群具體表現，逐層展開，使形象飽滿鮮明，他不用比興、象徵等手法，只用平敘、白描，盡力鋪展，以求「狀難狀之景，達難達之情，而出之以自然」〔註49〕的境地。

四、描繪鮮明色彩

若繪畫講究色彩美，藉顏色傳達畫者心中情感，或可說詩歌用文字作畫，色彩和繪畫一樣是創造美感的重要方法。文學中的色彩，不僅在於視覺享受，更能藉著語言對於色彩的描述，從而喚起人們對色彩的聯想，連結作者賦予的色彩所表達的情感。

柳永寫下的慢詞中，許多處使用對比顏色來營造美感，「紅」與「綠」是使用最頻繁的顏色，它們可以指稱「女子」：

> 處處蹋青鬥草，人人晴紅偎翠。（〈內家嬌〉，頁238）

> 算伊別來無緒，翠消紅減，雙帶長拋擲。（〈傾杯樂〉，頁552）

也可以是女子臉上的「胭脂和蛾眉」，塗口紅，畫黛眉；蛾眉綠，小口紅：

> 天然嫩臉修蛾，不假施朱描翠。（〈尉遲杯〉，頁128）

> 輕偎輕倚，綠嬌紅妷。（〈洞仙歌〉，頁523）

也有直接指「描寫之物」，寫香鑪裏青色的煙，紅色的燭光，紅色的臥墊，綠色的棉被：

> 金鑪麝裊青煙，鳳帳燭搖紅影。（〈晝夜樂其二〉，頁39）

> 紅茵翠被，當時事、一一堪垂淚。（〈慢卷紬〉，頁132）

〔註49〕〔清〕馮煦：《蒿庵論詞》，唐圭璋編：《詞話叢編》（台北：新文豐出版公司，1988年2月），第4冊，頁3585。

大多數描寫了自然界的景色，有紅花、綠葉、金柳、黃菊、芙蓉等「植物」：

> 花勻露臉，漸覺綠嬌紅姹。（〈柳初新〉，頁 87）
>
> 正是和風麗日，幾許繁紅嫩綠。（〈西平樂〉，頁 173）
>
> 露花倒影，煙蕪蘸碧，靈沼波暖。金柳搖風樹樹。（〈破陣樂〉，頁 227）
>
> 嫩菊黃深，拒霜紅淺。（〈醉蓬萊〉，頁 245）
>
> 垂陽綠映，淺桃穠李夭夭，嫩紅無數。（〈夜半樂〉，頁 565）

還有「山光景色」，紅霞、綠煙：

> 漁市孤煙裊寒碧 （〈雪梅香〉，頁 10）
>
> 海霞紅，山煙翠，故都風景繁華地。（〈早梅芳〉，頁 17）
>
> 霧斂澄江，煙消藍光碧。彤霞襯遙天。（〈輪臺子〉，頁 369）

「紅」與「綠」的鮮明色彩，讓我們感受到女子的美麗妝扮，善用色彩的同時，自然山光的活潑感浮現眼前，美景如畫。柳永善用色彩對比，發揮白描寫法同時，讓作品更富有生命力與表現力。

第三節 鋪敘展衍：線型結構的意象組合

柳永是北宋大量創制長調、慢詞的第一人，身處於北宋小令向長調的轉變時期，在慢詞的結構上處於探索階段，他無法去除歌者之詞的身分，也無法擺脫填詞目的是為了應歌這一時代局限，為了使教坊樂工、青樓歌妓喜歡唱，使流連勾欄、混跡市井的俗眾樂於聽，他拋棄隱約含蓄的抒情方法，而用詳盡直露的描寫方式，而與這種手法相適應的結構是直線型的。「這種思維模式和結構方式按人們最習慣、最熟悉、最易被接受的直線方向流動發展，不以曲、密取勝，而以直、疏、平見長，空間轉換是循次而轉，時間變更是依序推移，在場景、人事、情緒的變換都極有層次。」〔註50〕

〔註50〕唐軍：〈細密妥溜明白家常直處能曲──柳永慢詞的鋪敘特徵〉，《甘

　　意象做爲中國古典詩歌的重要範疇，最早見於劉勰《文心雕龍‧神思》所言：「獨照之匠，闚意象而運斤。」〔註51〕指構思過程中的意念，能運用遣詞造句化爲筆下的藝術形象。簡言之，意象是寄意於象，把情感化爲可以感知的形象符號，爲情感找到一個客觀對應的物，使情成體，便於觀照玩味。也可以說，意象是外界事物通過作者心靈呈現的圖象畫，是作者的「意」與外界的「象」交會，經過觀察審思與美的醲造，成爲「有意境的景象」，然後透過文字，物象與意境清晰地呈現出來，讓讀者如親見親感一般。〔註52〕詞人寫詞，將一個個意象組成有空間距離、有層次的畫面，使其產生連貫、烘托、暗示等作用，以向讀者傳遞詞人的思想情感。

　　接下來從時間變化連接、空間位置轉換、情景結合方式、情緒變化方式這四方面，探討柳永運用鋪敘展衍的寫作手法呈現的意象組合，以及意象呈的深刻意涵。

一、按時間變化連接

　　柳永將敘事手法援引入詞，敘事詳盡，偏重於將事件發生、發展、變化的過程，完整地呈現出來，這種方法按照人們習以爲常的時間概念，順著由昔而今、由先而後的自然時序，這一手法除了能增加詞的篇幅外，更能眞實、生動、細膩的表現人物內心情感的發展變化，細緻、完美地反映外部世界，此即是對時間的漫衍。〔註53〕

　　今舉二例說明，首先看〈透碧霄〉：

　　月華邊。萬年芳樹起祥煙。帝居壯麗，皇家熙盛，寶運當千。端門清畫，觚稜照日，雙闕中天。太平時、朝野多歡。

　　　　肅教育學院學報（社會科學版）》第 17 卷專輯 2，（2001 年），頁 65。

〔註51〕〔梁〕劉勰著、王更生注譯：《文心雕龍讀本》（台北：文史哲出版社，2004 年 10 月），下篇，頁 4。

〔註52〕張白虹：《柳永樂章集意象析論》（高雄：國立高雄師範大學國文系碩士論文，1997 年），頁 8。

〔註53〕馬黎麗：〈時、空、情、景的漫衍更迭──柳永慢詞藝術論略〉，《黔西南民族師範高等專科學校學報》第 1 期，（2004 年 3 月），頁 45。

　　　偏錦街香陌，鈞天歌吹，閬苑神仙。　　昔觀光得意，狂
　　遊風景，再覩更精妍。傍柳陰，尋花徑，空恁驟轡垂鞭。
　　樂遊雅戲，平康艷質，應也依然。仗何人、多謝嬋娟。道
　　宦途蹤迹，歌酒情懷，不似當年。（頁 491）

這首懷舊之作，柳永順著由昔而今的自然時序，詞人從過去的「狂遊
風景」到現在的「宦途蹤迹」；由過去的歌酒得意，寫到如今的落寞
惆悵；更用「昔觀光得意」，對應今日的「不似當年」，清楚說明時間、
感情，昔今變化的推衍軌跡。而逐次展現「帝居」、「皇家」、「舳艫」、
「雙闕」、「錦街香陌」景象，既鋪敘皇宮的巍峨、帝居的壯麗、街市
的繁榮、都城的熙盛，同時展現京城宏麗富庶的太平氣象。

　　再以〈鳳歸雲〉上片為例：
　　　向深秋，雨餘爽氣肅西郊。陌上夜闌，襟袖起涼飆。天末
　　殘星，流電未滅，閃閃隔林梢。又是曉雞聲斷，陽烏光動，
　　漸分山路迢迢。（頁 460）

先寫深夜趕路時的觸覺感受「陌上夜闌，襟袖起涼飆」，然後是視覺
感受「天末殘星，流電未滅，閃閃隔林梢」，再來是視覺與聽覺交織
「又是曉雞聲斷，陽烏光動，漸分山路迢迢」。這三種摹寫法正是由
時間的推衍所展開：先寫夜色將近，離天亮還有一段時間，再來是黎
明前一刻的黑暗，最後才寫到真正天亮，破曉時陽光初照，山路分明
景色。由夜闌到天亮，正是時間由先而後的自然流程。而「夜闌」、「殘
星」、「曉雞」三個時間意象，既代表詞人「山路迢迢」的空間位置轉
換，同時顯示詞人心理直線延伸的心理感受，一目了然。

　　　如同曾大興所說：「柳永從時間變化對客觀事物的發展過程中，對
　　主角做了心理活動的展現，而當作品的外觀圖像呈歷時性，內觀心靈呈
　　延續性時，自然給人以一線貫穿，一氣呵成之感」，〔註54〕而詞中的意
　　象組合，同時表現了客觀的歷時性和詞人主觀情感的延續性，是其特色。

〔註54〕曾大興：《柳永和他的詞》（廣州：中山大學出版社，2001 年 9 月），
　　　　頁 111。

二、按空間位置轉換

　　若說「鋪敘」是賦體文學最基本、最主要的藝術手法與形式特徵，那麼鋪敘兼具所謂的「敘列二法」。劉熙載云：「列者，一左一右，橫義也；敘者，一先一後，豎義也。」〔註55〕敘者，說明時間變化；列者，說明空間布局。這種橫列之法，在於通過空間位置的轉換和組織，講求遠景、中景、近景的搭配，帶給讀者充實多變的空間感受。

　　以〈歸朝歡〉描寫景色的詞句為例：

　　　別岸扁舟三兩隻，葭葦蕭蕭風淅淅。沙汀宿鴈破煙飛，溪
　　　橋殘月和霜白。漸漸分曙色。（頁149）

從扁舟寫到蘆葦，再到小橋，景物由近而遠；而蘆葦、小舟、沙汀，到大雁、殘月，從地面到空中到天上，幾種景物排列有序時，構成了一個立體的空間，一幅錯落有致的畫面。而籠罩在這一片風煙中的「扁舟」、「蘆葦」、「嚴霜」、「沙汀宿鴈」、「溪橋殘月」的自然意象，置於下句「漸漸分曙色」的時間意象中，更給人一種美而淒迷之感。

　　再看〈夜半樂〉第二疊：

　　　望中酒旆閃閃，一簇煙村，數行霜樹。殘日下，漁人鳴榔
　　　歸去。敗荷零落，衰楊掩映，岸邊兩兩三三，浣紗遊女。
　　　避行客、含羞笑相語。（頁352）

景物描寫中，先寫對岸遠景「望中酒旆閃閃，一簇煙村，數行霜樹」，接著是江中中景「殘日下」，而岸邊中近景在「敗荷零落」呈現，而人物近景在「避行客」上勾寫出來，最後特寫浣沙女含羞帶笑的神情，鮮明完整、井然有序的空間感，藉著由遠而近的鏡頭，如一幅完美的圖畫。而這一幅完美的圖畫有三組意象組合：水鄉村莊在煙霧籠罩中迷濛，如水墨渲染；鳴榔歸去的漁人，為靜態的景物增添聲音色彩；而浣沙遊女的青春活力，顯得生機無限。然而從這些目中所見，想起自己飄泊南國，觸發詞人對遠方所愛的思念，詞人羈旅惆悵之感就在

〔註55〕〔清〕劉熙載：《藝概・賦概》（台北：漢京文化事業公司，1985年9月），頁98。

這三組意象中勾顯出來。

再看有雄渾博大氣勢的〈望海潮〉：

> 東南形勝，三吳都會，錢塘自古繁華。煙柳畫橋，風簾翠
> 幕，參差十萬人家。雲樹繞隄沙。怒濤卷霜雪，天塹無涯。
> 市列珠璣，戶盈羅綺競豪奢。　　重湖疊巘清嘉。有三秋
> 桂子，十里荷花。羌管弄晴，菱歌泛夜，嬉嬉釣叟蓮娃。
> 千騎擁高牙。乘醉聽簫鼓，吟賞煙霞。異日圖將好景，歸
> 去鳳池誇。（頁385）

一開頭以俯瞰的鏡頭呈現杭州全貌，刻劃這東南形勝、三吳都會的優越便利與繁華美麗。接下來鏡頭轉入城內的街市，有街巷河橋的美麗「煙柳畫橋」；有居民市井的雅致「風簾翠幕」；有都市戶口的繁庶「參差十萬人家」；有郊外錢塘大潮的浩蕩「怒濤卷霜雪」，以及形勢險要的「天塹無涯」。鏡頭再轉入從婦女穿戴之物「珠璣」、「羅綺」，暗示此地聲色之盛。而下片詠西湖的美景時，先寫湖光山色的清秀美麗「重湖疊巘清嘉」，再寫湖畔桂子、湖中荷花，最後特寫湖中人們「嬉嬉釣叟蓮娃」，空間轉換層次井然。而「煙柳畫橋」、「風簾翠幕」、「參差十萬人家」、「怒濤卷霜雪」、「天塹無涯」等開闊博大的景物意象，有助於表現雄渾矯健的聲音和氣勢；「重湖疊巘清嘉」、「三秋桂子，十里荷花」表現西湖的清秀美麗；「羌管弄晴，菱歌泛夜」、「乘醉聽簫鼓，吟賞煙霞」，表現其樂融融的美好生活。〈望海潮〉一詞在空間的鏡頭轉換時，連續場景意象層層展衍，表現的正是栩栩如生的太平盛世圖卷。

柳永運用空間布局方式，從遠景到近景的呈現，空間不斷移動如同鏡頭不停轉換，亦如國畫中的以小寓大，在層層鋪敘中顯現了美學情趣和藝術製作；而慢詞中的空間景物安排，由作者的行程而定，脈絡清晰，環環相扣；由空間畫面一幅幅展現出來的意象組合，真實傳達作者心中之思。

三、以情景結合方式

情景交融，本是傳統文學表現方式，景物成為感情發展的必要背

景，一切景語皆是情語。柳永一生漂泊不定，羈旅行役詞中所見景物都成為作者的胸中之景，而人的感情隨景物的轉移而變化，其意象呈現多勾顯出濃厚感傷情懷，當離別感傷基調底定後，從不同層面寫離情別緒：離別之前，重在勾勒環境；離別時候，重在描寫情態；別後想像，重在刻劃心理。以下援引例子說明之。

如〈引駕行〉一開頭描寫風景：

> 紅塵紫陌，斜陽暮草長安道，是離人、斷魂處，迢迢匹馬西征。新晴。韶光明媚，輕煙淡薄和氣暖，望花村、路隱映，搖鞭時過長亭。（頁422）

走在紅塵紫陌的繁華路上，為何注意「斜陽」、「暮草」？只因與心上人遠別。傷感之情讓眼前所見是感傷之景，此處是斷魂處，何況迢迢匹馬西征，如此遙遠！天氣很好，韶光明媚，但春郊行役並不是愉快的旅行，而且這個行客又正是作者自己，不免觸景生情，悵惘良久。但真正分離那一刻終究來臨：

> 愁生。傷鳳城仙子，別來千里重行行。又記得臨岐，淚眼濕、蓮臉盈盈。（頁422）

女子紅艷嬌嫩的面容上掛滿淚珠，惹人憐愛。最後刻劃心理，勾勒情深：

> 消凝。花朝月夕，最苦冷落銀屏。想媚容、耿耿無眠，屈指已算回程。相縈。空萬般思憶，爭如歸去覩傾城。向繡幃、深處竝枕，說如此牽情。（頁422）

曾是多麼美好的歲月，如今是這天差地遠的愁苦。猜想心上人也和我一樣失眠，「冷落銀屏」，說明女子在別後獨自一人的孤苦冷清。她愁眉不展的計算我的歸程，萬般牽掛設想無益，還是快馬加鞭回家吧！讓我細細訴說，離別之後對她的深情。

而〈雨霖鈴〉起首三句：「寒蟬淒切，對長亭晚，驟雨初歇」（頁117），描寫環境，點出別時的季節是蕭瑟淒冷的秋天，地點是汴京城外的長亭，具體時間是雨後陰冷的黃昏，通過這些景物描寫，融情入景，點染氣氛，準確地將戀人分別時淒涼的心情反映出來，為全詞定

下傷感的調子。然而無法相見，只留下刻骨相思：

> ……念去去、千里煙波，暮靄沉沉楚天闊。　　多情自古
> 傷離別，更那堪、冷落清秋節。今宵酒醒何處，楊柳岸，
> 曉風殘月。此去經年，應是良辰好景虛設。便縱有、千種
> 風情，更與何人說。（頁 117）

別後思念的預想，男子的黯淡心情，給天容水色塗上了陰影。一個「念」字，告訴讀者接下來寫景狀物是想像的；「去去」越去越遠，不願去而又不得不去，包含了離人無限淒楚，只要蘭舟啓碇開行，就會越去越遠，而且一路上暮靄深沉、煙波千里，最後漂泊到廣闊無邊的南方，離愁之深，別恨之苦，藉由景物深切表達。酒醒後的心境，也是飄泊江湖的感受，再從今後長遠設想，更深一層推想離別以後慘不成歡的境況，今後漫長的孤獨日子怎麼挨得過？縱有良辰好景，也等同虛設，因為再沒有心愛的人與自己共賞；再退一步，即便對著美景，能產生一些感受，但又能向誰去訴說？總之，一切都提不起興致了。這幾句把詞人的思念之情、傷感之意刻劃得極細緻、極入微，而意象描寫也讓感情更強烈。

再如〈采蓮令〉：「月華收，雲淡霜天曙」（頁 152），點出月落天明，淡雲寒霜滿地，美麗又有些清冷。接下來訴說送行者幾個無聲動作：

> 翠娥執手送臨歧，軋軋開朱戶。千嬌面、盈盈佇立，無言
> 有淚，斷腸爭忍回顧。（頁 152）

「執手勞勞，開戶軋軋，無言有淚，記事既生動，寫情亦逼真。」〔註56〕最後在煙霧朦朧處寄託思念：

> 一葉蘭舟，便恁急槳凌波去。貪行色、豈知離緒。萬般方
> 寸，但飲恨，脈脈同誰語。更回首、重城不見，寒江天外，
> 隱隱兩三煙樹。（頁 152）

小船完全不顧乘船人的愁緒，只管前行，心中萬般千愁同誰語？知音已別，無人理解。回首不見重城，更不見人兒，只有寒江天外，隱隱

〔註56〕唐圭璋：《唐宋詞簡釋》（上海：上海古籍出版社，1999 年 5 月），頁 72。

兩三煙樹，無限之景寄寓無限之情。

再看〈迷神引〉：「紅板橋頭秋光暮。淡月映煙方熙。寒溪蘸碧，繞垂陽路。」（頁 572）在夜霧籠罩，月色慘淡，水邊大陸垂楊成行，柳枝懸垂，沾浸著寒冷的碧水，淡月、寒溪、垂楊等意象渲染著淒涼、依戀的氣氛。接下敘說著不得不分離的無奈與苦澀，幽幽怨怨、楚楚動人，讓行者離別依依：

> 重分飛，攜纖手，淚如雨。波急隋岸遠，片帆舉。（頁 572）

男子正緊緊握住女子纖手，淚如雨下，是動態也是情思描寫，再怎麼不捨，舟行之速，送著男子遠去了，遠去的不只是人，包含著無限的依戀，綿長且悠遠。

而〈引駕行〉：「虹收殘雨，蟬嘶敗柳長隄暮。」（頁 336）秋季傍晚，一陣冷雨過後，天邊出現一道彩虹，河畔長堤上，楊柳枯敗不堪，秋蟬發出陣陣哀鳴，暮雨、寒蟬、敗柳、長堤，再補上一道彩虹，美麗淒傷，動人離情。而離別感傷：

> 背都門、動消黯，西風片帆輕舉。愁覯。泛畫鷁翩翩，靈鼉
> 隱隱下前浦。忍回首、佳人漸遠，想高城、隔煙樹。（頁 336）

黯然神傷登上小船，即將遠行，岸上凝望著的是久久不肯離去的女子，回頭遙望，倩影消失，只有煙波與雲霧籠罩的樹木……。柳永將離別之時的情態，勾勒得淒婉動人。

柳永的離別之詞，在真正離別那一刻到來之前，著重渲染慘淡、冷寂的自然景色，透露出無法排遣的愁苦之情，斜陽、黃昏、寒霜、寒蟬、寒溪、敗葉、殘雨這些意象呈現，充滿淒涼之情，狀眼前之景，觸景懷傷，不堪久望。同時柳永的離別愁恨因寫真情實感而顯得傷感、低沉，將詞人抑鬱的心情和失去愛情的痛苦刻劃生動，不論是美好景色亦或冷落淒涼的秋景意象，作為襯托、表達和情人難以割捨的離情，夏敬觀《手評樂章集》曾言：「層層鋪敘，情景兼融，一筆到底，始終不懈。」〔註 57〕情景結合及其意象組合呈現，融情入景，讓

〔註 57〕夏敬觀：《手評樂章集》，龍榆生：《唐宋名家詞選》（上海：上海古

人充份感受到仕途失意的詞人，其抑鬱的心情和失去愛情慰藉的痛苦，躍然紙上。

四、以情緒變化方式

　　柳永直線式的慢詞寫作手法，對事物發展歷程與詞人心理活動展現，一目了然，是其優點，但另一方面，容易流於單調、平板的情況，此時，打破人們習以為常的時間觀念，不按照昔今變化、先後順序的依次鋪寫，而是隨著心理時間的運行，以情緒變化方式產生對從前生活的懷念，由自身情緒為主線引領讀者閱讀方式。如〈浪淘沙〉：

　　　　夢覺透窗風一綫，寒燈吹息。那堪酒醒，又聞空階，夜雨
　　　　頻滴。嗟因循、久作天涯客。負佳人、幾許盟言，便忍把、
　　　　從前歡會，陡頓翻成憂戚。　　愁極。再三追思，洞庭深
　　　　處，幾度飲散歌闌，香暖鴛鴦被，豈暫時疏散，費伊心力。
　　　　殢雲尤雨，有萬般千種，相憐相惜。　　恰到如今，天長
　　　　漏永，無端自家疏隔。知何時、卻擁秦雲態，願低幃昵枕，
　　　　輕輕細說與，江鄉夜夜，數寒更思憶。（頁 210）

柳永先寫現實情景，抒發從「夢覺」到「酒醒」到「嗟嘆」到「憂戚」的過程；第二疊則「愁極」地轉入對往事的追思；第三疊由回憶過去的相歡相愛，到眼前通夜不眠的現實中來；接著設想未來，不知何時，兩人才能相聚。時間從「現在——過去——現在——將來」進行，而這一個時間變化的過程中，可以感受詞人情感心理的活動，既辜負了佳人盟曰，更責怪當初的忍心，情感的波浪產生落差。而「寒燈吹息」、「夜雨頻滴」的景象中，加深詞人傷感之情；「飲散歌闌，香暖鴛鴦被」證明過去歡愛生活；如今「江鄉夜夜，數寒更思憶」只留惆悵依舊。意象組合展現情感起伏。

　　再如〈慢卷紬〉：

　　　　閒窗燭暗，孤幃夜永，敧枕難成寐。細屈指尋思，舊事前
　　　　歡，都來未盡，平生深意。到得如今，萬般追悔。空只添

籍出版社，1988 年），頁 87。

憔悴。對好景良辰，皺著眉兒，成甚滋味。　　紅茵翠被。
當時事、一一堪垂淚。怎生得依前，似恁偎香倚暖，抱著
日高猶睡。算得伊家，也應隨分，煩惱心兒裏。又爭似從
前，淡淡相看，免恁牽繫。(頁132)

低垂的窗簾、暗紅的紅燭，這二件物品在寂靜的帷幕與深長的夜晚，
激發著詞人的心緒，逗引著他回溯從前歡樂時光；但回想從前只憑添
今日追悔，長吁短嘆，讓他從過去回到現實；但這股惆悵盤踞心頭，
對此刻良辰美景也是苦楚，倒不如從前偎香倚暖值得珍視，情緒再次
由現實回到過去。然而當詞人的心緒經過二次翻騰後仍未完結，他由
自己想到了對方，因自己的落寞想到對方的煩惱，又因自己與對方的
惆悵想起過去的「淡淡相看」。心理時間第三次由現實回溯過去，追
悔舊日歡樂的不夠盡情，又感嘆今日處境不如往昔，如此跌宕反復的
矛盾心情，極細緻的描繪詞人真實情感。

　　再看〈戚氏〉：

晚秋天。一霎微雨灑庭軒。檻菊蕭疏，井梧零亂惹殘煙。
淒然。望江關。飛雲黯淡夕陽間。當時宋玉悲感，向此臨
水與登山。遠道迢遞，行人淒楚，倦聽隴水潺湲。正蟬吟
敗葉，蛩響衰草，相應喧喧。　　孤館度日如年。風露漸
變，悄悄至更闌。長天淨、絳河清淺，皓月嬋娟。思綿綿。
夜永對景，那堪屈指，暗想從前。未名未祿，綺陌紅樓，
往往經歲遷延。　　帝里風光好，當年少日，暮宴朝歡。
況有狂朋怪侶，遇當歌、對酒競留連。別來迅景如梭，舊
遊似夢，煙水程何限。念利名、憔悴長縈絆。追往事、空
慘愁顏。漏箭移、稍覺輕寒。漸嗚咽、畫角數聲殘。對閒
窗畔，停燈向曉，抱影無眠。(頁327)

首敘黃昏之悲秋，時間：今日；空間：孤館。次敘永夜之幽思，時間：
昔日；空間：帝里。最末概嘆人生幻滅，時間：今日；空間：孤館。就
時間變化順序來說，是今──昔──今；就空間位置變換而言，是孤館
──帝里──孤館。景物則先寫登樓所見，由近而遠，遙想「當時宋玉

悲感」將時間溯回戰國後，再抒寫登樓所見，此時空間位置由遠而近。故情境第二次轉折是：今——戰國——今；空間是近——遠——近。

　　柳永突破自然的時空序列，將人生歷程切割，通過回憶、聯想、夢境、幻覺等意識活動的流動轉換，將不同時地的意象按多重交叉的方式聯繫起來，從而多層次、多側面的描寫生活，多角度、多方位、動態的表現曲折複雜的感情。易勤華說：

> 柳永慢詞結構的線型美，表現在作品意象組合方面，主要是依照自然的時空序列及情感的自然流動來進行組接，從而對抒情主人公隨事態序列的發展而產生的情感變化作線型的描述。〔註58〕

如同周濟言：「柳詞總以平敘見長，或發端，或結尾，或換頭，以一、二語句勒提掇，有千鈞之力。」〔註59〕劉熙載評柳詞技巧云：「細密而妥溜，明白而家常，善於敘事，有過前人。」〔註60〕皆同意柳詞長於敘事的寫作技巧。柳永善於把景物巧妙而自然的加以排列組合，構成生動活潑、相互聯繫的立體畫面，而這個立體畫面即是作者透過形象思維方式，以其直覺感應，以賦、比、興等藝術表現手法，包含「具體之景」與「情中之景」，透過「感官經驗」的必要條件去結合意象，使作品呈現藝術之美，從中表現出人物錯綜複雜的感情變化，在景象變化時，情思發展同時轉變，兩者交織融合，而讀者透過作品中呈現的「意象」，探索作者藝術表現手法、作品呈現出的藝術風貌，使作者、作品、讀者三方面緊密結合，達到藝術審美的目的。〔註61〕柳永慢詞體現著客觀形象的歷時性和主觀情感的延續性，對詞中抒情主體情感發展脈絡十分清晰，是其最大特色。

〔註58〕易勤華：〈線型美與環型美——柳永、周邦彥詞結構形態比較〉，《懷化師專學報》第 13 卷第 3 期，（1994 年），頁 40。

〔註59〕〔宋〕周濟：《宋四家詞選》（北京：中華書局，1985 年），頁 24。

〔註60〕〔清〕劉熙載：《詞概》，唐圭璋編：《詞話叢編》（台北：新文豐出版公司，1988 年 2 月），第 4 冊，頁 3689。

〔註61〕張白虹：《柳永樂章集意象析論》（高雄：國立高雄師範大學國文系碩士論文，1997 年），頁 15。

第四節　雅俗共賞：慢詞的風格呈現

　　劉勰《文心雕龍・體性》曾對文章風格有過一段說明：

> 夫情動而言形，理發而文見；蓋沿隱以至顯，因內而符外
> 者也。然才有庸儁，氣有剛柔，學有淺深，習有雅鄭；並
> 情性所爍，陶染所凝，是以筆區雲譎；文苑波詭者矣。故
> 辭理庸儁，莫能翻其才；風趣剛柔，寧或改其氣；事義淺
> 深，未聞乖其學；體式雅鄭，鮮有反其習；各師成心，其
> 異如面。〔註62〕

劉勰認為文章是藉外在的體貌，表達內在的情性，但由於作者才能、氣
質、學養、習染的殊異，因此文章便形成不同的風格，這樣看來，風格
在於以文學反映現實，與內容決定形式為基礎而建立的。或者說，風格
能反映出時代、社會、作者個人的思想觀念、審美理想、精神氣質等內
在特性的外部印記，風格是主觀的，是作家的內觀心靈的外在顯現。

　　歷來談論柳詞多論其雅俗之辨，夏敬觀曾說：

> 耆卿詞當分雅、俚二類。雅詞用六朝小品文賦作法，層層
> 鋪敘，情景兼融，一筆到底，始終不懈。俚詞襲五代淫靡
> 之風氣，開金、元曲子之先聲，比於里巷歌謠，亦復自成
> 一格。〔註63〕

要了解柳詞風格特色，雅、俚二類應當把握，大底說來，柳永俗詞以
傾注人道主義展示社會下層歌妓舞女的痛苦生活和她們的真實情
感；雅詞則客觀反映了北宋社會經濟繁榮、都市興盛的生活面貌，兼
有遊子漂泊之感與失意文人感傷情懷的羈旅之愁。但這樣從內容題材
上分類雅詞、俗詞，再討論其中風格特色呈現，不是此節論敘重點，
若說《樂章集》裏同時存在雅與俗的風格，慢詞既是柳詞的代表作，
慢詞探討的內容題材及寫作形式技巧，自然能涵蓋其雅俗筆法，況且

〔註62〕〔梁〕劉勰著、王更生注譯：《文心雕龍讀本》（台北：文史哲出版
　　　　社，2004年10月），下篇，頁21。
〔註63〕夏敬觀：《手評樂章集》，龍楡生：《唐宋名家詞選》（上海：上海古
　　　　籍出版社，1988年），頁87。

「柳詞並非一味地雅或俗，而是俗中有雅，雅不避俗，乃詞史上第一位真正做到雅俗共賞的作家。」〔註64〕所以，本節所論述的雅俗共賞，在於慢詞中的同一闋詞裏同時呈現的雅與俗，一首詞同時濃縮柳詞雅俗並陳的風格特色，俗不傷雅，雅不避俗，是柳永慢詞的最高成就。

柳詞要到達雅俗共賞的成就，自然經歷過一段歷程。以下將從慢詞本身的雅化過程及柳永的個人經歷了解柳詞中由俗而雅的轉變過程，最後論其雅俗共賞的風格呈現。

一、由俗而雅的轉變過程

詞起於民間，本帶有俗文學的色彩。晚唐五代詞尚婉媚，重女音，是娛賓遣興的應歌之作；北宋時經濟發達、都市繁榮，市民階層興起，配合里巷之音、胡夷之曲的慢詞在朝廷提倡的文化環境，市民娛樂的社會環境之中，有了極佳的創作土壤。趙曉蘭認為慢詞興起後，在演變過程當中：

> 由於詞體自身發展的要求及士大夫審美的需要，詞境逐漸擴大，但應歌仍然是詞的主要功能。北宋中葉後，隨著詞與士大夫日常生活關係日益密切，對詞的創作也提出了更高的要求。詞必須既可唱，又可讀；既娛賓遣興，又抒情言志；既「主聲」，又「主文」。由「主聲」向「主文」逐漸演化，最後成為雅正的案頭文學。雅俗並存正是這種詞體的嬗變留下的痕跡。〔註65〕

她認為，俚詞本是民間詞，柳永的俚詞只是詞從民間進入文人手中後的初始形態，隨著詞體的演進，柳永的詞也在不斷雅化。也就是說，俚俗本是柳詞的重要特色，然而就是以俚俗著稱的柳詞，本身也處於不斷雅化的過程。柳永慢詞由俗而雅的變化過程，實際上也是詞體雅

〔註64〕杜若鴻：《柳永及其詞之論衡》（杭州：浙江大學出版社，2004年12月），頁129。

〔註65〕趙曉蘭：〈柳永與宋詞的雅化〉，《宋人雅詞原論》（成都：巴蜀書社，1999年9月），頁192。

化的重要標誌。〔註66〕

　　從柳永個人經歷來看，他過著流連坊曲、歌樓妓院的生活，他大量創作新聲新曲，是一位市民作家，他運用市井語言，通俗曲詞，其曲調俗；他融合俗語入詞，意淺直白，其語言俗，加上做為知識份子的思想觀念與其叛逆性格，論及柳永詞風，從其創作個性的自然流露和具體表現的人生經歷看來，不可否認年輕時的柳永血氣方盛、激情狂放，出入妓館歌樓，曾寫下白描太盡，已近露骨之作，〔註67〕如〈鳳棲梧〉其三：

> 蜀錦地衣絲步障。屈曲回廊，靜夜閒尋訪。玉砌雕闌新月上。朱扉半掩人相望。　　旋暖薰鑪溫斗帳。玉樹瓊枝，迤邐相偎傍。酒力漸濃春思蕩。鴛鴦繡被翻紅浪。（頁182）

上片具有鋪敍委婉的特色，但下片轉入魚水之歡後，流於太露，有狎侮之嫌。又如〈菊花新〉：

> 欲掩香幃論繾綣。先斂雙蛾愁夜短。催促少年郎，先去睡、鴛衾圖暖。　　須臾放了殘鍼線。脫羅裳、恣情無限。留取帳前燈，時時待、看伊嬌面。（頁365）

〔清〕李調元在《雨村詞話》評此為柳永淫詞之冠，〔註68〕用淺白之語鋪寫了男女交歡之過程。在歌樓妓院的環境和追求市井新聲的市民情調下，早期柳永呈現激情、淺白、直接詞風。但長期間離情愁苦的困頓與漂泊天涯的遭遇，激情之感慢慢昇華，落拓江湖、羈

〔註66〕趙曉蘭認為可從柳詞：〈定風波〉（自春來）、〈玉蝴蝶〉（是處小街斜巷）、〈陽臺路〉（楚天晚）、〈女冠子〉（斷雲殘雨）、〈八聲甘州〉（對瀟瀟暮雨灑江天），看出柳永在抒情角度及抒情方式上雅化的過程。趙曉蘭：〈柳永與宋詞的雅化〉，《宋人雅詞原論》（成都：巴蜀書社，1999年9月），頁194～200。

〔註67〕此下所引〈鳳棲梧其三〉與〈菊花新〉非屬柳永慢詞範圍，此處例句主要著重顯現柳永流連坊曲時曾經歷過的浪蕩生活，藉此對比其後羈旅天涯、落拓江湖時生命情感的重大轉變。

〔註68〕〔清〕李調元《雨村詞話》：「柳永淫詞莫逾于〈菊花新〉一闋。」唐圭璋編：《詞話叢編》（台北：新文豐出版公司，1988年2月），第2冊，頁1391。

旅行役時，情感表現傳達冷卻後提煉出更深層的愛戀，如〈浪淘沙〉：

> 夢覺透窗風一綫，寒燈吹息。那堪酒醒，又聞空階，夜雨頻滴。嗟因循、久作天涯客。負佳人、幾許盟言，便忍把、從前歡會，陡頓翻成憂戚。　　愁極。再三追思，洞庭深處，幾度飲散歌闌，香暖鴛鴦被，豈暫時疏散，費伊心力。殢雲尤雨，有萬般千種，相憐相惜。　　恰到如今，天長漏永，無端自家疏隔。知何時、卻擁秦雲態，願低幃昵枕，輕輕細說與，江鄉夜夜，數寒更思憶。（頁 210）

酒醒後回憶盟言歡會的過去，進而到「洞房深處」時，卻沒多再描寫，而把重點放在「豈暫時疏散，費伊心力」上；說到「殢雲尤雨」，是傳達「萬般千種，相憐相惜」的情意；「卻擁秦雲態」時，卻只願「輕輕細說與，江鄉夜夜，數寒更思憶」的思念，從心靈產生如此纏綿情意更顯動人，「也只有在他這種情感成熟後、愛重於性的詞篇裡，才能有所謂『俗不傷雅』的現象。此類詞通同的地方在於，對於男女之間的回憶，即使有激情部分，也構不成重點，而把重點放在感情的聯結上，甚或表過激情處，只說感情。既然重點在於心靈之愛的描寫，至於孰雅孰俗，則完全不是重心，畢竟柳永本來就有民間（直接、露骨）與文士（含蓄、委婉）兩種情調。」〔註 69〕

　　劉勰說：「才有庸儁，氣有剛柔，學有淺深，習有雅鄭；並情性所爍，陶染所凝，是以筆區雲譎；文苑波詭者矣。」〔註 70〕說明作家在表現方式和筆調曲折等方面，可以看出作家人格的一些特點，這也是造成不同文學風格的主觀條件。柳詞中「由俗而雅」的轉變和本身人生經歷有深刻關係；而「柳詞在抒情角度及抒情方式上的重大突破既拓展並深化了詞境，促進了柳詞的雅化，也對來自民間的俚俗慢詞

〔註 69〕林柏堅：《柳永其人與其詞之研究》（中壢：國立中央大學中國文學所碩士論文，2007 年 1 月），頁 126。

〔註 70〕〔梁〕劉勰著、王更生注譯：《文心雕龍讀本》（台北：文史哲出版社，2004 年 10 月），下篇，頁 21。

的雅化產生了難以估量的影響。」〔註71〕柳永慢詞由俗而雅的變化過程，實際上也是詞體雅化的重要標誌，一旦雅與俗在詞作中達到和諧平衡時，「雅俗共賞」特點成爲柳詞風格的最大特色。

二、雅俗共賞的風格呈現

柳永慢詞中雅俗並陳作品，先看〈女冠子〉：

> 斷雲殘雨，灑微涼，生軒戶。動清籟、蕭蕭庭樹。銀河濃淡，葦星明滅，輕雲時度。莎階寂靜無覩。幽蛩切切秋吟苦。疏篁一徑，流螢幾點，飛來又去。　對月臨風，空恁無眠耿耿，暗想舊日牽情處。綺羅叢裡，有人人、那回飲散，略曾諧鴛侶。因循忍便睽阻。相思不得長相聚。好天良夜，無端惹起，千愁萬緒。（頁95）

上片寫「切切秋吟苦」所見景色，殘雲、小雨、風動林木、銀河、群星、點點流螢，筆調濃而雅，動靜相偕；下片轉入所思，「好天良夜」卻「千愁萬緒」，相思不得長相聚而「無眠耿耿」，文詞筆調變成白而直，而「那回飲散，略曾諧鴛侶」可以發揮的激情處，重點轉而在「暗想舊日牽情處」、「相思不得長相聚」的惆悵，即使語言直陳卻能不傷其雅，如此深情款款，有一股柔美深情。

再看〈婆羅門令〉：

> 昨宵裏、恁和衣睡。今宵裏、又恁和衣睡。小飲歸來，初更過、醺醺醉。中夜後、何事還驚起。霜天冷，風細細。觸疏窗、閃閃燈搖曳。　空牀展轉重追想，雲雨夢、任敧枕難繼。寸心萬緒，咫尺千里。好景良天，彼此空有相憐意。未有相憐計。（頁167）

「昨宵裏、恁和衣睡。今宵裏、又恁和衣睡」不避句式重覆，加上詞語已純用白話，「霜天冷，風細細。觸疏窗、閃閃燈搖曳」，渲染孤寂淒涼氣氛。「雲雨夢、任敧枕難繼」的激烈處，在「彼此空有相憐意。

〔註71〕趙曉蘭：〈柳永與宋詞的雅化〉，《宋人雅詞原論》（成都：巴蜀書社，1999 年 9 月），頁 197～198。

＊

未有相憐計」的情緒中得到延伸，感情更顯厚重。「空牀展轉」的不眠夜，是詞人心情跌宕起伏不平靜的展現，反而顯現深刻情思。

感情深度和詞風溫雅之作，來欣賞〈卜算子〉一詞：

> 江楓漸老，汀蕙半凋，滿目敗紅衰翠。楚客登臨，正是暮秋天氣。引疏砧、斷續殘陽裡。對晚景、傷懷念遠，新愁舊恨相繼。　　脈脈人千里。念兩處風情，萬重煙水。雨歇天高，望斷翠峰十二。儘無言、誰會憑高意。縱寫得、離腸萬種，奈歸雲誰寄。（頁205）

從滿目將凋的紅楓綠蕙起筆，衰殘的美麗自有一股淒清，登臨動作而有滿目之景，暮秋時節更說明衰殘之因。而令遊子傷感的搗衣聲，斷續在遊人思鄉的殘陽中，詞人「傷懷念遠」，情景相結下「新愁舊恨相繼」，望斷千里、憑高無言、歸雲難寄。秋景的曠遠、蕭疏，秋情的鬱結、深沉，此詞語言流暢，用典自然，言盡而情未盡，堪稱柳永慢詞上乘之作。

誠如孫康宜所言：「我們或可將柳永的兩種風格視爲他所經歷的兩種人生，也可以視之爲他的詞作所吸引的兩類聽眾。」〔註72〕而當柳永一闋詞同時並存人生兩種旋律時，他以俗俚之語寫出濃摯之情，俗而不傷溫厚、細膩，雅而蘊涵高遠、眞情，成熟時期表達出來的人生深厚與酣暢，更足以代表柳永詞作風格及其在詞史上的地位。

柳詞風格體現在慢詞作品之中，它既表現詞人對題材選擇的一貫性和獨特性、對主題思想的挖掘、理解的深刻程度，也表現創作手法的運用、塑造形象的方式、對慢詞語言的駕馭等等特色。本章從外在形式出發，闡述柳永慢詞的形式技巧，成功地與柳永個人思想、情感、審美理想交流，了解柳永眞正具有獨創風格的慢詞之作產生的巨大的藝術感染力。

〔註72〕孫康宜：《晚唐迄北宋詞體演進與詞人風格》（台北：聯經出版事業公司，1994年6月），頁145。

第五章 《樂章集》慢詞的成就與影響

　　詞本爲倚聲之學，在唐、五代即流行於民間，並受文人喜愛而參與創作，不過，倚聲填詞轉入文人手中，主要以小令形式呈現，既視詞爲寫詩之餘興及歌筵酒席上娛賓遣興之用，體制短小的小令正好用來抒發離情相思、傷春悲秋等。但到了宋初，中原息兵，面對一個繁華和平的時代，詞的題材內容開闊了，不僅可以抒發一己之經驗感受，更可反映時代的生活面貌。篇幅加長的慢詞，配合流行市井新聲，節奏更加複雜，聲情更多變化，可以容納更多樣的情感。

　　柳永是精通音律的詞人，他大量製新調、填新詞，爲後來的慢詞奠定繁榮昌盛的基礎；他使用俚俗淺近的語言，符合市民階層的需要，易於被接受；胡仔《苕溪漁隱詞話》引《藝苑雌黃語》說：「大概非羈旅窮愁之詞，則閨門淫媟之語」，〔註1〕但《樂章集》除了歌妓詞、羈旅行役詞之外，更有承平歡樂、太平氣象的詞作，內容涵蓋廣泛，如同高秀華在《柳永與市民文學》裏說道：「從題材內容到藝術形式，都極爲深刻地反映出當時的社會現實，反映出北宋的新興市民社會。」〔註2〕柳永不僅大量創製新調，在形式技巧上，繼承唐、五

〔註1〕唐圭璋編：《詞話叢編》（台北：新文豐出版公司，1988年2月），第1冊，頁172。

〔註2〕高秀華：《柳永與市民文學》（香港：香港國際學術文化出版公司，2003年），頁56。

代詞的創作經驗，擴大詞的內容題材，發展了慢詞的體制，在慢詞的
成就上另闢蹊徑，別是一家。

　　柳永慢詞開啓了宋詞的新天地，在詞史上的影響是巨大且深遠
的。本章將從詞史發展的地位來看柳永慢詞的成就與影響，以下分別
論述之。

第一節　柳永慢詞的成就

一、反映詞體文學發展的需要

　　詞源自民間，隨燕樂傳唱於市井之中，鄭振鐸在《插圖本中國文
學史》云：「詞的來歷，頗爲多端。但最爲重要者則爲『里巷之音』和
『胡夷之曲』。」〔註3〕詞所配合的燕樂曲調本帶有冶蕩輕靡的性質，
句式長短錯落，使詞具有辭美情長的特色。曲子詞既是民間俗唱與樂
工俚曲，士大夫偶一爲之，不過花間酒畔，信手消閒，當時視詞爲「自
南朝之宮體，扇北里之娼風」〔註4〕的「小道」觀念，如溫庭筠〈過陳
琳墓〉〔註5〕以詩體顯露出「欲將書劍學從軍」的壯志，而〈菩薩蠻〉
〔註6〕則寫一女子晨起化妝，美女嬌臥未起之狀，其嬌慵、自持、天生
麗質且藏無限幽微之怨，描寫精美。劉熙載〈詞曲概〉曾說「溫飛卿
詞精妙絕人，然類不出乎綺怨」，〔註7〕可概括這時期文人的創作情調。

〔註3〕　鄭振鐸：《插圖本中國文學史》（台北：明道書局，1991年1月），頁416。

〔註4〕　〔後蜀〕歐陽炯：〈花間集序〉，楊家駱主編：《增補詞學叢書・花間
　　　　集》（台北：世界書局，1992年9月），頁1。

〔註5〕　〔唐〕溫庭筠〈過陳琳墓〉：「曾於青史見遺文，今日飄蓬過古墳。
　　　　詞客有靈應識我，霸才無主始憐君。石麟埋沒藏春草，銅雀荒涼對
　　　　暮雲。莫怪臨風倍惆悵，欲將書劍學從軍。」清聖祖御定：《全唐詩》
　　　　（北京：中華書局，1960年4月），頁6723。

〔註6〕　〔唐〕溫庭筠〈菩薩蠻〉：「小山重疊金明滅，鬢雲欲度香腮雪。懶
　　　　起畫蛾眉，弄粧梳洗遲。　　照花前後鏡，花面交相映。新帖繡羅
　　　　襦，雙雙金鷓鴣。」張璋、黃畬編：《全唐五代詞》（台北：文史哲
　　　　出版社，1986年10月），頁194。

〔註7〕　〔清〕劉熙載：《藝概・詞曲概》（台北：漢京文化事業公司，1985

　　實際上詞以艷美爲主，在詞體形成之初已然決定，王重民在〈敦煌曲子詞集敘錄〉中提到敦煌曲的內容時說：

　　　　今茲所獲，有邊客遊子之呻吟，忠臣義士之壯語，隱君子之
　　　　怡情悅志，少年學子之熱望與失望，以及佛子之讚頌，醫生
　　　　之歌訣，莫不入調。其言閨情與花柳者，尚不及半。〔註8〕

雖然「閨情與花柳」尚不及半，但已在各類題材中高居榜首，將及一半。〔註9〕詞經文人之手後，以艷爲美的內容不變，更加入以麗爲美的文字要求，〔註10〕《花間集》被稱爲「近世倚聲塡詞之祖」，〔註11〕但作爲唱本的功能更明顯，供酒筵歌席間的佳人歌唱。〔註12〕歐陽炯在〈花間集序〉表達了曲子詞是爲了配合樂曲歌唱而寫作：

　　　　鏤玉雕瓊，擬化工而迴巧；裁花剪葉，奪春豔以爭鮮。是
　　　　以唱〈雲謠〉則金母詞清；挹霞醴外穆王心醉。名高〈白
　　　　雪〉，聲聲而自合鸞歌；響遏行雲，字字而偏諧鳳律。……

　　　　年9月），頁107。

〔註8〕王重民：〈敦煌曲子詞集敘錄〉，《敦煌遺書論文集》（台北：明文書
　　　　局，1985年6月），頁57。

〔註9〕林燕玲《柳永詞對都會描寫的開拓》：「在《敦煌曲子詞集》中，『言
　　　　閨情花柳者』約占百分之四十；其次爲『忠臣義士之壯語』，約占百
　　　　分之二十五；以下依次爲『邊客遊子之吟』，約占百分之十二；『佛
　　　　子之贊頌』約占百分之七；『隱君子之怡情悅志』約占百分之五；『少
　　　　年學子之熱望與失望』約占百分之四；『醫生之歌訣』約占百分之二，
　　　　其他內容約占百分之五。其中『花柳及閨情者』雖未及半，但在各
　　　　類題材中高居榜首，將及一半。」（嘉義：南華大學文學研究所碩士
　　　　論文，2002年），頁118。

〔註10〕〔清〕彭孫遹《金粟詞話》說：「詞體以豔麗爲本色，要是體製使然。」
　　　　唐圭璋編：《詞話叢編》（台北：新文豐出版公司，1988年2月），第
　　　　1冊，頁723。

〔註11〕〔宋〕陳振孫：《直齋書錄解題》（北京：中華書局，1985年），卷5，
　　　　頁581。

〔註12〕王兆鵬：「五代宋初，詞選集《花間集》、《尊前集》、《家宴集》（已
　　　　佚）、《金奩集》以及詞別集柳永的《樂章集》、張先的《張子野集》，
　　　　都是作爲唱本來傳播，即主要是供歌妓樂工演唱用的『腳本』。其中
　　　　《尊前集》、《金奩集》和柳張詞集都是按宮調編排，以備選唱，作
　　　　爲唱本的功能更明顯。」《唐宋詞史論》（北京：人民文學出版社，
　　　　2000年），頁19。

綺筵公子，繡幌佳人，遞葉葉之花牋，文抽麗錦；舉纖纖
之玉指，拍按香檀。不無清絕之辭，用助嬌嬈之態。……
有唐以降，率土之濱，家家之香逕春風，寧尋越豔；處處
之紅樓夜月，自鎖嫦娥。〔註13〕

此段說明「聲聲而自合鸞歌」、「字字偏諧鳳律」，明白歌詞字音須配
合燕樂音律，詞曲相諧；「鏤玉雕瓊」、「裁花剪葉」，詞之文字力求鮮
艷清絕；詞既爲娛樂工具，用於賓筵別宴、佐歡寄情，由「繡幌佳人」
拍按香檀在觥籌交錯間爲「綺筵公子」演唱，爲了配合表演場所的氣
氛，達到娛賓遣興的效果。王國維評馮延巳詞說：「馮正中詞雖不失
五代風格，而堂廡特大，開北宋一代風氣。」〔註14〕馮詞似比花間詞
人開闊一些，但同樣體現香艷、多情、纖美的風格。

這種風氣延續到北宋，張耒〈東山詞序〉說道：「盛麗如游金、
張之堂，而妖冶如攬嬙、施之袪。」〔註15〕題材不脫閨情之作，詞句
華麗雕琢。雖然晏殊詞已開始掙脫詞體閨情題材束縛，開始有反映社
會的傾向，〔註16〕宋祁、張先、歐陽修等人在詞裏加入人生哲思，呈
現比花間詞人更深刻的個人意志，但總體來說，不論詞的形式、內容
或風格，都未脫離《花間集》的側艷藩籬，〔註17〕一直要到柳永出現，
宋詞才展開第一次的大轉變。〔註18〕

〔註13〕〔後蜀〕歐陽炯：〈花間集序〉，楊家駱主編：《增補詞學叢書・花間
集》（台北：世界書局，1992 年 9 月），頁 1。
〔註14〕王國維著、馬自毅注譯：《新譯人間詞話》（台北：三民書局，1994
年），頁 41。
〔註15〕〔宋〕張耒：〈東山詞序〉，金啟華等編：《唐宋詞集序跋匯編》（台
北：台灣商務印書館，1993 年 2 月），頁 59。
〔註16〕黃文吉：《北宋十大詞家研究》（台北：文史哲出版社，1996 年 3 月），
頁 15～16。
〔註17〕如晏殊〈浣溪沙〉：「無可奈何花落去，似曾相識燕歸來。」宋祁〈玉
樓春〉：「爲君持酒勸斜陽，且向花間留晚照。」張先〈天仙子〉：「臨
晚鏡、傷流景，往事後期空記省。」歐陽修〈蝶戀花〉：「淚眼問花
花不語，亂紅飛過秋千去。」等流連風月、感傷時序的閨情閒愁。
唐圭璋編纂：《全宋詞》（北京：中華書局，1999 年 1 月）。
〔註18〕葉嘉瑩以爲宋詞在不斷演進中，曾經過三次重大轉變：一是柳永長

　　第一，柳永擴大詞的內容題材。柳永歌妓詞承續花間側艷之風以描寫女性爲主，但情感眞實坦率，生動刻劃歌妓美貌且站在平等的立場抒寫他們的內心世界；羈旅行役詞寫入自己的流落困頓，仕途失意的感慨不平之氣，登山臨水、意象高遠，景色中結合自己的落寞惆悵；他歌頌太平，將朝野上下的享樂風氣、節物風光詞作呈現生機蓬勃氣象，謝桃坊評論道：

> 柳永開始將（文學的）接受對象轉向新興的市民階層，使用市井俚俗語言或純淨白話文學語言，擴大了詞的題材。他是盛世的歌手，描述京華的壯麗，國運的昌隆，都市的繁華，人們的歡樂，創作大量的形容盛明之詞；他的以女性第一人稱方式創作的代言詞體，表達了市民的情緒，體現了新的倫理觀念；他的羈旅行役之詞反映了廣闊的社會生活，描述地域風情，備述旅途的艱辛，適應了社會經濟發展的歷史背景；他對傳統的離情題材予以發展，增添了眞實的內容，加強了表現力度，有所創新。這樣，使宋詞的內容出現新的特色，豐富了詞體的社會功能，爲詞體的發展拓寬了道路。〔註19〕

柳永將詞從男女閨閣之情、席間侑酒勸觴的狹小範圍解放出來，從貴族王公、士大夫的酒席歌筵中走出來，走向廣大的市俗社會，提升詞體反映社會民情、時代風尚的功能，他突破小令限制，用慢詞鋪敍更多題材內容。

　　第二，柳永大量創製新的詞調。王易《詞曲史》云：

> 試觀北宋晏歐諸公，規模《花間》，其用調亦略相同。《樂章》、《東坡》二集風格不同，其中用調迥異。〔註20〕

調之敍寫對花間令詞之語言的改變；二是蘇軾詩化之詞對花間令詞之內容的改變；三是周邦彥賦化之詞對花間令詞之寫作方式的改變。見〈論詞學中之困惑與花間詞之女性敍寫及其影響〉，繆鉞、葉嘉瑩著：《詞學古今談》（台北：萬卷樓圖書公司，1992年），頁512。
〔註19〕謝桃坊：《柳永詞選評》（上海：上海古籍出版社，2004年4月），頁7～8。
〔註20〕王易：《詞曲史》（台北：廣文書局，1997年9月），頁257。

詞調本是宋詞與音樂結合的重要標誌，詞與燕樂曲調密不可分，柳永為了適應當時繁榮的社會經濟，及大量市民階層索求日益繁富的音律曲調需要，他「變舊聲，作新聲」，將舊調翻新，由小令、中調衍為慢詞，同時「奏新曲，譜新詞」創製大量新調慢詞，「詞人變古，耆卿首作俑也。」〔註21〕他將長期流連於秦楚樓館與歌妓、樂工交往，為他們譜曲歌唱的市井新聲，唱出多樣化的內容情意，他精於音律，在聲情與主題內容的結合上表達更豐富的情感，他的新聲美調，同時促進了慢詞的流行與傳播，柳永詞調是當時城市中的流行樂曲，他是流行樂手，柳永慢詞呈現詞與音樂的完美結合。

　　王國維《人間詞話》總結詞體的特質：「詞之為體，要眇宜修。能言詩之所不能言，而不能盡言詩之所能言。」〔註22〕他認為詞既要婉麗幽約，又要恰到好處。詞本起於民間，充滿燕樂色彩的新聲和側艷內容，柳永突破晚唐五代以來的題材內容和小令的形式限制，反映了詞體文學在內容、音樂與形式方面求新求變，擴展更廣泛的內容，表達更複雜的情思的演變，從詞體進化的角度來看，柳永適時提供了詞的藝術發展急需的新形式——長調慢詞，吸取民間文藝的養料，按照表現世俗生活的要求來創製慢詞，以促成詞體的解放和前進，這是柳永對宋代詞體變革的巨大貢獻，〔註23〕柳永慢詞為詞體發展開拓了新天地。

二、開創以賦筆填詞的新手法

　　劉若愚在《北宋六大詞家》曾說過：

　　「慢詞」的主要意義並不只在於詞的篇幅較長，也在於慢詞中每行的字數相當大的差別，以及慢詞中相隔很遠的韻腳。這些因素加上串連句的使用，促使節奏更靈活而且使

〔註21〕〔清〕陳廷焯：《白雨齋詞話》，唐圭璋編：《詞話叢編》（台北：新文豐出版公司，1988 年 2 月），第 4 冊，頁 3783。
〔註22〕王國維著、馬自毅注譯：《新譯人間詞話》（台北：三民書局，1994年），頁 172。
〔註23〕劉揚忠：《唐宋詞流派史》（北京：中國社會科學出版社，2007 年 4月），頁 169～175。

得不板重的格調得以奠定。更進一步說，這些在節奏方面
有靈活變通性的長調，使作者可以從事相當長度的鋪敘，
並開始寫些小令的詞調所不能容納的活動和轉折。不再像
小令那樣只勾畫燦爛的人生小品和捕捉一瞬間的感悟，慢
詞允許詩人發展情緒的變化，記錄連續的畫面。〔註24〕

慢詞能記錄作者發展情緒的變化，紀錄連續畫面展現，運用的鋪敘技
巧，也就是「賦」的寫作手法。

「賦、比、興」是《詩經》的寫作技巧，對中國詩歌創作有著極
深遠的影響，文人抒情詩中著重發展比興技巧，而賦的手法被漢賦和
民間詩詞（敘事長詩）所使用著。古代對於賦的解釋：

賦體物而瀏亮。（陸機〈文賦〉）〔註25〕

賦者，鋪也。鋪采摛文，體物寫志也。（劉勰《文心雕龍·詮
賦篇》）〔註26〕

直書其事，寓言寫物，賦也。（鍾嶸《詩品》）〔註27〕

賦者，敷陳其事而直言之者也。（朱熹《詩集傳·國風·葛覃》）
〔註28〕

賦既然具有「賦陳其事」、「體物寫志」、「鋪采摛文」之意，所謂「以
賦為詞」就是用鋪陳的方法寫詞，慢詞的體制比小令宏大複雜，而詞
的每一調又獨具音律與表現特點，在創作的謀篇布局和整體構思就更
具重要意義，其中領字、對句、連綿句的使用，都是慢詞在創作形式
上不同小令之處，能達到鋪陳作用，是柳永慢詞的新手法。以下分別
論述之。

〔註24〕劉若愚著、王貴苓譯：《北宋六大詞家》（台北：幼獅文化事業公司，
　　　　1986年），頁94。

〔註25〕〔梁〕蕭統編、〔唐〕李善注：《文選》（台北：華正書局，1994年9
　　　　月），頁241。

〔註26〕〔梁〕劉勰著、王更生注譯：《文心雕龍讀本》（台北：文史哲出版
　　　　社，2004年10月），上篇，頁132。

〔註27〕〔梁〕鍾嶸：《詩品》（北京：中華書局，1991年），頁10～11。

〔註28〕〔宋〕朱熹：《詩集傳》（台北：藝文印書館，1967年12月），頁10。

（一）善用領字

在唐五代詞及敦煌曲子詞中，領字寥寥無幾，到了北宋詞中才真正有領字出現，柳永就是北宋第一個成功地大量運用領字的詞人。領字對慢詞的影響很大，它不但影響了慢詞的句式與節奏，還改變了慢詞的結構。〔註29〕

領字又可稱「一字逗」〔註30〕或是「領調子」，〔註31〕而宋人所謂「虛字」即指領字，如張炎在《詞源》說：「詞與詩不同……，若堆疊實字，讀且不通，況付之雪兒乎？合用虛字呼喚。」〔註32〕但宋代詞論家所謂的「虛字」，並不同於語法概念上的虛字，「虛」和「實」是就其藝術機能而非詞性而言的，所以「虛字」只限於句首，其作用在於承上啟下，領起一組意象，於是也就成了領字的別名，後世論者不明瞭這個道理，將詞中特有的「虛字」同語法上的虛詞混為一談，失去了宋人論「虛字」的本義。〔註33〕

領字的產生起源於詞樂聲腔的需要，它位在句子的最前頭，用來帶領句子，通常由一個、兩個或三個字組成，可以按序引導詞句或詞中語詞。領字可能是動詞，像「念」、「想」、「嘆」；可能是副詞，像「漸」、「更」；或是連接詞「縱」、「正」等。如：

念去去、千里煙波，暮靄沈沈楚天闊。（〈雨霖鈴〉，頁 117）

漸霜風淒慘，關河冷落，殘照當樓。（〈八聲甘州〉，頁 429）

正豔杏燒林，緗桃繡野，芳景如屏。（〈木蘭花慢其二〉，頁 497）

〔註29〕梁麗芳：《柳永及其詞之研究》（香港：三聯書店香港分店，1985 年 6 月），頁 83。

〔註30〕陳振寰：《讀詞常識》（台北：國文天地雜誌社，1990 年 3 月），頁 128～130。

〔註31〕鄭騫：〈再論詞調〉，《景午叢編》（台北：台灣中華書局，1972 年 1 月），頁 96。

〔註32〕唐圭璋編：《詞話叢編》（台北：新文豐出版公司，1988 年 2 月），第 1 冊，頁 259。

〔註33〕蔣哲倫：〈論虛字及其與詞體建構的關係〉，《中國古代文學》第 4 期（1994 年），頁 199～220。

柳永慢詞領字多用來帶引四言句，如：

　　奈好景難留，舊歡頓棄。（〈內家嬌〉，頁 238）

　　恨薄情一去，音書無箇。（〈定風波〉，頁 256）

　　長是因酒沈迷，被花縈絆。（〈鳳歸雲〉，頁 272）

　　最苦是好景良天，尊前歌笑，空想遺音。（〈離別難〉，頁 347）

當領字出現在數個字數一致的詞句之前時，平行互補的的景象可以製造出一些靜態意象。有時，領字也用來帶引其他長度句子，如：

　　覺客程勞，年光晚。（〈迷神引〉，頁 445）

　　觀露濕縷金衣，葉映如簧語。（〈黃鶯兒〉，頁 1）

　　會樂府兩籍神仙，梨園四部絃管。（〈傾杯樂〉，頁 49）

　　乍露冷風清庭戶爽，天如水、玉鉤遙挂。（〈二郎神〉，頁 241）

領字放在數句意義連貫，字數呈不規則發展的詞句裡，會使句構的奔瀉流暢和情感的肆無所羈配合無間。〔註34〕而且領字多半是仄聲，最佳選擇是「去聲字」，由 51 全降調表達其鏗鏘、振起之效，在寫景與敘事中，可強化抒情的力量，以〈竹馬子〉上片為例：

　　登孤壘荒涼，危亭曠望，靜臨煙渚。對雌霓挂雨，雄風拂
　　檻，微收煩暑。漸覺一葉驚秋，殘蟬噪晚，素商時序。覽
　　景想前歡，指神京，非霧非煙深處。（頁 437）

首句用單字領字「登」，帶領「孤壘荒涼，危亭曠望，靜臨煙渚」；「對」帶領「雌霓挂雨，雄風拂檻，微收煩暑」；「漸覺」領起「一葉驚秋，殘蟬噪晚，素商時序」，這些領字把上片分成三組意義段落，將詞的結構拉緊串連。「登」字帶領的三個句子，介紹詞人所在，給人節奏連續強而有力之感；「對」字領起的三個句子跟著點名天氣的變化；「漸覺」領起的三個句子進一步表達詞人對秋天來臨的警覺。由領字帶引的句子一直要讀到韻腳才停，形成一種強勁的推動力，加上短促的四言句，使詞的文氣流暢貫通。用領字能層層驅動情感及意義推進，成

────────────────

〔註34〕孫康宜：〈柳永與慢詞的形成〉，《晚唐迄北宋詞體演進與詞人風格》
　　　　（台北：聯經出版事業公司，1994 年），頁 159。

功表現悲秋之感和懷人之情，領字創造了情景遞進的結構模式，而這種結構使詞的篇幅增長，能容納更多的意義。

孫康宜曾說：

> 柳永慢詞裡的「領字」，是他得以發展出序列結構的功臣。
> 情感的推衍與意象的細寫都在此一序列結構中結爲一體，
> 使詞中意蘊遼闊得無遠弗屆。〔註35〕

領字使用能帶來層次感，層層鋪敘將詞意逐層展開、發揮，使得詞能表現較複雜的情感，而又有具體、豐富的形象，而「鋪敘」結構方式逐漸爲後代詞人普遍使用，無論北宋蘇軾、秦觀、周邦彥，或南宋辛棄疾、姜夔、吳文英等，他們的代表作主要以慢詞形式出現。柳永的慢詞音律諧婉、語意妥貼，增加篇幅，擴大詞的容量，在藝術形式上標誌著新的意義。

（二）對句變化使用

對句，也就是對偶，據沈謙《修辭學》說：「將語文中字數相等、語法相似、平仄相對的文句，成雙作對的排列，藉以表達相對或相關意思的修辭方法，是爲對偶。」〔註36〕中國文學作品很早即運用對偶，但詞的句式長短參差，整闋詞的句數未必是偶數，也少隔句韻，其實詞並不要求整齊的形式，所以，詞領域中的對偶與詩賦不同，它必須注意與不整齊的因素協調關係以便和諧共處。柳詞慢詞中的對句使用方式有幾種情形：

一，對句與前後文之間，有大的主謂語關係連接著，如〈早梅芳〉：
芰荷浦溆，楊柳汀洲／映／虹橋倒影，蘭舟飛棹，遊人聚散／一片湖光裏。（頁17）

在「虹橋倒影，蘭舟飛棹，遊人聚散」的對句之前，有主語「芰荷浦溆，楊柳汀洲」，謂語「映」字，之後有「一片湖光裏」的補充說明。

〔註35〕孫康宜：〈柳永與慢詞的形成〉，《晚唐迄北宋詞體演進與詞人風格》
（台北：聯經出版事業公司，1994年），頁159。
〔註36〕沈謙：《修辭學》（台北：國立空中大學，1996年11月），頁453。

又如〈合歡帶〉：

> 檀郎／幸有／凌雲詞賦，擲果風標。（頁 290）

在「凌雲詞賦，擲果風標」對句前，有主語「檀郎」，謂語「幸有」連接對句。

二，之前會有一句曾敘述過的內容，之後再以對句加以描寫這內容，如：

> 春困厭厭／拋擲鬥草工夫，冷落蹋青心緒。（〈鬥百花其二〉，頁 24）

> 妍歌豔舞／鶯慚巧舌，柳妒纖腰。（〈合歡帶〉，頁 290）

這裏，先在前一句概括提示「春困」、「妍歌豔舞」等光景，然後再用對句細密地加以描寫。

三，將對句敘述過的內容，再用非對句的句子補充，如：

> 沙汀宿鴈破煙飛，溪橋殘月和霜白／漸漸分曙色。（〈歸朝歡〉，頁 149）

> 江楓漸老，汀蕙半凋／滿目敗紅衰殘。（〈卜算子〉，頁 205）

> 淑景亭臺，暑天枕簟；霜月夜涼，雪霰朝飛／一歲風光，盡堪隨分，俊遊清宴。（〈鳳歸雲〉，頁 272）

這樣的對句形式，能讓整闋詞文意流暢、意境連貫，產生氣韻悠長的特色。

〔清〕沈祥龍《論詞隨筆》說：「詞中對句，貴整鍊工巧，流動脫化，而不類於詩賦。」〔註37〕柳詞中的「整鍊工巧」、「流動脫化」即是通過自由靈活的對仗及對句形式的多樣化，形成詞體外觀的整齊之美。〔清〕杜文瀾《憩園詞話》卷一曾說：「詞中四字對句最要凝鍊。」〔註38〕這些四字句多為雙音節詞的組合，往往帶有駢偶味道，「以四言句作為主要句式，既可形成詞體外觀的整齊均衡之美，亦可形成內

〔註37〕唐圭璋編：《詞話叢編》（台北：新文豐出版公司，1988 年 2 月），第 5 冊，頁 4051。

〔註38〕唐圭璋編：《詞話叢編》（台北：新文豐出版公司，1988 年 2 月），第 3 冊，頁 2857。

在節奏韻律的勻停和諧之妙。再適當配以其他字數的句式,詞體便能在錯落有致、變化多姿而又勻稱和諧、修短有度中發散更大的審美誘惑。」〔註39〕

　　對句的整齊均衡,在細緻的鋪陳描繪下,能帶給作品賞心悅目的形式之美,〔清〕王又華《古今詞論》云:「李東琪曰:『長調切忌過於鋪敘,其對仗處,須十分警策,方能動人。』」〔註40〕當鋪陳的形式伴隨豐富想像,強烈情感色彩對客觀景物展開描寫,使作品具有宏大的場景和氣勢時,更能增添意象流動之美,如同宇野直人所言:

> 柳詞的對句很少以追求語調的平滑流動從而獲得聽覺舒適爲主要目的,他對於對句技法的期待,並不僅僅是希望其產生音調的和諧美,而是懷著更深一層的期待——讓對句形式與意義的表達相結合,從而得到一種更爲精妙的效果……這種手法,在柳永以前的小令裏,由於其篇幅短小的特性,是幾乎看不到的……這也有助於確認柳永的這種手法是適宜於慢詞這種體裁的。〔註41〕

也就在鋪敘手法與對句形式結合運用之時,柳永慢詞呈現出極爲流暢、氣韻悠長的特色,同時得到極高讚譽。

(三)善用連綿句

　　所謂連綿句,又可稱跨行句,亦是柳永慢詞的一大特色。唐、五代詞少有連綿句,其小令的語式是一行一句的,名詞意象是孤立濃縮的,如此勾畫、捕捉一瞬間的感悟;然而慢詞韻距之間的句子要一氣呵成,一行一句式的語句結構,會阻礙慢詞的前動節奏;加上大量鋪排孤立濃縮的名詞意象於長篇幅的慢詞中,會造成凝滯的效果,也就

〔註39〕蘇涵:〈從柳永詞四言句論詞體建構的語言美學問題〉,《山西師範大學學報(社會科學版)》第26期,1996年,頁4。
〔註40〕唐圭璋編:《詞話叢編》(台北:新文豐出版公司,1988年2月),第1冊,頁606。
〔註41〕〔日〕宇野直人著、張海鷗、羊昭紅譯:《柳永論稿——詞的源流與創新》(上海:上海古籍出版社,1998年12月),頁103～108。

是說慢詞需要一種富於前動性節奏的語句結構，寫慢詞的關鍵技巧，在於用連綿句來創造慢詞的流動性節奏與連貫性的結構，即是柳永對慢詞的巨大貢獻。〔註42〕

柳永慢詞中的連綿句的特色之一是問句與答句的運用，如：

幾時得歸來，香閣深關？ （〈錦堂春〉，頁254）

對好景良辰，皺著眉兒，成甚滋味？（〈慢卷紬〉，頁132）

賞心何處好？惟有尊前。（〈看花回〉，頁85）

前二個例子是沒有回答的問句，容易引起讀者追求答案的效果；而一問一答的語式多出現在下片結尾，讓讀者對答案的期望加強問句與答句之前的張力，如同第三個例子造成情感上的持續。

連綿句的另一特色，在於慣用語式的運用，如：

早知恁地難拚，悔不當時留住。（〈晝夜樂其一〉，頁37）

最苦正歡愉，便分鴛侶。（〈傾杯〉，頁224）

自相逢，便覺韓娥價減，飛燕聲消。（〈合歡帶〉，頁290）

「早知──悔不」、「正──便」、「自──便」的用法，造成語序的聯繫，語意的連續，詞意的連綿。

另外，連綿句中雜用的虛字，往往淡化名詞意象的密度，減少由孤立名詞意象造成的詞義模糊，從而增強詞句之間的連綿不斷，如：

海霞紅，山煙翠。故都風景繁華地。（〈早梅芳〉，頁17）

章臺柳、昭陽燕。錦衣冠蓋，綺堂筵會，是處千金爭選。（〈柳腰輕〉，頁42）

遣離人，對嘉景，觸目傷懷，盡成感舊。（〈笛家弄〉，頁54）

擁朱轓、喜色歡聲，處處競歌來暮。（〈永遇樂其二〉，頁201）

梁麗芳認為柳永之所以能在慢詞中大量使用連綿句，實有賴於以下幾個條件：第一，慢詞的長篇體制能夠容納更多的字數；第二，慢詞稀疏的韻距可使語句延長；第三，慢詞分句參差不齊，短句多，難

─────────────

〔註42〕梁麗芳：《柳永及其詞之研究》（香港：三聯書店香港分店，1985年6月），頁89。

以構成意義完整的一行一句式的句子；第四，柳永善於音律，不爲詞牌的分句形式所局限，能隨著節拍來填詞。〔註43〕慢詞因著慢曲子演唱，拖音裊娜，不欲輒盡，相對增加歌詞字數，若沿用小令作法，內容勢必單薄，尋找新的寫作方法乃勢在必行。

「賦」是文體，同時也是文學作品的表現手法。作爲體裁的賦，其特點主要在「鋪采摛文」或「寓言寫物」；作爲表現方法的賦，其特點則主要在「直書其事」，而柳永的以賦爲詞正是包含著這樣互相聯繫著的兩層意思，一曰鋪陳，一曰直言，〔註44〕劉熙載《藝概》言：「賦起於情事雜沓，詩不能馭，故爲賦以鋪陳之。斯於千態萬狀，層見迭出者，吐無不暢，暢無或竭。」〔註45〕柳永慢詞不論雅詞、俚詞，善於鋪敘，明白家常，皆採用了以賦爲詞的寫法，無疑是詞史演變中創新且影響深遠的成就。

三、開創屯田家法與屯田體的特色

任何文學體裁，其在初期，莫不出乎自然，本無所謂法，但隨著技術漸進，此文學體裁的形式得以確立，則與構成其形式特徵的各個要素的成熟、凝定有關。北宋後期，構成詞體形式特徵的各個要素皆已定型，詞人已完成「體」的創造，此即立法，法是詞人所造的，造法的目的是對創作主體具有制約作用，要求主體遵從它的客體規定性。〔註46〕由此看來，「法」是創作實踐的產物，表現在作品中，經由總結提煉，後來逐漸明確，以至程式化，遂被廣泛採納運用。

〔清〕蔡嵩雲《柯亭詞論》云：

〔註43〕梁麗芳：《柳永及其詞之研究》（香港：三聯書店香港分店，1985 年 6 月），頁 87。

〔註44〕曾大興：《柳永和他的詞》（廣州：中山大學出版社，2001 年 9 月），頁 107～108。

〔註45〕〔清〕劉熙載：《藝概‧賦概》（台北：漢京文化事業公司，1985 年 9 月），頁 86。

〔註46〕黃雅莉：〈柳、周、姜、吳四家詞法及思維模式的演變〉，《宋詞雅化的發展與嬗變》（台北：文津出版社，2002 年），頁 216。

> 宋初慢詞，猶接近自然時代，往往有佳句而乏佳章。自屯
> 田出而詞法立，清眞出而詞法密，詞風爲之丕變。……南
> 宋以降，慢詞作法，窮極工巧。〔註47〕

北宋初年的慢詞猶接近自然，即便有佳句，卻無法創作出好的作品。
柳永是宋詞史上第一位有心經營慢詞的文人，「自屯田出而詞法立」，
他選擇「以賦爲詞」的方式來創作，「寫情用賦筆」是「屯田家法」
最大特徵，〔清〕蔡嵩雲《柯亭詞論》又說：

> 周詞淵源，全自柳出。其寫情用賦筆，純是屯田家法。〔註48〕

「寫情用賦筆，純是屯田家法」，從柳永出現而詞法開始建立，影響
深遠。關於「柳氏家法」一詞，宋人即有評論，王灼曰：

> 詩與樂府同出，豈當分異？若從柳氏家法，正自不分異耳。
>
> 〔註49〕

王灼筆下的柳氏家法，相對於蘇軾的詞學思想而言，「詩與樂府同出」，
皆重在抒寫個人情性；「豈當分異」，而柳永精通音律，認爲詩詞異體，
慢詞創作有其作法形式。〔註50〕〔清〕張宗橚引《古今詞話》曰：

> 眞州柳永，少讀書時，以無名氏〈眉峰碧〉詞題壁，後悟
> 作詞章法。一妓向人道之，永曰：「某於此亦頗變化多方也。」
> 然遂成屯田蹊徑。〔註51〕

此處所言的「屯田蹊徑」，重在「作詞章法」。

柳詞的「作詞章法」以賦筆爲最大特色，其中對慢詞最具影響力
的即是鋪敘手法。其實在詞中運用鋪敘手法並非自柳永開始，〔唐〕

〔註47〕唐圭璋編：《詞話叢編》（台北：新文豐出版公司，1988 年 2 月），第
　　　　5 冊，頁 4902。

〔註48〕唐圭璋編：《詞話叢編》（台北：新文豐出版公司，1988 年 2 月），第
　　　　5 冊，頁 4912。

〔註49〕〔宋〕王灼：《碧鷄漫志》，唐圭璋編：《詞話叢編》（台北：新文豐
　　　　出版公司，1988 年 2 月），第 1 冊，頁 83。

〔註50〕趙曉蘭：〈柳永屯田家法探論〉，《四川師範大學學報（社會科學版）》
　　　　第 32 卷第 5 期，（2005 年 9 月），頁 93。

〔註51〕〔清〕張宗橚：《詞林記事》（台北：河洛圖書出版社，1975 年 9 月），
　　　　卷 18，頁 473。

鍾輻〈卜算子慢〉：

> 桃花院落，烟重露寒，寂寞禁烟晴畫。風拂珠簾，還記得
> 去年時候。惜春心，不喜閒窗繡。倚屏山，和衣睡覺，醺
> 醺暗消殘酒。　　獨倚危闌久，把玉筍偷彈，黛蛾輕鬭。
> 一點相思，萬般自家甘受。抽金釵，欲買丹青手。寫別來，
> 容顏寄與，使知人清瘦。〔註52〕

敍寫思婦哀怨心態，層次分明，細緻入微。敦煌慢詞中也有此手法，
如敦煌詞的〈傾杯樂〉：

> 窈窕逶迤，體貌超羣，傾國應難比。渾身掛綺羅裝束，未
> 省從天得知。臉如花自然多嬌媚，翠柳畫蛾眉，橫波如同
> 秋水。裙上石榴，血染羅衫子。　　觀豔質語軟言輕，玉
> 釵墜素綰烏雲髻。年二八久鎖香閨，愛引猧兒鸚鵡戲。十
> 指如玉如蔥，凝酥體雪透羅裳裏。堪娉與公子王孫，五陵
> 年少風流壻。〔註53〕

對深閨女子心態意緒的細緻刻劃，對女子體貌舉止的層層描摹，極富
民間詞敍事多、寫景少，善鋪陳渲染的特色。晚唐五代詞作也有善鋪
陳者，如後唐莊宗李存勗〈歌頭〉：

> 賞芳春，暖風飄箔。鶯啼綠樹，輕烟籠晚閣。杏桃紅，開
> 繁萼。靈和殿，禁柳千行，斜金絲絡。夏雲多，奇峰如削。
> 紈扇動微涼，輕綃薄。梅雨霽，火雲爍。臨水檻，永日逃
> 煩暑，泛觥酌。　　露華濃，冷高梧，彫萬葉。一霎晚風，
> 蟬聲新雨歇。惜惜此光陰如流水，東籬菊殘時，歎蕭索。
> 繁陰積，歲時暮，景難留，不覺朱顏失卻。好容光，旦旦
> 須呼賓友，西園長宵，讌雲謠，歌皓齒，且行樂。〔註54〕

以「賞芳春」、「夏雲多」、「露華濃」、「歲時暮」爲序，描繪四時景
色。柳永慢詞即以敦煌詞及文人慢詞爲基礎，涵納賦體文學的藝術

〔註52〕張璋、黃畬編：《全唐五代詞》（台北：文史哲出版社，1986年10月），
　　　　頁497。

〔註53〕張璋、黃畬編：《全唐五代詞》（台北：文史哲出版社，1986年10月），
　　　　頁849。

〔註54〕同前註，頁323。

元素，融敘事、寫景、抒情爲一爐，創造出曲處能直，密處能疏，狀難狀之景，達難達之情，出之以自然的詞風，深刻影響宋詞發展的歷史進程。

　　柳詞在詞壇上的獨特地位就在於「以賦爲詞」，李嘉瑜對「以賦爲詞」的界定：

> 在詞體的格式格局中，借用某些賦體的寫作技巧以超越其本身的表現能力。至於「某些賦體的寫作技巧」則可依不同詞家的運用情形來考察：可由鋪敘的角度言之；可由體物的角度言之；可由駢儷的角度言之；可由繁於用典的角度言之，只要不溢出賦體的範圍即可。〔註55〕

柳永的賦體寫作技巧，大多以鋪敘手法表現，慢詞用鋪敘，可以有首有尾地寫出分明的層次和場面，能將寫景、敘事、抒情結合起來，並向讀者顯示出景、情、事三者間相互發生的關係，同時，盡可能表現人物的心理、個性，實現整闋詞的完美和諧，這一切，都有賴鋪敘手法才能完成。

　　「屯田家法」是柳永慢詞的基本創作路徑，若用幾句話來說明「屯田家法」，施議對說：

> 由鋪敘入手，探尋柳永的獨特結構法「寫情用賦筆」即是——「屯田家法」及柳詞的獨特體式——「屯田體」。
> 利用時間的推移和空間的變換以佈景、說情，就能概括一切。這個既複雜而又極簡單的組合，就是柳永的獨特創造。
>
> 〔註56〕

上述說法，其實就是鋪敘手法的時空交代，詞作中借助不同的時空關係，來表達詞人的思想和情感的不同取向，它讓讀者在微妙的時空關係的變化中，領悟那些具體而幽微的情思，並透過某些事件，去深刻

〔註55〕李嘉瑜：〈論以賦爲詞的形成——以柳永、周邦彥詞爲例〉，《國立編譯館刊》第29卷第1期，（2000年6月），頁136。

〔註56〕施議對：〈論屯田家法〉，《宋詞正體——施議對詞學論集第一卷》（澳門：澳門大學出版中心，1996年），頁153、159。

體悟那些近於生命本質的人生感懷。這種層層鋪敘、情景交融的抒情方式成爲慢詞最重要的抒情手段，這種以景物作感情觸媒，以形象作中介表達複雜思緒的方式是慢詞雅化的重要標誌。〔註 57〕

柳永以詞爲本位，吸納並整合賦體文學的寫作技巧，以賦筆入詞，創立慢詞的新體式，這正是「屯田家法」的精髓所在：「『屯田家法』與屯田體，二者既有所區別，又不可分割，因爲所謂家法，實際上已體現了模式，而模式又包含著家法，這就像一個問題的兩種不同表述法一樣。」〔註 58〕大量創製慢詞，並解決其寫作技巧問題，是柳永詞的一大貢獻，柳永之前，小令是主要形式，雖已有慢詞寫作，但仍未能把握其特點。柳永是北宋詞人中有心錘鍊慢詞技法之人，柳永的革新在詞史上的深刻意義，在於他確實已爲詞法立下一個先聲，詞有家法當始自柳永，所謂「柳氏家法」、「屯田蹊徑」、「屯田家法」是前人用柳永的姓氏或官名來稱其詞體詞法的作法，表明柳詞在宋代是一個有別於諸家的獨特存在。

柳永從民間俗樂、俗曲中大量吸取養份，《樂章集》充份體現了燕樂樂曲的大眾化以及市民階層的審美趣味。他將合樂歌詞從上流社會的閨閣中，重新拉回「里巷」，使合樂歌詞面向廣闊的人生。詞至柳永，舉凡山村水驛、四時佳景，吳會帝都、呼盧沽酒，以及浣沙遊女、鳴榔歸人，無不譜入樂章。開拓了疆界，擴大了視野。《樂章集》中，所謂「人物鮮明，土風細膩」，應當說，給北宋詞壇增添了濃鬱的生活氣息。而且，柳永的創作，「掩眾制而盡其妙」，無論爲令、爲慢、或者爲引、爲近，都甚當行出色。甚至可以說，柳詞實爲「無意不可入，無事不可言」的蘇詞之先導。〔註 59〕

〔註 57〕趙曉蘭：〈柳永與宋詞的雅化〉，《宋人雅詞原論》（成都：巴蜀書社，1999 年 9 月），頁 198。

〔註 58〕施議對：〈論屯田家法〉，《宋詞正體——施議對詞學論集第一卷》（澳門：澳門大學出版中心，1996 年），頁 153。

〔註 59〕施議對：〈建國以來詞學研究述評〉，《宋詞正體——施議對詞學論集第一卷》（澳門：澳門大學出版中心，1996 年），頁 45～46。

第二節　柳永慢詞的影響

柳永作品在當時流傳既廣且久，葉夢得《避暑錄話》卷下云：「余仕丹徒，嘗見一西夏歸朝官云：『凡有井水飲處，即能歌柳詞。』言其傳之廣也。」〔註60〕到了南宋，劉克莊〈哭孫季蕃〉詩如此寫著：「相君未識陳三面，兒女多知柳七名。」〔註61〕雖然柳永俗詞在當時受到不少人的批評，但無損人們對它的喜愛。

北宋社會流行柳永詞，柳永慢詞在宋詞領域的開創之功，讓「柳永的影響在當時竟籠罩了一切」、「這一個時期是柳永時代」。〔註62〕以下將從蘇軾、秦觀、周邦彥作品中，從而明瞭柳永慢詞在詞體創作中對後來詞人極深遠的影響，同時開啟金、元曲子的先聲。

一、對蘇軾的影響

柳永和蘇軾在北宋詞史上皆是里程碑的人物，一直以來認為柳詞婉約綺靡，蘇詞豪放雄奇，將他們擺在對立的位置上，〔註63〕胡寅在向子諲《酒邊詞》序中說道：

> 唐人為之最工者，柳耆卿後出，掩眾製而盡其妙，好之者以為不可復加。及眉山蘇軾，一洗綺羅香澤之態，擺脫綢繆宛轉之度，使人登高望遠，舉首高歌，而逸懷浩氣，超然乎塵垢之外，于是花間為皁隸，而柳氏為輿臺矣。〔註64〕

他將柳、蘇作比較，蘇軾是「超然乎塵垢之外」，而「柳氏為輿臺」，高下立判。蘇軾自己在〈與鮮于子駿〉說：

> 近卻頗作小詞，雖無柳七郎風味，亦自是一家。〔註65〕

〔註60〕〔宋〕葉夢得：《避暑錄話》（北京：中華書局，1985年），卷下，頁49。

〔註61〕〔宋〕劉克莊：〈哭孫季蕃〉，《全宋詩》（北京：北京大學出版社，1998年12月），卷3045，頁36320。

〔註62〕鄭振鐸：《插圖本中國文學史》（台北：明道書局，1991年1月），頁476。

〔註63〕如鄭振鐸說：「與他（柳永）抗立的大詞人是蘇軾。」同前註，頁485。

〔註64〕〔宋〕胡寅：〈酒邊詞序〉（台北：台灣商務印書館，1984年，《景印文淵閣四庫全書》本），集部426，頁524。

〔註65〕曾棗莊、舒大剛主編：《三蘇全書》（北京：語文出版社，2001年），

似乎蘇軾反對柳永，力求創新，要無柳七郎風味。但俞文豹《吹劍續
錄》記載：

> 東坡在玉堂，有幕士善謳，因問：「我詞比柳詞何如？」對
> 曰：「柳郎中詞，只好十七八女孩兒，執紅牙拍板，唱『楊
> 柳岸曉風殘月』。學士詞，須關西大漢，執鐵板，唱『大江
> 東去』。」公爲之絕倒。〔註66〕

蘇軾拿自己的詞和柳永比較，換個角度來看，他對柳永詞是非常注意
的，也許曾把柳永當作相互比較的對手，而這樣的注意之下，蘇軾曾
吸取了柳永詞的某些創作風格。「蘇軾在早年或曾一度學過柳永，本
來十一世紀中，蘇軾的少年時代，柳詞正風靡一時，蘇軾受柳永的影
響也是很可能的。」〔註67〕關於柳永對蘇軾的影響，葉嘉瑩說：

> 柳詞之「不減唐人高處」者，如其〈八聲甘州〉諸作，其
> 特色蓋在於一則表現有開闊博大之景物形象，二則表現有
> 雄渾矯健之聲音氣勢，因此足以傳達一種強大的感發之力
> 量。而在蘇軾的詞中，便有不少作品，正都具有此種特色。
> 即如他自己所寫的同調〈八聲甘州〉詞之「有情風萬里卷
> 潮來」一首，便亦正復具有此種開闊博大之景象與雄渾矯
> 健之音節，而且足以傳達一種強大的感發之力量。這種啓
> 發和影響的關係，我以爲乃是明白可見的。〔註68〕

柳永在羈旅行役詞中，以男子口吻直敘自己的離別之懷與秋士之感，
及其所記寫旅途所見的大地山川，和以自己語言寫自己感受而不因襲
陳言，柳詞〈八聲甘州〉「不減唐人高處」這類作品，在某種程度上給
予蘇軾若干啓發和影響，尤其爲蘇軾的豪放詞風提供了一種示範作用。

除了風格之外，柳永的用字遣詞對蘇軾亦有影響，鄧昭祺在〈柳

《蘇軾文集》卷54，頁501。

〔註66〕〔宋〕俞文豹：《吹劍續錄》，〔明〕陶宗儀編、張宗祥校：《說郛》（台
北：台灣商務印書館，1985年），卷24，頁1716。

〔註67〕劉石：《蘇軾詞研究》（台北：文津出版社，1992年7月），頁136。

〔註68〕葉嘉瑩：〈論柳永詞〉，《唐宋詞名家論稿》（石家莊：河北教育出版
社，1997年7月），頁97。

詞對蘇詞的影響〉〔註69〕一文，將柳詞和蘇詞的用字遣詞做一分析比較，發現蘇軾詞裏出現大量和柳詞完全或部分相同或相近的字詞或句式，蘇軾運用詞來敘事抒情時，曾受過柳詞的影響。然而柳永慢詞對蘇軾詞的影響，最主要表現在賦體的寫作手法，今以柳永〈戚氏〉與蘇軾〈戚氏〉二闋詞對照說明：

晚秋天。一霎微雨灑庭軒。檻菊蕭疏，井梧零亂惹殘煙。淒然。望江關。飛雲黯淡夕陽間。當時宋玉悲感，向此臨水與登山。遠道迢遞，行人淒楚，倦聽隴水潺湲。正蟬吟敗葉，蛩響衰草，相應喧喧。　孤館度日如年。風露漸變，悄悄至更闌。長天淨、絳河清淺，皓月嬋娟。思綿綿。夜永對景，那堪屈指，暗想從前。未名未祿，綺陌紅樓，往往經歲遷延。　帝里風光好，當年少日，暮宴朝歡。況有狂朋怪侶，遇當歌、對酒競留連。別來迅景如梭，舊遊似夢，煙水程何限。念利名、憔悴長縈絆。追往事、空慘愁顏。漏箭移、稍覺輕寒。漸嗚咽、畫角數聲殘。對閑窗畔，停燈向曉，抱影無眠。（頁327）

玉龜山。東皇靈媲統群仙。絳闕嵒嶢，翠房深迥倚霏煙。幽閒。志蕭然。金城千里鎖嬋娟。當時穆滿巡狩。翠華曾到海西邊。風露明霽，鯨波極目，勢浮輿蓋方圓。正超超麗日。玄圃清寂，瓊草芊綿。　爭解繡勒香韉。鸞輅駐蹕，八馬戲芝田。瑤池近、畫樓隱隱，翠鳥翩翩。肆華筵。間作脆管鳴弦。宛若帝所鈞天。稚顏皓齒，綠髮方瞳，圓極恬淡高妍。　盡倒瓊壺酒，獻金鼎藥，固大椿年。縹紗飛瓊妙舞，命雙成、奏曲醉留連。雲璈韻響瀉寒泉，浩歌暢飲，斜月低河漢。漸綺霞、天際紅深淺。動歸思、回首塵寰。爛漫遊、玉輦東還。杏花風、數裏響鳴鞭。望長安路，依稀柳色，翠點春妍。〔註70〕

〔註69〕鄧昭祺：〈柳詞對蘇詞的影響〉，《樂山師範學院學報》第 22 卷第 3 期，（2007 年 3 月）。

〔註70〕唐圭璋編纂：《全宋詞》（北京：中華書局，1999 年 1 月），頁 382。

柳永〈戚氏〉：「用筆極有層次⋯⋯第一遍，就庭軒所見，寫到征夫前路。第二遍，就流連夜景，寫到追懷昔游。第三遍，接寫昔游經歷，仍落到天涯孤客，竟夜無眠情況，章法一絲不亂。」〔註71〕而蘇軾〈戚氏〉於定州宴席上應歌妓邀請而填，此詞內容寫西王母設宴款待巡行到其宮闕的周穆王，〔清〕徐本立在〈戚氏〉詞調後評寫道：

> 第一段敘巡行，第二段敘宴飲，第三段敘歌舞，層次亦復井然也。〔註72〕

其寫作手法同樣極有層次。再看柳詞第三疊第二句「當年少日」和第十三句「對閒窗畔」，是「上一下三」句式；蘇詞在相應位置上使用「獻金鼎藥」和「望長安路」也是「上一下三」句式。韻腳使用上，蘇詞所用的韻腳共有九個和柳詞相同，分別是第一疊的「天、煙、然、山」；第二疊的「年、淺、娟、綿」；第三疊的「連」。而柳詞第一疊第八句用「當時」開頭，蘇詞第一疊第八句也是用「當時」開頭；柳詞第一疊第十四句用「正」字開頭，蘇詞也是；柳詞第三疊第五句用「留連」結尾，蘇詞亦同。還有，慢詞最重要的「領字宜用去聲」，柳詞第一疊的「正」字，第三疊的「遇」、「念」、「對」字，蘇詞在相應的位置上也是用了去聲的「正」、「命」、「漸」、「望」字，可以看到蘇軾同樣深諳領字技巧，且運用自如。而慢詞善於使用對句，尤以四言對句為多，柳詞如「檻菊蕭疏，井梧零亂」、「蟬吟敗葉，蛩響衰草」⋯⋯，而蘇詞也有許多四言對句，如「絳闕岩嶢，翠房深迥」、「畫樓隱隱，翠鳥翩翩」、「稚顏皓齒，綠髮方瞳」等等。

〈戚氏〉共三疊，二百一十二字，為柳永自創新調，《全宋詞》共收錄二首，除柳永外，另一首為蘇軾所作，蘇軾填〈戚氏〉曾經參考柳詞，而〈戚氏〉既做為柳永慢詞代表作，自然對蘇軾在慢詞的創作上有過深刻影響，啟發、影響了蘇軾的詞創作。

〔註71〕〔清〕蔡嵩雲：《柯亭詞論》，唐圭璋編：《詞話叢編》（台北：新文豐出版公司，1988年2月），第5冊，頁4916。
〔註72〕〔清〕萬樹：《詞律》（台北：世界書局，1970年），頁459。

　　北宋詞壇開始時，是以晏、歐和柳永的對立為其開端的，一尚雅、一趨俗，代表著兩種不同的藝術風格。蘇軾於神宗熙寧年間開始進行詞的創作，那時，詞體文學的發展正來到重要變革時候，承襲南唐到宋初以士大夫的豔情與閒情為主的小令已後繼無力，柳永吸收市井新聲，大量創製長調慢詞，將詞的表現擴大到市民生活及都市風光，正為詞的發展開拓了廣闊的題材內容，蘇軾走出與晏、歐、柳永完全不同的另一條詞體之路：

> 把士大夫意識與市民意識加以調和，解決士大夫「雅歌」與市井「新聲」的矛盾，用士大夫意識與審美觀去改造業經柳永一派開拓壯大起來了的合樂歌詞，使之士大夫化和雅化……蘇軾創新體、開新派的主要手段，就是人們常說的「以詩為詞」。〔註73〕

若無柳永慢詞中大開大合的筆法，又何能有蘇軾豪放風格出現？「以詩為詞」，這是蘇軾以士大夫面貌改造合樂歌詞的結果，是在柳永開拓疆界、擴大體制的基礎上，對於發展中的北宋詞所進行的變革、充實與提高。〔註74〕柳永慢詞的開拓，對蘇軾及其後來詞人，有著一定的影響力。

二、對秦觀的影響

　　陳廷焯《白雨齋詞話》曾說：「秦少游自是作手，近開美成，導其先路」，〔註75〕北宋慢詞創作，自蘇軾、秦觀繼起之後，更加興盛。〔註76〕蔣兆蘭《詞說》亦言：

〔註73〕劉揚忠：《唐宋詞流派史》（北京：中國社會科學出版社，2007 年 4 月），頁 186。

〔註74〕施議對：〈宋詞概說〉，《宋詞正體——施議對詞學論集第一卷》（澳門：澳門大學出版中心，1996 年），頁 104。

〔註75〕〔清〕陳廷焯：《白雨齋詞話》，唐圭璋編：《詞話叢編》（台北：新文豐出版公司，1988 年 2 月），第 4 冊，頁 3784。

〔註76〕〔清〕宋翔鳳《樂府餘論》：「東坡、少游、山谷輩，相繼有作，慢詞遂盛。」唐圭璋編：《詞話叢編》（台北：新文豐出版公司，1988 年 2 月），第 3 冊，頁 2499。

　　　　詞家正軌，自以婉約爲宗。歐、晏、張、賀，時多小令，慢
　　　　詞寥寥，傳作較少。逮乎秦、柳，始極慢詞之能事。〔註77〕

秦觀之於柳永，有極相近之處。先從用字遣詞來看，秦觀詞常化用柳
永詞，如：「名韁利鎖，天還知道，和天也瘦。」（〈水龍吟〉）〔註78〕
襲用柳永〈夏雲峰〉詞：「向此免、名韁利鎖，虛費光陰」（頁213）。
「畢竟不成眠。鴉啼金井寒。」（〈菩薩蠻〉）〔註79〕襲用柳永〈憶帝
京〉：「畢竟不成眠，一夜長如歲」（頁 514）。「小槽春酒滴珠紅。莫
匆匆。滿金鍾。飲散落花流水、各西東。」（〈江城子其二〉）〔註80〕
化用柳詞〈雪梅香〉：「雅態妍姿正歡洽，落花流水忽西東」（頁 10），
就柳詞增加「飲散」二字。「恨啼鳥、轆轤聲曉。岸柳微風吹殘酒。」
（〈御街行〉）〔註81〕化用柳詞〈雨霖鈴〉：「今宵酒醒何處，楊柳岸，
曉風殘月」（頁 117）。「到如今誰把，雕鞍鎖定，阻游人來往」（〈鼓
笛慢〉）〔註82〕化用柳詞〈定風波〉：「悔當初、不把雕鞍鎖」（頁 256）。

　　其次，其慢詞鋪敘手法極相同，以柳永〈雨霖鈴〉與秦觀〈滿庭
芳〉爲例：

　　　　寒蟬淒切。對長亭晚，驟雨初歇。都門帳飲無緒，留戀處、
　　　　蘭舟催發。執手相看淚眼，竟無語凝噎。念去去、千里煙波，
　　　　暮靄沉沉楚天闊。　　多情自古傷離別，更那堪、冷落清秋節。
　　　　今宵酒醒何處，楊柳岸，曉風殘月。此去經年，應是良辰好
　　　　景虛設。便縱有、千種風情，更與何人說。（頁 117）

　　　　山抹微雲，天連衰草，畫角聲斷譙門。暫停征棹，聊共引
　　　　離尊。多少蓬萊舊事，空回首、煙靄紛紛。斜陽外，寒鴉
　　　　萬點，流水繞孤村。　　銷魂。當此際，香囊暗解，羅帶

〔註77〕唐圭璋編：《詞話叢編》（台北：新文豐出版公司，1988 年 2 月），第
　　　　5 冊，頁 4632。
〔註78〕唐圭璋編纂：《全宋詞》（北京：中華書局，1999 年 1 月），頁 587。
〔註79〕同前註，頁 591。
〔註80〕同前註，頁 590。
〔註81〕同前註，頁 605。
〔註82〕唐圭璋編纂：《全宋詞》（北京：中華書局，1999 年 1 月），頁 588。

> 輕分。謾嬴得、青樓薄幸名存。此去何時見也，襟袖上、
> 空惹啼痕。傷情處，高城望斷，燈火已黃昏。〔註83〕

這二闋詞從離別的場面開始說起，送別的地點都在水邊，送別的時間都在黃昏落日，秋色連波時最擾人情思的時刻，景中蕭條、寂寥之感，與詞人心境相同。詞中也都有細膩生動的細節描寫，善於鋪敘多種景物，點染別情，皆有別後產生的刻骨相思，可以說秦觀〈滿庭芳〉幾乎脫胎於柳永〈雨霖鈴〉：上片寫景，以景語起，以景語結；中間穿插離別時的情節；下片抒情，別後相思。明顯看出這二首的形式手法極為相同。

就詞的內容而言，都是寫遊子漂泊時與歌妓難分難捨的離情別緒，周濟《宋四家詞選》評秦觀〈滿庭芳〉說：「將身世之感打并入豔情，又是一法。」〔註84〕寫作此詞時，秦觀詩詞創作已蜚聲文壇，但政治上不得志，詞中「謾嬴得、青樓薄幸名存」的感慨，與柳永遭遇相去不遠，他們都在詞中寄慨身世，融入自己的身世之感，秦觀後期詞作〈踏莎行〉、〈如夢令〉、〈阮郎歸〉等，更透露出屢遭貶謫、有志難伸、寂寞哀傷的心境。

然而，內容形式如此相似的兩闋詞，在抒情風格上卻有明顯不同：〈雨霖鈴〉重筆寫濃情，〈滿庭芳〉輕筆寫柔情。〈雨霖鈴〉起句「寒蟬淒切」就給人驚心動魄之感，之後暮靄沉沉，煙波浩渺，曉風殘月的景物鋪敘，都為離別釀成了濃烈氣氛，換頭時直接點明別情，結句「便縱有、千種風情，更與何人說」把思念之情表達得備足無餘。〈滿庭芳〉起句「山抹微雲，天連衰草，畫角聲斷譙門」為離別烘托出輕柔淒婉的氣氛，而後不直接敘寫傷心舊事，用「空回首、煙靄紛紛」、「斜陽」、「寒鴉」、「流水」、「孤村」點染情緒，結句「傷情處，高城望斷，燈火已黃昏」，雖無直接道出相思和惆悵，卻顯得含蓄委婉，餘味無窮。

〔清〕賀裳曾評論秦觀〈滿庭芳〉：

〔註83〕唐圭璋編纂：《全宋詞》（北京：中華書局，1999年1月），頁589。
〔註84〕〔宋〕周濟：《宋四家詞選》（北京：中華書局，1985年1月），頁29。

少游能曼聲以合律，寫景極淒婉動人。〔註85〕

秦觀詞作長處在於融情入景，使虛實、情景交融。據曾慥《高齋詩話》
云：

少游自會稽入都見東坡。東坡曰：「不意別後卻學柳七作
詞。」少游曰：「某雖無學，亦不如是。」東坡曰：「『銷魂
當此際』，非柳七語乎？」少游慚服。〔註86〕

蘇軾一方面指出秦觀詞具有柳詞風味，讓秦觀無言以對，另一方面稱
讚秦觀爲「山抹微雲君」，葉夢得《避暑錄話》記載：

蘇子瞻于四學士中最善少游，故他文未嘗不極口稱善，豈特
樂府。然以氣格爲病，故常戲云：「山抹微雲秦學士，露花
倒影柳屯田」，「露花倒影」，柳永〈破陣子〉語也。〔註87〕

秦觀學柳詞，他學習通俗明白的語言，但轉化成清新雅潔、工巧妥貼；
〔註88〕他發展了柳永擅長抒情的特點，但筆力更輕柔細膩；他學習柳
詞層層鋪敘，形容曲盡的手法，改掉過於發露，俚俗而韻味不足的缺
失，將小令的文雅含蓄結合慢詞疏放鋪敘、通俗流暢之中，使二者互
爲補充，相得益彰，平易中有了緊湊，發露中見含蓄。〔註89〕

馮煦說：「他人之詞，詞才也；少游，詞心也。得之於內，不可
以傳。」〔註90〕秦觀詞敏銳細膩，精微幽美，溫柔委婉，是個人風格

〔註85〕〔清〕賀裳：《皺水軒詞筌》，唐圭璋編：《詞話叢編》（台北：新文
　　　　豐出版公司，1988 年 2 月），第 1 冊，頁 696。

〔註86〕丁傳靖輯：《宋人軼事彙編》（台北：源流文化事業公司，1982 年），
　　　　卷 13，頁 658。

〔註87〕〔宋〕葉夢得：《避暑錄話》（北京：中華書局，1985 年），卷下，頁
　　　　50。

〔註88〕如「黛蛾長斂。任是春風吹不展。困倚危樓。過盡飛鴻字字愁。」〈減
　　　　字木蘭花〉、「自在飛花輕似夢，無邊絲雨細如愁。」〈浣溪沙〉、「柳下
　　　　桃蹊，亂分春色到人家。」〈望海潮其三〉等句子，正如〔清〕陳廷焯
　　　　《白雨齋詞話》所言：「思路幽絕，其妙令人不能思議。」唐圭璋編：
　　　　《詞話叢編》（台北：新文豐出版公司，1988 年 2 月），第 4 冊，頁 3785。

〔註89〕馬建新：〈秦觀對婉約派詞風的繼承與發展〉，《山西大學師範學院學
　　　　報（綜合版）》第 1 期，（1995 年），頁 18。

〔註90〕〔清〕馮煦：《蒿庵論詞》，唐圭璋編：《詞話叢編》（台北：新文豐

展現，而在慢詞發展的承繼與開創上，繼承柳永慢詞鋪敍手法，純以溫婉和平之音，蕩人心魄，極致表現了詞的陰柔美，將個人氣質與詞的特質做了完美融合呈現。

三、對周邦彥的影響

柳永慢詞推動宋詞進入一個全面革新的階段，但做爲第一位大量製作長調慢詞的詞人，仍有許多不足之處，如周曾錦所言：「幾於千篇一律，絕少變換，不能自脫窠臼。」〔註91〕秦觀學柳詞，將小令婉美之態結合慢詞鋪陳直言，繼承柳詞長處又顯出淳雅風格，其後周邦彥對柳永歌詞創作的繼承與發展，爲北宋慢詞做出重大貢獻，夏敬觀《手評樂章集》言：

> 耆卿寫景無不工，造句不事雕琢。清眞效之。故學清眞詞者，不可不讀柳詞。耆卿多平鋪直敍。清眞特變其法，一篇之中，迴環往復，一唱三嘆。故慢詞始盛於耆卿，大成於清眞。〔註92〕

周邦彥繼承柳永「屯田家法」，主要「寫情用賦筆」，但柳詞多用直線型結構，周詞增加了多角度、多層次的鋪敍，發展爲回環往復的曲線型結構，其中最富特色者，乃在於頓挫變化。所謂頓挫變化，是指上下兩片，看去若不相屬，實則明斷暗續，有如嶺斷雲連，讀時必須細細尋繹其中關係，通觀全篇，前後互補，才能明白每一層意思在詞中處的位置及所起的作用。〔註93〕如〈六醜〉一詞：

> 正單衣試酒，恨客裏、光陰虛擲。願春暫留，春歸如過翼。一去無跡。爲問花何在。夜來風雨，葬楚宮傾國。釵鈿墮

出版公司，1988 年 2 月），第 4 冊，頁 3587。

〔註91〕〔清〕周曾錦：《臥廬詞話》，唐圭璋編：《詞話叢編》（台北：新文豐出版公司，1988 年 2 月），第 5 冊，頁 4648。

〔註92〕夏敬觀：《手評樂章集》，龍楡生：《唐宋名家詞選》（上海：上海古籍出版社，1998 年），頁 87。

〔註93〕黃雅莉：〈從周、柳慢詞的比較以見周邦彥的創作傾向〉，《中國學術年刊》第 20 期，（1999 年 3 月），頁 426。

處遺香澤。亂點桃蹊，輕翻柳陌。多情爲誰追惜。但蜂媒
蝶使，時叩窗隔。　　東園岑寂。漸蒙籠暗碧。靜繞珍叢
底，成嘆息。長條故惹行客。似牽衣待話，別情無極。殘
英小、強簪巾幘。終不似一朵，釵頭顫裊，向人敧側。漂
流處、莫趁潮汐，恐斷紅尚有相思字，何由見得。〔註94〕

此詞據調後題目「薔薇謝後作」，可知是詠物之詞，「詠物之作，在借
物以寓性情。凡身世之感，君國之憂，隱然蘊於其內，斯寄託遙深，
非沾沾焉詠一物矣。」〔註95〕這闋詞非單純詠花之作，而是傷春傷別，
對自己光陰虛擲的追惜之情。

　　「正單衣試酒，恨客裏、光陰虛擲」是傷別；「願春暫留，春歸
如過翼。一去無跡」是傷春，不是願春久留，而只是願春暫留；但是
春不但不能暫留，而去如飛鳥之疾；不但去得疾，而且影跡全無，情
感上一層又一層，反映出詞人對將去之春的痛惜留戀之情，周濟評這
三句「十三字千迴百折，千錘百鍊」，〔註96〕字少意多表達曲折委婉
之意。然而一夜風狂雨驟，無數薔薇花片已在桃蹊柳陌上亂點輕翻，
玉碎香消，有誰憐惜？只有蜂媒蝶使，忙亂著屢叩窗隔。花落之後，
詞人憑弔謝後的薔薇，「岑寂」、「靜繞」，寫出自然環境的淒冷和詞人
心境的交織。花戀人，展現長條牽衣待話形象；人惜花，強簪一朵，
想起花盛開時仍有佳人同在，絕艷的花當時在佳人釵頭，而如今落花
可否不隨潮水流去，若有相思字在其上，如何能見？詞人與花已分
離，猶戀戀不捨，餘情無限。

　　這闋詞「不說人惜花，卻說花戀人；不從寫花惜春，卻從有花惜
春；不惜己簪之殘英，偏惜欲去之斷紅。」〔註97〕周邦彥時而寫花，
時而寫人，時而花、人合寫；時而寫花與人之所同，時而寫人不如花

〔註94〕唐圭璋編纂：《全宋詞》（北京：中華書局，1999 年 1 月），頁 786。

〔註95〕〔清〕沈祥龍：《論詞隨筆》，唐圭璋編：《詞話叢編》（台北：新文
　　　　豐出版公司，1988 年 2 月），第 5 冊，頁 4058。

〔註96〕〔宋〕周濟：《宋四家詞選》（北京：中華書局，1985 年），頁 3。

〔註97〕〔宋〕周濟：《宋四家詞選》（北京：中華書局，1985 年），頁 4。

之處，回環曲折、反覆騰挪抒寫自己的惜花之情，構思別致，同時表露了自傷自悼的遊宦之感。全詞以落花爲主體，以人憐花爲線索，把人與花結合一起，環環相扣，層層推近，表現詞人惜花傷春的情感發展，給讀者回環迂曲之感，黃蓼園說：

> 自嘆年老遠宦，意境落寞，借花起興。以下是花是自己，比興無端。指與物化，奇情四溢，不可方物。人巧極而天工生矣。結處意致尤纏綿無已，耐人尋繹。〔註98〕

周邦彥發展了柳永慢詞結構，但拓展了柳詞的平鋪直敘爲回環往復的曲線結構，從而使鋪敘手法達到成熟。

北宋詞家在柳永出現而詞法開始建立，周邦彥在創作技巧上更追求創作法度，沈義父《樂府指迷》說：「下字運意，皆有法度」，〔註99〕陳洵《海綃翁說詞》說：「清眞格調天成，離合順逆，自然中度。」〔註100〕周邦彥吸收柳永慢詞技巧，使之由鋪敘形容而變得精工，使慢詞出現「整嚴化」的傾向，楊海明說：

> 柳永慢詞在鋪敘手法和章法結構都有「首發軔」的功勞，但由於創作經驗還不夠豐富完善，柳詞難免會出現鬆垮、散漫、嘽緩等缺點。秦觀雖濟之以小令的「韻味」，使它變得較爲精警，但仍失之於「氣格」的軟弱。所以，如何進一步發展慢詞的鋪敘技巧，使之由一般的「鋪敘形容」而變得「精工」、「渾成」，這就是周邦彥所面臨的藝術課題了。〔註101〕

這一個藝術課題，最重要的便是章法結構問題了。周濟云：

> 清眞渾厚，正於鈎勒處見，他人一鈎勒便刻削，清眞愈鈎

〔註98〕〔清〕黃蓼園：《蓼園詞評》，唐圭璋編：《詞話叢編》（台北：新文豐出版公司，1988年2月），第4冊，頁3095。
〔註99〕唐圭璋編：《詞話叢編》（台北：新文豐出版公司，1988年2月），第1冊，頁277。
〔註100〕〔清〕陳洵：《海綃翁說詞》，唐圭璋編：《詞話叢編》（台北：新文豐出版公司，1988年2月），第5冊，頁4841。
〔註101〕楊海明：《唐宋詞史》（高雄：麗文文化事業公司，1996年2月），頁413～414。

勒愈渾厚。〔註 102〕

周濟說明周邦彥詞的好處在於「鉤勒」，所謂鉤勒，在原來地方重覆盤旋，能一筆一筆把一件事清楚鉤描出輪廓來，「鉤勒」一法，雖柳詞中已有，施議對說明周邦彥學柳詞發展到鉤勒技巧有二種手法：

> 一，在「迴環往復」中變其姿態，以曲折補平直，增大其深度與厚度，使其具有無窮韻味；二，注重「骨」與「力」，在歌詞的某些緊要關節，講究「句（鉤）、勒、提、掇」，以達到「渾化無蹟」之境。前者避免了柳詞鋪敘的短處，後者是柳詞鋪敘長處的進一步發揚。〔註 103〕

以〈浪淘沙〉為例：

> 曉陰重，霜凋岸草，霧隱城堞。南陌脂車待發。東門帳飲乍闋。正拂面垂楊堪纜結。掩紅淚、玉手親折。念漢浦離鴻去何許，經時信音絕。　　情切。望中地遠天闊。向露冷風清，無人處、耿耿寒漏咽。嗟萬事難忘，唯是輕別。翠尊未竭。憑斷雲留取，西樓殘月。羅帶光銷紋衾疊。連環解、舊香頓歇。怨歌永、瓊壺敲盡缺。恨春去、不與人期，弄夜色，空餘滿地梨花雪。〔註 104〕

這首詞為懷人之作，詞人感情從相依相戀到冷漠淡薄，時間從回憶前塵到眼前現實，感情表現的流動過程中，也就是相思的情感發展過程。上片倒敘離別京都、玉人折柳送別情景，以秋色渲染離愁，著墨不多而含思淒深。「念漢浦」至中片，描寫別後的孤寂、冷清與相思之情，意境與柳永〈雨霖鈴〉下片極相似而用筆各異，柳詞純由想像展開層層鋪敘，此詞則繪實景實情而又回環曲折。下片抒別後怨情，時間跳蕩，感情卻一氣流走且頓宕多姿。正如陳廷焯所說：「末段蓄勢在後，驟雨飄風不可遏抑。歌至曲終，覺萬彙哀鳴，天地變色。老

〔註 102〕〔宋〕周濟：《宋四家詞選‧序論》（北京：中華書局，1985 年），頁 3。

〔註 103〕施議對：〈建國以來詞學研究述評〉，《宋詞正體——施議對詞學論集第一卷》（澳門：澳門大學出版中心，1996 年），頁 47。

〔註 104〕唐圭璋編纂：《全宋詞》（北京：中華書局，1999 年 1 月），頁 771。

杜所謂『意愜關飛動,篇終接混茫』也。」〔註105〕王國維稱讚此詞「精壯頓挫,已開北曲之先聲。」〔註106〕

　　若說柳永的「以賦為詞」在於將賦體鋪敘特質引入慢詞寫作之中,在敘寫事物時達到「形容曲盡」、「白描見長」,周邦彥則在柳詞鋪敘手法上更進一步,注重思索安排來寫作,不平鋪直敘,所謂「思力」之展現。「以賦筆為詞」是他思力的一個原因,在敘寫事物時從各種角度描寫,並在描寫物態時,將情感暗藏其中,使讀者能在思索後體會,展現今昔交錯環形結構。葉嘉瑩曾說明「思力」形成原因:

> 由於他自己的音樂才能。他喜歡把那些繁雜的難唱的曲調
> 結合在一起,像〈玲瓏四犯〉、〈六醜〉之類的,……聲律
> 的格式如果跟口語吟誦的聲音相近,自然噴湧而出,它就
> 帶著直接的感發,你要是想半天斟酌用字,不但講平上去
> 入四聲,而且四聲都要分陰陽,你一定要思索安排,周邦
> 彥詞的聲調常常是拗折的,這是使他注重思索安排的一個
> 原因。〔註107〕

同時,周邦彥注意克服蘇詞流弊,深化柳詞,將〈離騷〉傳統帶入詞中,既增強其「體質」,又不變其本色,既具東坡之雄健,又得「屯田家法」,在這個意義上講,周邦彥堪稱宋詞中「集大成」的作家。〔註108〕

　　周邦彥本身即是一位「妙解音律」的人,〔註109〕他與柳永相同,

〔註105〕〔清〕陳廷焯:《白雨齋詞話》,唐圭璋編:《詞話叢編》(台北:新文豐出版公司,1988年2月),第4冊,頁3789。

〔註106〕王國維著、馬自毅注譯:《新譯人間詞話》(台北:三民書局,1994年),頁180。

〔註107〕葉嘉瑩:《唐宋詞十七講》(石家莊:河北教育出版社,1998年),第10講,頁313。

〔註108〕施議對:〈建國以來詞學研究述評〉,《宋詞正體——施議對詞學論集第一卷》(澳門:澳門大學出版中心,1996年),頁46。

〔註109〕《宋史》:「徽宗時,邦彥提舉『大晟府』……邦彥好音樂,能自度曲,製樂府長短句,詞韻清蔚,傳於世。」〔元〕脫脫等撰、楊家駱主編:《新校本宋史并附編三種十六》(台北:鼎文書局,1983年11月),卷444,頁13126。所謂「大晟府」即官立音樂機構,負責

創製許多新調也不喜歡重複使用詞調；〔註110〕他個性「疎雋少檢，不爲州里推重」，屬於放蕩不羈的才子，但柳永仕途坎坷，周則受賞識入仕途，這是二人不同之處。然而，長短句慢詞發展到了周邦彥，才算到了音樂語言緊密結合的最高藝術形式。柳永大量製作長調，固然促使詞在形式上發展，但他走的是大眾化、通俗化的路線，因此受到許多士大夫的責難，周邦彥重視文字典雅，避免柳詞的俚俗，以自己典麗精工、和雅渾成的創作在北宋詞壇上提供了一種規範化的藝術標準，並在詞的音律、語言、章法技巧等方面爲後人提供了可依循的借鑒，而他對後世的影響：「詞至美成，乃有大宗。前收蘇、秦之終，復開姜、史之始。自有詞人以來，不得不推爲巨擘。後之爲詞者，亦難出其範圍。」〔註111〕他在形式技巧方面，對婉約派詞人影響之大，也就可想而知了。

四、對元曲的影響

　　元曲可分爲散曲和劇曲。曲的語言通俗、淺顯、自然、接近口語，不避俗語方言，某一程度上和柳詞特色是相符的。柳永是市民作家，其詞具有民間色彩，流連坊曲與樂工、歌妓合作時，吸收大量民間俚語入詞，〔清〕宋翔鳳《樂府餘論》說道：「耆卿流連坊曲，遂盡收俚俗語言，編入詞中，以便伎人傳習。」〔註112〕柳詞以俗爲特色，與曲有相似之處，〔清〕況周頤《蕙風詞話》卷三云：

　　　制譜作曲，供奉朝廷，以這樣音樂家身分的人來創作新聲、慢詞，無疑能推動詞樂發展，促進詞調繁衍，並提高詞的「格律化」程度。

〔註110〕黃文吉《北宋十大詞家研究》：「周邦彥在一百八十五首詞中，共使用了一百十二種詞調，使用詞調之多，是音樂造詣深的詞人一項重大特色，因彼等知音，各種詞調皆能運用自如。他不喜歡重複使用詞調，幾乎每一種詞調都僅填一首詞。」（台北：文史哲出版社，1996 年 3 月），頁 326。

〔註111〕〔清〕陳廷焯：《白雨齋詞話》，唐圭璋編：《詞話叢編》（台北：新文豐出版公司，1988 年 2 月），第 4 冊，頁 3787。

〔註112〕唐圭璋編：《詞話叢編》（台北：新文豐出版公司，1988 年 2 月），第 3 冊，頁 2499。

　　柳屯田《樂章集》，爲詞家正體之一，又爲金元已還樂語所
　　自出。金董解元《西廂記》搊彈體傳奇也。時論其品，如
　　朱汗碧蹄，神采駿逸。董有〈哨遍〉詞云：「太皞司春，春
　　工著意，和氣生暘谷。十里芳菲，儘東風絲絲，柳搓金
　　縷……。」此詞連情發藻，妥帖易施，體格於《樂章》爲
　　近。……自昔詩、詞、曲之遞變，大都隨風會爲轉移。詞
　　曲之爲體，誠迥乎不同。董爲北曲初祖，而其所爲詞，於
　　屯田有沆瀣之合。曲由詞出，淵源斯在。〔註113〕

〔金〕董解元作《西廂記諸宮調》揚名文壇，〔元〕王實甫在《西廂
記諸宮調》的基礎上編寫雜劇劇本《西廂記》，《西廂記》寫張生與崔
鶯鶯衝破傳統禮教，最終結爲夫婦的愛情故事。況周頤把董解元的《西
廂記諸宮調》與柳永詞聯繫起來看，指出其淵源關係，「曲由詞出，
淵源斯在」，此所謂曲，包含劇曲、散曲，是金、元以來的文學形態，
是曲的濫觴，或可說柳永俚俗之詞，開啓了金、元曲子的先聲。將柳
永〈傳花枝〉與關漢卿〈南呂・一枝花・不伏老〉對照比較：

　　平生自負，風流才調。口兒裏、道知張陳趙。唱新詞，改
　　難令，總知顛倒。解刷扮，能唗嗽，表裏都峭。每遇著、
　　飲席歌筵，人人盡道。可惜許老了。　　閻羅大伯曾教來，
　　道人生、但不須煩惱。遇良辰，當美景，追歡買笑。賸活
　　取百十年，只恁廝好。若限滿、鬼使來追，待倩箇、掩通
　　著到。（頁113）

　　〔尾〕我是個蒸不爛、煮不熟、捶不匾、炒不爆、響噹噹
　　一粒銅豌豆，恁子弟每誰教你鑽入他鋤不斷、斫不下、解
　　不開、頓不脫、慢騰騰千層錦套頭？我玩的是梁園月，飲
　　的是東京酒，賞的是洛陽花，攀的是章台柳。我也會圍棋、
　　會蹴踘、會打圍、會插科、會歌舞、會吹彈、會咽作、會
　　吟詩、會雙陸。你便是落了我牙、歪了我嘴、瘸了我腿、
　　折了我手，天賜與我這幾般兒歹症候。尚兀自不肯休。則

〔註113〕唐圭璋編：《詞話叢編》（台北：新文豐出版公司，1988年2月），
　　　　　第5冊，頁4459～4460。

除是閻王親自喚，神鬼自來勾。三魂歸地府，七魄喪冥幽。
天哪，那其間才不向煙花路兒上走。〔註114〕

這二首詞、曲，同時使用俚俗而潑辣的語言抒寫其落魄情懷；二人同樣多才多藝、風流自負；皆以樂觀放達的態度對待人生，表現出不伏老的精神和及時行樂的思想。謝桃坊說：

〈傳花枝〉這首詞對後來元代散曲家很有影響，關漢卿套曲〈南呂‧一枝花‧不伏老〉便發揮了柳詞的精神。它表露了社會中下層知識分子的悲哀及其對現實不滿的憤激情緒。〔註115〕

〈傳花枝〉若代表柳永的浪子之歌，關漢卿〈南呂‧一枝花‧不伏老〉具有相同情調。

另一方面，柳永慢詞擅於鋪敘，一筆到底，形容曲盡，柳永筆下無論寫景、敘事、抒情，都是將某一意象層層展開，使形象飽滿鮮明，他細膩的白描、直敘，是其慢詞的最大特色，他往往把事情說得很清楚，有首有尾，有強烈的故事性，將情景鎔鑄於故事情節當中，這樣的寫作手法，對戲曲也有一定程度的影響。〔清〕陳銳《褒碧齋詞話》曾說：

屯田詞在院本中如《琵琶記》，清真詞如《會真記》。屯田詞在小說中如《金瓶梅》，清真詞如《紅樓夢》。〔註116〕

《琵琶記》是〔元〕高明的戲曲劇本，《會真記》是〔唐〕元稹的傳奇小說，就寫作形式來看，柳詞鋪敘手法接近戲曲；從內容來看，柳詞被比擬成〔明〕蘭陵笑笑生的小說《金瓶梅》，當是從豔詞題材而來。柳永寫作歌妓詞，還有與歌妓之間的傳聞軼事，也成為許多戲劇的題材來源，如關漢卿雜劇《錢大尹智寵謝天香》，寫錢塘柳耆卿性

〔註114〕蔣星煜主編：《元曲鑒賞辭典》（上海：上海辭書出版社，1999年7月），頁84。

〔註115〕謝桃坊：〈柳永及其詞〉，《宋詞概論》（成都：四川文藝出版社，1992年8月），頁156。

〔註116〕唐圭璋編：《詞話叢編》（台北：新文豐出版公司，1988年2月），第5冊，頁4198。

疏狂，多才思，愛戀名妓謝天香，因無意於進取。耆卿有同學錢可，時官開封府尹，愛其才，恐其志墮，錢可設計佯娶天香爲妾，以絕其念，其實是爲他供養。後三年，耆卿得狀元歸，錢可招之，道其故，耆卿與天香終成爲伉儷。〔註117〕柳永以風流才情贏得無數青樓歌妓的青睞時，他與歌妓間的戀愛故事成爲戲劇題材，流傳下來，說明柳永這個人與他的詞皆影響長遠了。

〔清〕李漁曾在〈多麗‧春風吊柳七〉詞，尊柳永爲「曲祖」：「柳七詞高，堪稱曲祖，精魂不肯葬蒿萊。」〔註118〕張子良也曾說：

> 元人曲中嘗有「懷揣十大曲，袖褪樂章集」之語，所以與其說詞衰於元，不如說元曲是柳詞的化身。〔註119〕

充分說明柳詞影響元曲，不容忽視。

柳永風流俊邁，以歌詞聞天下，他的詞作如實反映當時的現實和他的生活、思想、情感，他繼承了唐、五代民間詞的傳統，變革詞體、開拓詞境，爲宋詞發展起了奠基作用，他的慢詞開宋詞之端，是北宋慢詞的開山祖師，其慢詞內容豐富、形式多樣，以賦爲詞，以平敘見長。蘇軾繼柳永之後，將清曠健朗的嶄新風格和以詩爲詞的新筆法引入詞中，開拓詞壇另一個里程碑；秦觀以細膩清婉的筆觸，秀美雅潔的風姿，爲慢詞另開一境；周邦彥繼承前人成果，自出機杼，變平敘爲曲筆，變單一爲繁複，回環頓挫，一波多折，極盡長短句形式之妙，達到典麗精工、縝密質實的個人風格特徵；柳永市井色彩、鋪敘方式，開啓金、元曲子的先聲，皆說明柳永慢詞在北宋詞壇上的成就及其承先啓後的地位，影響深遠。

〔註117〕賀昌群、孫楷第：《元曲研究（甲編）》（台北：里仁書局，1984年），頁126。

〔註118〕〔清〕李漁：《李漁全集》（杭州：浙江古籍出版社，1992年），頁494～495。

〔註119〕張子良：〈柳永與宋詞〉，《中華文化復興月刊》第10卷第4期，（1977年4月），頁33。

第六章　結　論

　　詞興起於唐，盛於兩宋，是一種與音樂相結合，可以歌唱的新興
抒情詩體，它在燕樂興盛的歷史條件下產生、發展起來的，音樂性與
抒情性是它的突出特徵。由於音樂的孕育，詞具有燕樂的情調和律調
相適應的特徵和形式，以旖旎近情之辭，應合管絃冶蕩之音，分平仄、
五音、六律、清濁輕重，當它進入以言閨情與賞花柳為主的時代，作
閨音、尚婉媚，成為它的傳統詞風。豔麗婉約是花間詞的主要風格，
此時令詞多為遣興娛賓而作，《四庫全書總目·東坡詞提要》云：

> 詞自晚唐、五代以來，以清切婉麗為宗。至柳永而一變，
> 如詩家之有白居易；至軾而又一變，如詩家之有韓愈，遂
> 開南宋辛棄疾等一派。〔註1〕

詞本以「清切婉麗」為主，北宋初期詞壇亦承襲花間詞風，「至柳永
而一變」，其變化之處在於柳永慢詞的開拓，鄭騫曾在〈柳永蘇軾與
詞的發展〉一文中說道：

> 有了長調，詞這種文體纔得到發展的基礎，若是長久因襲
> 唐、五代的小令形式，恐怕詞的歷史在北宋就要終了。那
> 樣形式簡短，內容狹窄的小玩藝兒，如何能卓然樹立，發
> 揚光大。只有長調興起，這纔挽救詞的厄運。詞的波瀾壯

〔註1〕〔清〕紀昀總纂：《四庫全書總目·東坡詞提要》（石家莊：河北人
　　　民出版社，2000年3月），卷198，頁5449。

　　　　閣，氣象弘偉，是長調興起以後的事；而柳永則是第一個
　　　　寫長調又多又好的人。所以我說：柳永在詞史上的地位，
　　　　奠定在他所作長調的量與質上。〔註2〕

柳永是精通音律的詞人，他利用民間詞調、根據原本流行於市井間的
舊曲翻新爲詞調；或由短章鋪衍爲長篇，由小令發展爲慢詞；更大一
部分自創新調，創新聲，塡新詞，在聲情與詞情密切關係下，流行聲
情複雜的俗曲新聲，能表達更多樣的情感，爲後來的詞奠定繁榮昌盛
的基礎。

　　在民間俗樂的配合下，柳永大量創新調、塡新詞，而慢詞篇幅加
長，最主要運用的是鋪敘手法。〔清〕周濟《介存齋論詞雜著》云：「其
鋪敘委宛，言近意遠，森秀幽淡之趣在骨。」〔註3〕柳永慢詞能有首
有尾寫出分明的層次和場景，將寫景、抒情、敘事結合起來，運用「以
賦爲詞」的手法，結合領字、對句、連綿句的用法，力求詳盡周密，
平敘展延，用「上片寫景、下片抒情」的線型結構，一以貫之，首尾
完整，如周曾錦《臥盧詞話》云：「柳耆卿詞，大率前遍鋪敘景物，
或寫羈旅行役，後遍則追憶舊歡，傷離惜別。」〔註4〕而柳詞不求時
空關係上的跳躍、章法上的曲折，只求眞實、準確的刻劃人物複雜的
心理活動軌跡，講求筆直而意曲一氣貫注、一筆到底的鋪敘形容，發
揮極致。慢詞的鋪敘手法、結構方式，讓詞的形式內容不再侷限於綺
羅薌澤之間，而可以進入更深的情志，柳永慢詞所表現的內容，也與
前代有了不同變化。

　　柳永慢詞表達的內容可分爲三種題材：一是歌妓詞。柳永歌妓詞
是時代環境的產物，因宋代市民階層的成長，推動市民文學，原本流
行民間娛樂大眾的歌唱之詞，爲了迎合市民的欣賞趣味，淺白的言

〔註2〕　鄭騫：《景午叢編》（台北：台灣中華書局，1972 年 1 月），頁 121。
〔註3〕　唐圭璋編：《詞話叢編》（台北：新文豐出版公司，1988 年 2 月），第
　　　　2 冊，頁 1631。
〔註4〕　〔清〕周曾錦：《臥盧詞話》，唐圭璋編：《詞話叢編》（台北：新文
　　　　豐出版公司，1988 年 2 月），第 5 冊，頁 4648。

語，多吟詠愛情。晚唐五代詞中的女性皆是類型化、普遍化的典型，但柳永慢詞中的女性，卻有著女性主體的自覺意識。她們的容貌姿態、期求願望、言談舉止，柳永皆代她們抒寫懷抱，是她們忠實的代言人。柳永善於捕捉女性的內心，用通俗易懂而又富於深情的語言來表現纏綿悱惻的情感，韻味悠深，縈懷不絕，刻劃得細膩真實。柳永在這方面的成就，可以說是第一位把歌舞妓這個社會卑微階層的人物，作為真正獨立的人格寫進了詞中，且以詞人的真心，全面表現她們的思想感情，使她們成為詞中有血有肉的女主角，這是詞史上的創舉，而這樣情感寫實的手法，直接自然，一改《花間》派令詞含蓄而富詩意的寫作方法，無疑開拓了新的視野。〔註5〕

二是身世題材，以羈旅行役詞為代表。陳廷焯《詞壇叢話》云：「柳寫羈旅之情，俱臻絕頂，有不可以言語形容者。」〔註6〕羈旅詞的基本特徵就是登高念遠，「每登山臨水，惹起平生心事」（〈曲玉管〉，頁 65）。柳永一生，其思想、生活、情感、仕途都存在著難以克服的矛盾，羈旅詞中普遍懷有悲秋孤獨的心情，展現出一個昇平時代中追求功名利祿而四處干謁卻層層失望而浪跡天涯的下層文人苦悶的形象，同時，因落拓江湖，遍遊大江南北，自然山水空間一一展現在筆下，柳永的視野，詞作的審美空間，逐漸由唐、五代的閨閣園亭等人造建築的空間，移到自然山水的空間；生活場景由封閉性、私人化的瑣窗繡戶，移到了社會化、開放性的市井都城。空間環境的拓展，豐富擴大了柳詞的審美空間和藝術境界。柳永的羈旅行役詞，一方面繼承了古代抒情文學的悲秋傳統，一方面又以獨特的情意內涵，賦予了這一傳統以新的生命力，從「春女善懷」到「秋士易感」抒情主角的變化，趙曉蘭說：

　　從溫庭筠到柳永，抒情詞經歷了從女性做為抒情主人公（如

〔註5〕 劉少雄：〈論柳永的豔詞〉，《中國文哲研究集刊》第 9 期，（1996 年 9 月），頁 189。

〔註6〕 〔清〕陳廷焯：《詞壇叢話》，唐圭璋編：《詞話叢編》（台北：新文豐出版公司，1988 年 2 月），第 4 冊，頁 3721。

溫庭筠〈菩薩蠻〉）、或主要抒情對象（如柳永〈曲玉管〉，頁 65），到以「我」做為抒情主人公和抒情對象（如柳永〈八聲甘州〉，頁 429）的過程，這是詞的文人化、雅化的過程，也是詞境不斷擴大、重要的標誌。〔註7〕

在柳永開拓詞境的基礎上，東坡借鑑柳詞進而超越柳詞，詞境在蘇軾筆下，從而達到了一個嶄新的高度，在宋詞的發展上，促使詞境朝縱深的方向作了大跨度的拓展，進一步加強了詞的抒情功能，雅化趨勢，柳永開拓詞境之功不可沒。

三是節令題材展現的承平氣象。北宋建立以來經過五十多年的休養生息、發展生產，到了十二世紀初及真宗、仁宗年間，經濟與文化已呈現繁榮興盛的局面，柳永活躍於這個時代，他以寫實的手法，客觀而真實地在作品裏反映時代都市繁華、富庶的生活，他以慢詞的形式歌詠元宵、清明、七夕、重陽佳節，對於異鄉風物展現太平景象，《方輿勝覽》記載：

> 柳耆卿，崇安白水人，長於詞，范蜀公〔註8〕嘗曰：「仁宗四十二年太平，鎮在翰苑十餘載，不能出一語歌詠，乃於耆卿詞見之。」〔註9〕

可知柳詞成功反映出當時都市繁華的局面。

詞本來源於民間，通俗易懂，生動活潑，迨至文人創作，漸趨雅化，然而同一詞人，卻可既作俗詞，又作雅詞，柳永即是北宋時兼擅雅俗、雙峰對峙的詞人，他在當時備受歡迎，他的詞反映了與士大夫情趣頗為不同的市井品味，但作為仕宦之家的背景，讓他有著讀書人

〔註7〕趙曉蘭：〈抒情角度與溫庭筠和柳永的詞境〉，《宋人雅詞原論》（成都：巴蜀書社，1999 年 9 月），頁 188。

〔註8〕范鎮（1008～1089），字景仁，成都華陽人。仁宗寶元元年進士，調新安主簿。召試學士院，授直祕閣、判史部南曹，開封府推官。哲宗立，起提舉中太一宮兼侍讀，懇辭不就，改提舉崇福宮。數月復告老，再致仕，累封蜀郡公。見《宋史》卷 337、《續資治通鑑長編》卷 122。

〔註9〕〔宋〕祝穆撰、祝洙增訂、施和金點校：《方輿勝覽》（北京：中華書局，2003 年），卷 11，頁 197。

的雅致，在他詞裏同時存在著雅俗共陳，是很自然的。欣賞柳詞是不分階層的：有帝王，陳師道《後山詩話》云：

> 宋仁宗頗好其詞，每對酒，必使侍從歌之再三。〔註10〕

有大臣，張耒《明道雜志》說：

> 韓少師〔註11〕持國，每酒後好謳柳三變一曲。〔註12〕

有文士，曾慥《高齋詩話》云：

> 少游自會稽入都見東坡。東坡曰：「不意別後卻學柳七作詞。」少游曰：「某雖無學，亦不如是。」東坡曰：「『銷魂當此際』，非柳七語乎？」〔註13〕

有宦者，徐度《卻掃編》卷下云：

> 劉季高侍郎，宣和間，嘗飯于相國寺之智海院，因談歌詞，又詆柳氏，旁若無人者。有老宦者聞之，默然而起，徐取紙筆，跪於季高之前，請曰：「子以柳詞爲不佳者，盍自爲一篇示我乎？」劉默然無以應。〔註14〕

而歌妓更以能唱柳詞爲榮，洪邁《夷堅乙志》卷十九云：

> 唐州倡馬望兒者，以能歌柳耆卿詞，著名籍中。〔註15〕

不識字者亦喜愛柳詞，王灼《碧雞漫志》卷二云：

> 不知書者，尤好耆卿。〔註16〕

即使佛門釋徒亦是，普濟《五燈會元》卷十六載：

〔註10〕〔宋〕陳師道：《後山詩話》（北京：中華書局，1985年），頁7～8。

〔註11〕韓世忠（1089～1151），字良臣，陝西延安人。爲宋朝名將。高宗時，平苗傅、劉正彥之亂，破金兀朮於黃天蕩，名重當時，稱爲中興第一功臣。後以秦檜主和，罷其兵權，乃口不談兵。隱居西湖，自號清涼居士。卒諡忠武，孝宗追封蘄王。見《宋史‧韓世忠傳》。

〔註12〕〔宋〕張耒：《明道雜志》（北京：中華書局，1985年），頁4。

〔註13〕丁傳靖輯：《宋人軼事彙編》（台北：源流文化事業公司，1982年），卷13，頁658。

〔註14〕〔宋〕徐度：《卻掃編》（北京：中華書局，1985年），卷下，頁173。

〔註15〕〔宋〕洪邁：《夷堅乙志》（北京：中華書局，1985年），卷19，頁150。

〔註16〕〔宋〕王灼：《碧雞漫志》，唐圭璋編：《詞話叢編》（台北：新文豐出版公司，1988年2月），第1冊，頁85。

「邢州開元法明上座，依報本未久，深得法忍。後歸里事
落魄，多嗜酒呼盧。每大醉唱柳詞數闋，日以爲常。」並
載其臨終作偈曰：「平生醉裏顛蹶，醉裏卻有分別。今宵酒
醒何處，楊柳岸曉風殘月。」〔註17〕

由此可知，柳詞是雅俗共賞的，散播在各階層中。

　　誠如第一章所言，楊海明論述〈柳永慢詞開啓了宋詞的新天地〉
時，以慢詞爲討論柳永的論述主體，他認爲：

柳永「鋪敘展衍」的同時，產生「韻終不勝」的缺點；在
「備足」的同時，又滋生了「無餘」的毛病。〔註18〕

事實上，在柳永之前，詞壇盡多小令，他缺少寫作慢詞的豐富經驗可
供借鑒。張炎《詞源》卷下說道：

大詞之料，可以斂爲小詞；小詞之料，不可展爲大詞。若
爲大詞，必是一句之意，引而爲兩三句，或引他意入來，
捏合成章，必無一唱三嘆。〔註19〕

蓋大詞篇幅長，中間既有鋪敘，去其鋪敘之處，不難斂爲小詞；小詞
篇幅短，只一些新意，若將一句之意引爲兩三句，則近敷衍；或引入
他意，又欠自然，展爲大詞，必無一唱三嘆之致。所以，大詞之料可
斂爲小詞，小詞之料不可展爲大詞也。〔註20〕若說柳永是大量創作慢
詞的專業詞人，作爲領航者，在慢詞篇幅加長，鋪敘展衍的同時，沒
有在「頓挫」、「回環」上多下功夫，造成其詞缺乏含蓄蘊藉的缺點是
有的。〔宋〕陳振孫在《直齋書錄解題》評論柳永：「音律諧婉，語意
妥帖，承平氣象，形容曲盡。」〔註21〕柳詞擅於鋪敘，長於白描，用

〔註17〕〔宋〕普濟：《五燈會元》（台北：文津出版社，1991 年），卷 16，
　　　　頁 1053。
〔註18〕楊海明：《唐宋詞史》（高雄：麗文文化事業公司，1996 年 2 月），頁
　　　　320～325。
〔註19〕〔宋〕張炎：《詞源》，唐圭璋編：《詞話叢編》（台北：新文豐出版
　　　　公司，1988 年 2 月），第 1 冊，頁 266。
〔註20〕〔清〕蔡禎：《詞源疏證》（台北：學海出版社，1988 年 1 月），卷下，
　　　　頁 56。
〔註21〕〔宋〕陳振孫：《直齋書錄解題》（北京：中華書局，1985 年），卷 5，

字細密，多有佳作，柳永慢詞有其優點也有其缺點，端看從什麼角度
來剖析。況且，柳詞中韻味不足、一覽無餘的缺點，等待後來的秦觀、
周邦彥等人在柳詞基礎上，進一步發展慢詞寫作技巧，使慢詞終於達
到富艷精工的美感，慢詞發展自有其本身演變的傳承過程。

　　〔清〕馮煦《蒿庵論詞》云：「耆卿詞，曲處能直，密處能疏，
鬲處能平，狀難狀之景，達難達之情，而出之以自然，自是北宋巨手。」
〔註22〕柳永做爲北宋大量創製慢詞的一位專業詞人，他將草創時期民
間詞的大眾化傳統和市民階層的審美趣味結合在一起，他的詞具有強
大的競爭力，他不僅是以描寫愛情著稱的艷詞作者，同時是一位善於
從各個方面反映時代生活和情緒的出色歌手，他擴大了詞的視野，爲
詞體的發展開闢了廣闊的天地，施議對說：

> 柳永的影響，籠罩著整個北宋詞壇，宋代藝術家面臨著柳
> 永的挑戰，各採取應變措施，與之相抗衡：秦觀、李清照
> 從柳永言情詞中吸取養份並加以改造，努力體現詞這一特
> 殊詩體的「本色」；蘇軾將封建士大夫的思想意識和市民階
> 層的思想意識調和在一起，在柳永開拓詞境的基礎上進一
> 步創建獨立的抒情詩體；周邦彥「集大成」，兼採眾長，使
> 詞體漸趨成熟。〔註23〕

柳永慢詞正位在北宋詞壇承上啓下的關鍵地位，其「屯田家法」爲慢
詞奠定了堅實基礎，影響深遠，具有舉足輕重的地位。

　　頁 583。

〔註22〕〔清〕馮煦：《蒿庵論詞》，唐圭璋編：《詞話叢編》（台北：新文豐
　　　　出版公司，1988 年 2 月），第 4 冊，頁 3585～3586。

〔註23〕施議對：〈宋詞的奠基人——柳永〉，《宋詞正體——施議對詞學論集
　　　　第一卷》（澳門：澳門大學出版中心，1996 年），頁 117～139。

參考書目

一、專　書

（一）柳永詞集及研究

1. 《柳永詞詳注及集評》，姚學賢、龍建國撰，鄭州，中州古籍出版社，1991 年。

2. 《樂章集校注》，薛瑞生校注，北京，中華書局，1994 年。

3. 《柳永詞校注》，賴橋本校注，台北，黎明文化事業公司，1995 年。

4. 《柳永詞新釋輯評》，顧之京、姚守梅、耿小博編撰，北京，中國書店，2005 年 1 月。

5. 《柳永詞賞析集》，謝桃坊主編，成都，巴蜀書社，1987 年 10 月。

6. 《柳永詞選評》，謝桃坊撰，上海，上海古籍出版社，2002 年 10 月。

7. 《柳永詞研究》，葉慕蘭撰，台北，文史哲出版社，1983 年 1 月。

8. 《柳永及其詞之研究》，梁麗芳撰，香港，三聯書店香港分店，1985 年 6 月。

9. 《柳永論稿——詞的源流與創新》，宇野直人撰，張海鷗、羊昭紅譯，上海，上海古籍出版社，1998 年 12 月。

10. 《柳永和他的詞》，曾大興撰，廣州，中山大學出版社，2001 年 9 月。

11. 《柳永與市民文學》，高秀華撰，深圳，香港國際學術文化資訊出版，2003 年 8 月。

12. 《柳永及其詞之論衡》，杜若鴻撰，杭州，浙江大學出版社，2004 年 12 月。

（二）詞叢刻、選集

1. 《全唐五代詞》，張璋、黃畬編，台北，文史哲出版社，1986 年 10 月。

2. 《全宋詞》，唐圭璋編纂，北京，中華書局，1999 年 1 月 。

3. 《詞選》，鄭騫選注，台北，中國文化大學出版部，1982 年 2 月。

4. 《唐宋名家詞賞析（3）柳永周邦彥》，葉嘉瑩撰，台北，大安出版社，1988 年 12 月。

5. 《唐宋名家詞選》，龍榆生撰，上海，上海古籍出版社，1988 年。

6. 《宋詞三百首鑑賞》，楊海明撰，高雄，麗文文化事業公司，1995 年 11 月。

7. 《唐宋詞簡釋》，唐圭璋選釋，上海，上海古籍出版社，1999 年 5 月 。

8. 《唐宋詞鑑賞辭典》，唐圭璋等著，上海，上海辭書出版社，2005 年 9 月。

（三）詞話、詞論

1. 《詞話叢編》，唐圭璋編，台北，新文豐出版公司，1988 年 2 月。

2. 《詞源》，〔宋〕張炎撰，詞話叢編本，台北，新文豐出版公司，1988 年 2 月。

3. 《碧雞漫志》，〔宋〕王灼撰，詞話叢編本，台北，新文豐出版公司，1988 年 2 月。

4. 《樂府指迷》，〔宋〕沈義父撰，詞話叢編本，台北，新文豐出版公司，1988 年 2 月。

5. 《古今詞話》，〔宋〕楊湜撰，詞話叢編本，台北，新文豐出版公司，1988 年 2 月。

6. 《能改齋詞話》，〔宋〕吳曾撰，詞話叢編本，台北，新文豐出版公司，1988 年 2 月。

7. 《宋四家詞選》，〔宋〕周濟撰，北京，中華書局，1985 年。

8. 《苕溪漁隱詞話》，〔宋〕胡仔撰，詞話叢編本，台北，新文豐出版公司，1988 年 2 月。

9. 《詞品》，〔明〕楊慎撰，詞話叢編本，台北，新文豐出版公司，1988 年 2 月。

10. 《詞源疏證》，〔清〕蔡楨撰，台北，學海出版社，1988 年 1 月。

11. 《詞選序》，〔清〕張惠言撰，詞話叢編本，台北，新文豐出版公司，

1988 年 2 月。

12. 《詞概》，〔清〕劉熙載撰，詞話叢編本，台北，新文豐出版公司，1988 年 2 月。

13. 《樂府餘論》，〔清〕宋翔鳳撰，詞話叢編本，台北，新文豐出版公司，1988 年 2 月。

14. 《柯亭詞論》，〔清〕蔡嵩雲撰，詞話叢編本，台北，新文豐出版公司，1988 年 2 月。

15. 《蒿庵論詞》，〔清〕馮煦撰，詞話叢編本，台北，新文豐出版公司，1988 年 2 月。

16. 《金粟詞話》，〔清〕彭孫遹撰，詞話叢編本，台北，新文豐出版公司，1988 年 2 月。

17. 《論詞隨筆》，〔清〕沈祥龍撰，詞話叢編本，台北，新文豐出版公司，1988 年 2 月。

18. 《蓼園詞評》，〔清〕黃蓼園撰，詞話叢編本，台北，新文豐出版公司，1988 年 2 月。

19. 《臥廬詞話》，〔清〕周曾錦撰，詞話叢編本，台北，新文豐出版公司，1988 年 2 月。

20. 《白雨齋詞話》，〔清〕陳廷焯撰，詞話叢編本，台北，新文豐出版公司，1988 年 2 月。

21. 《歲寒居詞話》，〔清〕胡薇元撰，詞話叢編本，台北，新文豐出版公司，1988 年 2 月。

22. 《新譯人間詞話》，王國維撰，馬自毅注譯，台北，三民書局，1994 年。

23. 《詞林記事》，〔清〕張宗櫹撰，台北，河洛圖書出版社，1975 年 9 月。

24. 《詞苑叢談校箋》，〔清〕徐釚編著、王百里校箋，北京，人民文學出版社，1998 年。

25. 《詞學通論》，吳梅撰，台北，台灣商務印書館，1969 年 12 月。

26. 《景午叢編》，鄭騫撰，台北，台灣中華書局，1972 年 1 月。

27. 《迦陵論詞叢稿》，葉嘉瑩撰，台北，明文書局，1987 年。

28. 《詞學考詮》，林玫儀撰，台北，聯經出版事業公司，1987 年 12 月。

29. 《詞學論叢》，唐圭璋撰，台北，宏業書局，1988 年 9 月。

30. 《詞學論薈》，趙爲民、程郁綴選輯，台北，五南圖書出版公司，1989 年 7 月。

31. 《詞學今論》，陳弘治撰，台北，文津出版社，1991 年 7 月。

32. 《詞筌》，余毅恆撰，台北，正中書局，1991 年 10 月。

33. 《花落蓮成──詞學瑣論》，李若鶯撰，高雄，復文圖書出版社，1992 年 2 月。

34. 《詞學古今談》，繆鉞、葉嘉瑩撰，台北，萬卷樓圖書有限公司，1992 年。

35. 《詞的審美特性》，孫立撰，台北，文津出版社，1995 年 2 月。

36. 《宋詞正體──施議對詞學論集第一卷》，施議對撰，澳門，澳門大學出版中心，1996 年。

37. 《唐宋詞名家論稿》，葉嘉瑩撰，保定，河北教育出版社，1997 年 7 月。

38. 《宋人雅詞原論》，趙曉蘭撰，成都，巴蜀書社，1999 年 9 月。

39. 《讀詞常識》，夏承燾、吳熊和撰，北京，中華書局，2002 年 11 月。

40. 《宋詞雅化的發展與嬗變》，黃雅莉撰，台北，文津出版社，2002 年。

41. 《黃文吉詞學論集》，黃文吉撰，台北，台灣學生書局，2003 年 11 月。

（四）詞律、詞史及其他

1. 《詞譜》，〔清〕康熙帝御製，台北，洪氏出版社，1970 年。

2. 《詞律》，〔清〕萬樹撰，台北，世界書局，1970 年。

3. 《白香詞譜》，〔清〕舒夢蘭輯、謝朝徵箋，台北，世界書局，2006 年 5 月二版。

4. 《填詞名解》，〔清〕毛先舒撰，四庫全書存目叢書本，台南，莊嚴文化事業公司，1997 年 6 月。

5. 《詞調溯源》，夏敬觀撰，台北，台灣商務印書館，1967 年 10 月。

6. 《詞律探源》，張夢機撰，台北，文史哲出版社，1980 年 11 月。

7. 《詞與音樂關係研究》，施議對撰，北京，中國社會科學出版社，1985 年 7 月。

8. 《漢語詩律學》，王力撰，上海，上海教育出版社，1988 年 1 月。

9. 《詞林正韻》，戈載撰，台北，文史哲出版社，1991 年 12 月。

10. 《國音學》，台北國立台灣師範大學國音教材編輯委員會編纂，台北，正中書局，1995 年 11 月。

11. 《中國詩律學》，葉桂桐撰，台北，文津出版社，1998 年 1 月。

12. 《倚聲學》，龍沐勛撰，台北，里仁書局，2000 年 9 月。

13. 《詩詞格律》，王力撰，北京，中華書局，2005 年。

14. 《宋詞研究——唐五代北宋篇》，村上哲見，東京，創文社，1976 年 3 月。

15. 《插圖本中國文學史》，鄭振鐸撰，台北，明道書局，1991 年 1 月。

16. 《兩宋文學史》，程千帆、吳新雷撰，高雄，麗文文化事業公司，1993 年 10 月。

17. 《晚唐迄北宋詞體演進與詞人風格》，孫康宜撰、李奭學譯，台北，聯經出版事業公司，1994 年。

18. 《唐宋詞史》，楊海明撰，高雄，麗文文化事業公司，1996 年 2 月。

19. 《北宋六大詞家》，劉若愚著、王貴苓譯，台北，幼獅文化事業有限公司，1986 年。

20. 《北宋十大詞家研究》，黃文吉撰，台北，文史哲出版社，1996 年 3 月。

21. 《隋唐五代燕樂雜言歌辭研究》，王昆吾撰，北京，中華書局，1996 年 11 月。

22. 《詞曲史》，王易撰，台北，廣文書局，1997 年 9 月。

23. 《唐宋詞史論》，王兆鵬撰，北京，人民文學出版社，2000 年 1 月。

24. 《唐宋詞流派研究》，余傳棚撰，武漢，武漢大學出版社，2004 年 6 月。

25. 《唐宋詞與唐宋歌妓制度》，李劍亮撰，杭州，浙江大學出版社，2006 年。

26. 《北宋詞研究史稿》，劉靖淵、崔海正撰，濟南，齊魯書社，2006 年 8 月。

27. 《唐宋詞流派史》，劉揚忠撰，北京，中國社會科學出版社，2007 年 1 月。

28. 《詞學研究書目（1912～1992）》，黃文吉主編，台北，文津出版社，1993 年 4 月。

29. 《中國詞學大辭典》，馬興榮、吳熊和、曹濟平主編，杭州，浙江教育出版社，1996 年 10 月。

（五）經部、史部、子部、集部

1. 《四庫全書總目》，〔清〕紀昀等撰，石家莊，河北人民出版社，2000 年。

2. 《尚書》，〔唐〕孔穎達疏，台北，文化圖書公司，1970 年 5 月。

3. 《宋書》，〔梁〕沈約撰，台北，鼎文書局，1987 年 5 月。

4. 《通典》，〔唐〕杜佑撰，台北，新興書局，1965 年 10 月。

5. 《舊唐書》，〔後晉〕劉昫撰，台北，鼎文書局，1989 年 12 月。

6. 《新唐書》，〔宋〕歐陽修、宋祁撰，台北，鼎文書局，1989 年 12 月。

7. 《文獻通考》，〔元〕馬端臨撰，台北，新興書局，1965 年 10 月。

8. 《宋史》，〔元〕脫脫等撰，台北，鼎文書局，1983 年 11 月。

9. 《嘉慶餘杭縣志》，〔清〕朱文藻纂、張吉安修，上海，上海書店，1993 年 6 月。

10. 《福建通志》，〔清〕謝道承等編纂，台北，台灣商務印書館，1984 年，《景印文淵閣四庫全書》本。

11. 《醉翁談錄》，〔宋〕羅燁撰，台北，世界書局，1958 年。

12. 《避暑錄話》，〔宋〕葉夢得撰，北京，中華書局，1985 年。

13. 《姑溪居士文集》，〔宋〕李之儀撰，北京，中華書局，1985 年。

14. 《澠水燕談錄》，〔宋〕王闢之撰，北京，中華書局，1985 年。

15. 《侯鯖錄》，〔宋〕趙令畤撰，北京，中華書局，1985 年。

16. 《畫墁錄》，〔宋〕張舜民撰，北京，中華書局，1991 年。

17. 《鶴林玉露》，〔宋〕羅大經撰、王瑞來點校，北京，中華書局，1997 年。

18. 《方輿勝覽》，〔宋〕祝穆撰、祝洙增訂、施和金點校，北京，中華書局，2003 年。

19. 《直齋書錄解題》，〔宋〕陳振孫撰，北京，中華書局，1985 年。

20. 《東京夢華錄注》，〔宋〕孟元老撰、鄧之誠注，台北，漢京文化事業公司，1984 年 3 月。

21. 《鶴林玉露》，〔宋〕羅大經撰、王瑞來點校，北京，中華書局，1997 年。

22. 《說郛》，〔明〕陶宗儀編、張宗祥校，台北，台灣商務印書館，1985 年。

23. 《宋人軼事彙編》，丁傳靖輯，台北，源流文化事業有限公司，1982 年。

24. 《荊楚歲時記校注》，王毓榮撰，台北，文津出版社，1992 年 6 月。

25. 《全唐詩》，中華書局主編，北京，中華書局，1960 年 4 月。

26. 《中國古代文學十大主題——原型與流變》，王立撰，台北，文史哲

出版社，1994 年 7 月。

27. 《新譯楚辭讀本》，傅錫壬註譯，台北，三民書局，2001 年。

28. 《文心雕龍讀本》，〔梁〕劉勰撰、王更生注譯，台北，文史哲出版社，2004 年 10 月。

29. 《文選》，〔梁〕蕭統編、〔唐〕李善注，台北，華正書局，1994 年 9 月。

30. 《樂府詩集》，〔宋〕郭茂倩編撰，台北，里仁書局，1999 年 1 月。

二、學位論文

（一）台灣地區

1. 《柳永《樂章集》意象析論》，張白虹撰，高雄，高雄師範大學國文研究所碩士論文，1996 年。

2. 《柳永詞情色書寫之研究》，連美惠撰，台北，淡江大學中文研究所碩士論文，1999 年。

3. 《《樂章集》修辭藝術之探究》，呂靜雯撰，台北，淡江大學中文研究所碩士論文，2000 年。

4. 《柳永詞女性形象之研究》，施惠娟撰，台中，中興大學中文研究所碩士論文，2002 年。

5. 《柳永詞對都會描寫的開拓》，林燕姈撰，嘉義，南華大學文學研究所碩士論文，2002 年。

6. 《柳永詞研究》，姜昭影撰，台北，國立台灣大學中國文學研究所碩士論文，2004 年。

7. 《物阜民豐的圖卷——柳永《樂章集》太平氣象研究》，曾琴雅撰，彰化，國立彰化師範大學國文研究所碩士論文，2005 年。

8. 《柳永其人與其詞之研究》，林柏堅撰，中壢，國立中央大學中國文學所碩士論文，2007 年。

（二）中國地區

1. 《《樂章集》首見詞調（體）初探》，陳華興，北京，首都師範大學碩士學位論文，2004 年。

2. 《柳永三論》，王靜，東北師範大學碩士學位論文，2006 年。

3. 《宋初社會文化背景下的柳詞觀照》，張瀠文，東北師範大學碩士學位論文，2006 年。

4. 《北宋前期的慢詞》，陳煒敏撰，北京，首都師範大學碩士學位論文，

2007 年。

三、期刊論文

（一）柳永生平及其詞研究

1. 〈柳永生年及行踪考辨〉，李國庭撰，《福建論壇》，1981 年第 5 期。

2. 〈柳永年譜稿（上、下）〉，劉天文撰，《成都大學學報》，1992 年第 1、2 期。

3. 〈柳永生卒年與交游宦跡新考〉，鍾陵撰，《中國韻文學刊》，1994 年第 2 期。

4. 〈柳永早年事迹考辨〉，鍾陵撰，《南京師大學報》（社會科學版），1994 年第 1 期。

5. 〈柳永生卒年與交游宦踪新考〉，薛瑞生撰，《中國韻文學刊》，1994 年第 2 期。

6. 〈柳永卒年新説〉，薛瑞生撰，《西北大學學報》（哲學社會科學版），第 24 卷第 3 期，1994 年。

7. 〈柳永雜考〉，薛瑞生撰，《西北大學學報》（哲學社會科學版），第 26 卷第 4 期，1996 年。

8. 〈柳永宦迹游踪考述〉，曾大興撰，《廣州大學學報》（社會科學版），第 2 卷第 6 期，2003 年。

9. 〈柳永生平訂正〉，王輝斌撰，《南昌大學學報》（人社版），第 35 卷第 5 期，2004 年。

10. 〈市民作家柳永及其作品〉，彭棣華撰，《雲南民族學院學報》，1986 年第 1 期。

11. 〈建國以來柳永研究綜述〉，曾大興撰，《語文導報》，1987 年第 10 期。

12. 〈柳永詞中的悲慘世界和藝術天地──柳永歌妓詞再評價〉，殷光喜撰，《雲南師範大學學報》，1988 年第 3 期。

13. 〈論柳永詞的社會美學意義〉，龍建國撰，《信陽師範學院學報》（哲社版），1990 年。

14. 〈論柳永詞的表現手法〉，龍建國撰，《信陽師範學院學報》，1991 年第 1 期。

15. 〈柳永慢詞與宋代都市〉，豐家驊撰，《江海學刊》，1991 年第 4 期。

16. 〈柳永與市民文學〉，羅嘉慧撰，《廣東社會科學》，1992 年第 1 期。

17. 〈線型美與環型美──柳永、周邦彥詞結構形態比較〉，易勤華撰，《懷化師專學報》，第 13 卷第 3 期，1994 年。

18. 〈近年柳永詞研究述略〉，崔海正撰，《中國文學研究》，1996 年第 1 期。

19. 〈論柳永的艷詞〉，劉少雄撰，《中國文哲研究集刊》，第 9 期，1996 年 9 月。

20. 〈從柳永詞四言句論詞體建構的語言美學問題〉，蘇涵撰，《山西師範大學學報》（社會科學版），1996 年第 26 期。

21. 〈論柳永詞的自我意識〉，龍建國撰，《信陽師範學院學報》（哲社版），第 17 卷第 1 期，1997 年 1 月。

22. 〈論以賦為詞的形成──以柳永、周邦彥詞為例〉，李嘉瑜撰，《國立編譯館刊》，第 29 卷第 1 期，2000 年 6 月。

23. 〈柳永詞之世俗情味〉，王國瓔撰，《漢學研究》，第 19 卷第 2 期，2001 年。

24. 〈細密妥溜明白家常直處能曲──柳永慢詞的鋪敘特徵〉，唐軍撰，《甘肅教育學院學報》（社會科學版），第 17 卷專輯 2，2001 年。

25. 〈中國第一位城市詞人──柳永的汴京敘寫與都城浪遊〉，鄭垣玲撰，《中國語文月刊》，第 89 卷 6 期，2001 年 12 月。

26. 〈跨越閨閣門檻的情詞──談柳永詞之「不減唐人高處」〉，張麗珠撰，《彰化師範大學國文系國文學誌》，第 5 期，2001 年 12 月。

27. 〈試論柳永慢詞的創作思想〉，徐安琪撰，《杭州教育學院學報》，2002 年第 1 期。

28. 〈柳永詞的聲律美〉，邱世友撰，《文學遺產》，2002 年第 4 期。

29. 〈柳永用調究竟有多少？〉，田玉琪撰，《中國韻文學刊》，2003 年第 2 期。

30. 〈柳永《樂章集》與北宋東京民俗〉，曾大興撰，《中山大學學報》（哲社版），2003 年第 5 期。

31. 〈虛實相生話羈旅──柳永羈旅行役詞的結構分析〉，楊新平撰，《社科縱橫》，第 19 卷第 6 期，2004 年。

32. 〈時、空、情、景的漫衍更迭──柳永慢詞藝術論略〉，馬黎麗撰，《黔西南民族師範高等專科學校學報》第 1 期，2004 年 3 月。

33. 〈對柳永歌妓詞的解讀〉，曹翠撰，《樂山師範學院學報》，第 19 卷第 8 期，2004 年 8 月。

34. 〈歌妓在柳永詞創作中的作用〉，陳登平撰，《廈門教育學院學報》，第 7 卷第 1 期，2005 年 3 月。

35. 〈論柳永的「宋玉情結」〉，王麗煌撰，《閩西職業大學學報》，第 4 期，2005 年 12 月。

36. 〈柳永屯田家法探論〉，趙曉蘭撰，《四川師範大學學報》（社會科學版），第 32 卷第 5 期，2005 年 9 月。

37. 〈柳永羈旅行役詞的內容特徵及其成因〉，李靈撰，《安徽科技學院學報》，2006 年。

38. 〈論柳永詞中「秋士易感」之原型〉，林宛瑜撰，《國立新竹教育大學語文學報》，第 13 期，2006 年 12 月。

39. 〈從柳永歌妓題材詞的表現內容看柳詞的風格〉，王樹來撰，《齊齊哈爾師範高等專科學校學報》，2007 年第 4 期。

40. 〈柳詞對蘇詞的影響〉，鄧昭祺撰，《樂山師範學院學報》，第 22 卷第 3 期，2007 年 3 月。

（二）其　他

1. 〈宋代音樂與慢詞〉，劉學忠撰，《阜陽師院學報》（社科版），1994 年第 1 期。

2. 〈論盧宇及其與詞體建構的關係〉，蔣哲倫撰，《中國古代文學》，1994 年第 4 期。

3. 〈秦觀對婉約派詞風的繼承與發展〉，馬建新撰，《山西大學師範學院學報》（綜合版），1995 年第 1 期。

4. 〈宋代歌妓的演唱與詞樂的發展〉，劉明瀾撰，《中國音樂學季刊》，1996 年第 2 期。

5. 〈逐弦管之音爲側艷之詞——試論冶遊之風對晚唐五代北宋詞的影響〉，王曉驪撰，《文學遺產》，1997 年第 3 期。

6. 〈論張先詞的創新〉，周玲撰，《唐都學刊》，2001 年第 4 期。

7. 〈試辨慢詞與長調之關係〉，李曉雲撰，《陝西廣播電視大學學報》，第 5 卷第 3 期，2003 年 9 月。

8. 〈試論北宋慢詞的演變軌跡〉，岳淑珍撰，《河南社會科學》，第 11 卷第 6 期，2003 年 11 月。

附錄　柳永慢詞一覽表

本表依賴橋本《柳永詞校注》一書排序。

編號	宮調	詞　牌	首　句	主題內容	字數	頁碼
1	正宮	黃鶯兒	園林晴晝春誰主	詠物（詠黃鳥）	97	1
2	正宮	玉女搖仙佩	飛瓊伴侶	歌妓情態（詠佳人）	139	5
3	正宮	雪梅香	景蕭索	羈旅行役（悲秋、思念佳人）	94	10
4	正宮	尾犯	夜雨滴空階	羈旅行役（思念佳人）	94	14
5	正宮	早梅芳	海霞紅	頌美酬贈（投獻之詞）	105	17
6	正宮	鬥百花	颯颯霜飄鴛瓦	詠史（詠班婕妤）	81	20
7	正宮	鬥百花其二	煦色韶光明媚	離愁別恨	81	24
8	正宮	鬥百花其三	滿搦宮腰纖細	歌妓情態（戀妓）	81	26
9	中呂宮	送征衣	過韶陽	頌美酬贈（賀宋仁宗壽）	121	32
10	中呂宮	晝夜樂	洞房紀得初相遇	離愁別恨	98	37
11	中呂宮	晝夜樂其二	秀香家住桃花徑	歌妓情態（戀妓）	98	39
12	中呂宮	柳腰輕	英英妙舞腰枝軟	歌妓情態（詠妓）	82	42
13	仙呂宮	傾杯樂	禁漏花深	節令活動（元宵節）頌美酬贈	106	49
14	仙呂宮	笛家弄	花發西園	羈旅行役	125	54

15	大石調	傾杯樂	皓月初圓	離愁別恨	116	59
16	大石調	迎新春	嶰管變青律	節令活動（元宵節）	105	61
17	大石調	曲玉管	隴首雲飛	羈旅行役（思念佳人）	105	65
18	大石調	滿朝歡	花隔銅壺	歌妓情態（戀妓）	101	69
19	大石調	鶴沖天	閑窗漏永	離愁別恨	84	78
20	大石調	受恩深	雅致裝庭宇	詠物（詠菊）	86	80
21	大石調	柳初新	東郊向曉星杓亞	頌美酬贈	81	87
22	大石調	女冠子	斷雲殘雨	思念佳人	112	95
23	大石調	傳花枝	平生自負	人生感慨	101	113
24	大石調	傾杯	金風淡蕩	羈旅行役	108	536
25	雙調	雨霖鈴	寒蟬淒切	離愁別恨	102	117
26	雙調	定風波	佇立長隄	羈旅行役（思念佳人）	105	124
27	雙調	尉遲杯	寵佳麗	歌妓情態（戀妓）	105	128
28	雙調	慢卷紬	閑窗燭暗	思念佳人	111	132
29	雙調	征部樂	雅歡幽會	思念佳人	105	134
30	雙調	迷仙引	纔過笄年	歌妓情態（詠妓）	83	139
31	雙調	歸朝歡	別岸扁舟三兩隻	羈旅行役	104	149
32	雙調	采蓮令	月華收	離愁別恨	91	152
33	雙調	秋夜月	當初聚散	歌妓情態（戀妓）	82	155
34	雙調	婆羅門令	昨宵裏、恁和衣睡	思念佳人	86	167
35	小石調	法曲獻仙音	追想秦樓心事	思念佳人	91	170
36	小石調	西平樂	盡日憑高目	羈旅行役（思念佳人）	101	173
37	小石調	法曲第二	青翼傳情	離愁別恨	87	185
38	小石調	一寸金	井絡天開	頌美酬贈（投獻之詞）	108	190
39	歇指調	永遇樂	薰風解慍	頌美酬贈（賀宋仁宗壽）	103	197
40	歇指調	永遇樂其二	天閣英遊	頌美酬贈（投獻之詞）	104	201

41	歇指調	卜算子	江楓漸老	羈旅行役（念人）	89	205
42	歇指調	鵲橋仙	屆征途、攜書劍	羈旅行役（思念佳人）	86	207
43	歇指調	浪淘沙	夢覺透窗風一綫	羈旅行役（思念佳人）	135	210
44	歇指調	夏雲峰	宴堂深	歌妓情態	91	213
45	歇指調	祭天神	憶繡衾相向輕輕語	羈旅行役（思念佳人）	86	555
46	林鍾商	古傾杯	凍水消痕	羈旅行役	108	221
47	林鍾商	傾杯	離宴殷勤	離愁別恨	110	224
48	林鍾商	破陣樂	露花倒影	節令活動	133	227
49	林鍾商	雙聲子	晚天蕭索	詠史	103	232
50	林鍾商	陽臺路	楚天晚	羈旅行役	97	236
51	林鍾商	內家嬌	煦景朝升	羈旅行役（懷人）	105	238
52	林鍾商	二郎神	炎光謝	節令活動（七夕）	104	241
53	林鍾商	醉蓬萊	漸亭皋葉下	頌美酬贈	97	245
54	林鍾商	宣清	殘月朦朧	羈旅行役	115	250
55	林鍾商	錦堂春	墜髻慵梳	離愁別恨	100	254
56	林鍾商	定風波	自春來、慘綠愁紅	離愁別恨	99	256
57	林鍾商	留客住	偶登眺	羈旅行役	97	264
58	林鍾商	鳳歸雲	戀帝里、金谷園林	人生感慨	119	272
59	林鍾商	拋毬樂	曉來天氣濃淡	節令活動（清明節）	188	275
60	林鍾商	集賢賓	小樓深巷狂遊遍	歌妓情態（戀妓）	117	281
61	林鍾商	應天長	殘蟬漸絕	節令活動（重陽節）	93	287
62	林鍾商	合歡帶	身材兒、早是妖嬈	歌妓情態（詠妓）	105	290
63	林鍾商	長相思	畫鼓喧街	歌妓情態（戀妓）	103	309
64	林鍾商	尾犯	晴煙羃羃	人生感慨	98	313
65	林鍾商	駐馬聽	鳳枕鸞帷	歌妓情態（戀妓）	93	322
66	中呂調	戚氏	晚秋天	人生感慨	212	327

67	中呂調	輪臺子	一枕清宵好夢	羈旅行役	114	333
68	中呂調	引駕行	虹收殘雨	離愁別恨	100	336
69	中呂調	望遠行	繡幃睡起	離愁別恨	105	339
70	中呂調	彩雲歸	蘅皋向晚艤輕航	羈旅行役	100	342
71	中呂調	洞仙歌	佳景留心慣	歌妓情態（戀妓）	126	344
72	中呂調	離別難	花謝水流倏忽	歌妓情態（悼妓）	112	347
73	中呂調	擊梧桐	香靨深深	離愁別恨	108	350
74	中呂調	夜半樂	凍雲黯淡天氣	羈旅行役	144	352
75	中呂調	祭天神	歡笑筵歌席輕拋嚲	羈旅行役	84	356
76	中呂調	過澗歇近	淮楚，曠望極	人生感慨	80	359
77	中呂調	安公子	長川波瀲灧	羈旅行役	80	363
78	中呂調	過澗歇近	酒醒，夢纔覺	離愁別恨	80	367
79	中呂調	輪臺子	霧斂澄江	羈旅行役	141	369
80	中呂調	夜半樂	豔陽天氣	離愁別恨	145	565
81	中呂調	迷神引	紅板橋頭秋光暮	離愁別恨	97	572
82	平調	八六子	如花貌，當來便約	歌妓情態（戀妓）	91	378
83	平調	長壽樂	尤紅殢翠	人生感慨	113	380
84	仙呂調	望海潮	東南形勝	都會承平、節令活動（投獻之詞）	107	385
85	仙呂調	如魚水	輕靄浮空	節令活動	93	390
86	仙呂調	如魚水其二	帝里疏散	歌妓情態	97	393
87	仙呂調	玉蝴蝶	望處雨收雲斷	羈旅行役	99	395
88	仙呂調	玉蝴蝶其二	漸覺芳郊明媚	頌美酬贈	99	398
89	仙呂調	玉蝴蝶其三	是處小街斜巷	歌妓情態（詠妓）	99	401
90	仙呂調	玉蝴蝶其四	誤入平康小巷	歌妓情態（戀妓）	99	403
91	仙呂調	玉蝴蝶其五	淡蕩素商行暮	節令活動（重陽節）	99	406
92	仙呂調	滿江紅	暮雨初收	羈旅行役	93	409
93	仙呂調	滿江紅其二	訪雨尋雲	歌妓情態（戀妓）	93	413
94	仙呂調	滿江紅其三	萬恨千愁	羈旅行役	96	415
95	仙呂調	滿江紅其四	匹馬驅驅	羈旅行役	91	417

96	仙呂調	洞仙歌	乘興，閒泛蘭舟	羈旅行役	123	419
97	仙呂調	引駕行	紅塵紫陌	羈旅行役	125	422
98	仙呂調	望遠行	長空降瑞	詠物（詠雪）	106	426
99	仙呂調	八聲甘州	對瀟瀟暮雨灑江天	羈旅行役	97	429
100	仙呂調	臨江仙	夢覺小庭院	羈旅行役	93	434
101	仙呂調	竹馬子	登孤壘荒涼	羈旅行役	103	437
102	仙呂調	迷神引	一葉扁舟輕帆卷	羈旅行役	97	445
103	仙呂調	促拍滿路花	香靨融春雪	歌妓情態（詠妓）	83	448
104	仙呂調	六幺令	淡煙殘照	羈旅行役	94	451
105	仙呂調	鳳歸雲	向深秋	羈旅行役	102	460
106	仙呂調	女冠子	淡煙飄薄	山水風光	111	463
107	仙呂調	玉山枕	驟雨新霽	山水風光	113	467
108	南呂調	透碧霄	月華邊	都會承平	112	491
109	南呂調	木蘭花慢	倚危樓竚立	羈旅行役	101	495
110	南呂調	木蘭花慢其二	拆桐花爛漫	節令活動（清明節）	101	497
111	南呂調	木蘭花慢其三	古繁華茂苑	頌美酬贈（投獻之詞）	101	501
112	南呂調	瑞鷓鴣	寶髻瑤簪	歌妓情態（詠妓）	88	509
113	南呂調	瑞鷓鴣其二	吳會風流	都會承平、頌美酬贈（投獻之詞）	86	512
114	般涉調	塞孤	一聲雞	羈旅行役	95	516
115	般涉調	洞仙歌	嘉景，向少年彼此	歌妓情態（戀妓）	121	523
116	般涉調	安公子	遠岸收殘雨	羈旅行役	106	526
117	般涉調	安公子其二	夢覺清宵半	離愁別恨	105	528
118	般涉調	長壽樂	繁紅嫩翠	都會承平	113	530
119	黃鍾羽	傾杯	水鄉天氣	羈旅行役	108	533
120	散水調	傾杯	鶩落霜洲	羈旅行役	104	539
121	散水調	傾杯樂	樓鎖輕煙	羈旅行役	104	552
122	黃鍾宮	鶴沖天	黃金榜上	人生感慨	86	542